PÈLERINS DES TÉNÈBRES
« MARION DES PIERRES »

Né en 1951, Serge Brussolo a beaucoup écrit. Il se consacre désormais au thriller, explorant le suspens sous toutes ses formes. Doué d'une imagination surprenante, il est considéré par la critique comme un conteur hors pair, à l'égal des meilleurs auteurs du genre, et certains n'hésitent pas à lui trouver une place entre Stephen King et Mary Higgins Clark. Il a reçu le Prix du roman d'aventures 1994 pour *Le Chien de minuit*, paru au Masque, et son roman *Conan Lord, carnets secrets d'un cambrioleur*, a été élu Masque de l'année 1995.
Grand maître des atmosphères inquiétantes, Serge Brussolo a également reçu le Grand Prix du jury RTL *Lire* pour *La Moisson d'hiver* (éditions Denoël) en 1994.

*Paru dans Le Livre de Poche :*

L'Armure de vengeance
Avis de tempête
Baignade accompagnée
La Chambre indienne
Le Château des poisons
Le Chien de minuit
Conan Lord
Les Emmurés
Les Enfants du crépuscule
La Fille de la nuit
Iceberg Ltd
Le Labyrinthe de Pharaon
La Main froide
Le Manoir des sortilèges
Le Murmure des loups
Le Nuisible
Les Prisonnières de Pharaon
Le Sourire noir

SERGE BRUSSOLO

# *Pèlerins des ténèbres*

ÉDITIONS DU MASQUE

# CHAPITRE PREMIER

Frère Guillaume fuyait dans la nuit, et l'enfer tout entier courait sur ses talons.

Depuis une semaine qu'il errait dans la montagne, vivant comme une bête aux abois, il avait déchiré son froc de bure et allait presque nu, le corps couvert d'estafilades.

Il dormait le jour et se mettait en marche dès le coucher du soleil, car il aurait été trop dangereux pour lui de s'abandonner au sommeil à l'heure où le Malin règne en maître et s'insinue dans les rêves. Les légions du diable étaient à ses trousses. On ne voulait pas qu'il puisse dire ce qu'il avait vu, là-bas, au-delà des défilés, au bout du labyrinthe des chemins tortueux serpentant à flanc d'abîme. Il était le dernier témoin, le survivant. Il avait contemplé l'horreur... et il avait eu la chance de pouvoir s'échapper. Hélas, les démons avaient retrouvé sa trace, depuis ils ne le lâchaient plus et le traquaient sans relâche, meute infatigable qui prenait la piste dès que la lune hissait son disque farineux dans le ciel obscurci. Jusque-là, frère Guillaume avait réussi à leur glisser entre les griffes, mais cela ne durerait pas, car l'épuisement le gagnait.

Il se laissa tomber au pied d'un rocher. Il avait soif. Depuis trois jours il n'avait rencontré aucun torrent, pas même un ruisseau, et il se desséchait, la gorge durcie par la poussière. Jamais il n'aurait pensé que la montagne puisse se révéler un monde aussi inhospitalier. En réalité, c'était un enfer de roc pelé, chauffé à blanc par le soleil. Il était souvent difficile d'y dénicher une cache pour s'abriter des rayons brûlants. Et puis il y avait les ours, grands dévoreurs de moutons, de bergers... Les ours, qu'il fallait se garder d'aller déranger dans leurs cavernes.

Frère Guillaume haletait, le visage parcheminé, les lèvres cloquées par la soif. Il y avait de cela mille ans, dans une autre vie, il avait été un jeune moine volontaire, décidé à ne reculer devant aucun défi. Il avait accueilli l'épreuve du pèlerinage de saint Gaudémon avec une excitation un peu suspecte, et dans laquelle son confesseur avait distingué quelque chose qui ressemblait fort au péché d'orgueil. On l'avait choisi pour accompagner les marcheurs parce qu'il était bien bâti et endurant au labeur. Cela ne se devinait pas au premier coup d'œil, car il n'avait rien d'un bœuf de labour, ses muscles étaient longs, minces, mais gorgés d'une vigueur nerveuse dont les réserves paraissaient inépuisables. Il avait une jolie figure — trop jolie —, disait le père supérieur; l'on avait pensé que l'épreuve du pèlerinage lui ôterait son air de fille et lui tannerait le cuir juste ce qu'il fallait.

Frère Guillaume avait dissimulé sa joie. Il y avait si longtemps qu'on lui parlait de saint Gaudémon, le patron de l'ordre, ce martyr démembré dans l'arène par un empereur romain sanguinaire! Il mourait d'envie d'aller se prosterner devant son catafalque, là-bas, dans la maison-Dieu où reposaient ses ossements. Ce n'était pas là une entreprise facile, car l'ermitage abritant la relique se trouvait par-delà les cols, les pics, au bout d'un trajet interminable et dangereux qui, il faut bien l'avouer, décourageait souvent les marcheurs et les faisait abandonner l'épreuve dès la troisième halte. C'est pour cette raison qu'on avait ordonné à Guillaume de suivre le pèlerinage, afin de raffermir la foi des pérégrins lassés de tant d'épreuves physiques. Il devait dire la messe, abreuver les marcheurs de beaux sermons fortifiant l'âme ; de ces sermons grâce auxquels on oublie les pieds en sang. Il devait veiller à ce que la flamme ne s'éteigne pas, à ce que les voyageurs ne fassent pas volte-face. Il en allait de la survie de l'ordre, car, depuis quelque temps, d'autres pèlerinages gagnaient la faveur des croyants. Saint Jacques de Compostelle, par exemple, attirait de plus en plus de monde. « Normal, songeait frère Guillaume, c'est un voyage aisé, qui traverse des territoires accueillants. Une promenade, en somme. »

Il n'en allait pas de même en ce qui concernait saint Gaudémon. Les routes y étaient dures, les embûches nombreuses, les dangers certains. Guillaume avait pu s'en rendre compte dès les premiers jours. Quand la colonne s'était engagée dans la montagne, il avait été saisi par un pénible sentiment d'oppression. Cela tenait peut-être au paysage hostile, dénué d'arbres, aux pâturages presque inexistants. À cet empilement de rochers fracassés qui évoquait un saccage ancien, une bataille titanesque à l'occasion de laquelle des géants auraient fracassé les murailles d'une cité dont les remparts frôlaient les nuages.

« Les ruines de la tour de Babel... », ces mots n'avaient cessé de tourner dans l'esprit de Guillaume pendant qu'il se hissait au long des pentes caillouteuses. Oui, il y avait dans cette partie de la montagne quelque chose de repoussant. L'on s'y sentait dans la peau d'une souris visitant un champ de bataille au soir d'un carnage. Tout y était démesuré, abîmé, émietté par le marteau d'un colosse. Quand on les regardait trop longtemps, les roches elles-mêmes prenaient des ressemblances inquiétantes. Là, un profil de guerrier aux traits sauvages, ici un gnome contrefait... Dès qu'on les fixait, les pierres abattues devenaient des mains pétrifiées, des armes changées en granit. À plusieurs reprises, frère Guillaume s'était senti gagné par l'affolement. Perdait-il l'esprit ? On lui avait souvent répété qu'il devait se défier de sa propension à échafauder des billevesées. *N'empêche*... il n'était pas complètement sot, il avait bien vu que ses compagnons de voyage succombaient aux mêmes impressions.

Et puis...

... La montagne brûlée de soleil, les pierres trop chaudes pour qu'on y pose la main ou qu'on s'y asseye. Le vent de poussière, l'absence d'eau. Et la nuit, le froid qui vous pénètre jusqu'aux os, vous fait claquer des dents.

Au bout de quelques jours, on avait décidé de se déplacer une fois la chaleur tombée, pour ne plus souffrir de la soif. On essayait de dormir dans la journée, de marcher la nuit. Ainsi l'on échappait à la brûlure du soleil et l'effort déployé pour gravir les sentiers vous réchauffait, dès la lune épanouie. On n'attendait plus l'aube en claquant des dents, recroquevillé au fond d'un trou.

Hélas, cette manière de progresser avait elle aussi des inconvénients, car la visibilité réduite condamnait chacun à régler son pas sur celui qui le précédait.

— Mettez vos pieds où je mets les miens, répétait le guide, et ne pensez à rien d'autre. Que chacun d'entre vous pose la main sur l'épaule de celui qui marche devant lui. Nous avancerons à la manière des groupes d'aveugles. L'important c'est que je sache, moi, où nous allons. Le reste n'a pas d'importance.

À la halte, il s'était montré moins rassurant en chuchotant à l'oreille de frère Guillaume :

— J'aime mieux progresser dans l'obscurité, voyez-vous, à cet endroit nous côtoyons de tels précipices que les plus hardis refusent souvent d'avancer. C'est là que le pèlerinage s'arrête, la plupart du temps. L'abîme produit un effet terrifiant sur l'âme de ces campagnards qui, pour la plupart, n'ont jamais quitté leurs plaines. Lors des précédents voyages, la moitié des effectifs a préféré rebrousser chemin en ce point précis. Depuis, j'effectue ce parcours dans les ténèbres, cette petite ruse nous permet de tourner la difficulté. Quant à moi, je connais si parfaitement chaque caillou de cette route que j'y pourrais avancer les paupières cousues.

Cette profession de foi n'avait guère rassuré Guillaume, mais il n'y avait pas d'autre solution. Le père supérieur lui avait précisé que son rôle consisterait à éviter les défections et à motiver ceux que gagnait le découragement. Tous les moyens devaient donc être mis en œuvre pour empêcher un émiettement de la cohorte. Il n'existait rien de pire que des pèlerins déçus retournant en ville pour répandre la rumeur que le voyage était trop dur, dangereux, et ne méritait pas, somme toute, qu'on y perde la vie.

— Les reliques de saint Gaudémon sont au diable, ricanaient les ennemis de la confrérie, et c'est le diable qui a pavé la route menant jusqu'à elles !

Pendant qu'il escaladait la pierraille des versants, frère Guillaume s'était plus d'une fois rallié à cet avis, même si, ensuite, il en avait éprouvé une grande honte et avait battu sa coulpe. Avant de prendre la route, dans le secret de sa cellule monastique, il s'était excité à l'idée des épreuves qui l'attendaient et c'est avec une réelle impatience qu'il avait attendu le jour du départ. Aujourd'hui, force lui était d'avouer, que les périls dépassaient de loin ses espoirs. Il les savait nécessaires, la valeur du pèlerinage dépendait de leur multiplication, mais, néanmoins, quelque chose le gênait :

au fur et à mesure qu'on s'éloignait de la civilisation, il avait été gagné par un mauvais pressentiment. L'impression obscure d'être tombé dans un piège.

... les roches, partout et toujours. Des aiguilles, des défilés. Des couloirs de pierre, des voies semées de cailloux inégaux qui roulaient sous vos semelles, vous faisant perdre l'équilibre. Des sentiers de chèvres, si étroits qu'on s'y déplaçait le dos collé à la paroi, avec, sous les yeux, la béance d'un gouffre ne demandant qu'à vous aspirer. Et partout, cette nature désolée, calcinée, érodée par le vent qui jamais ne cessait de mugir.

Avec l'épuisement, les premiers doutes avaient éclos dans la tête de frère Guillaume. Des soupçons terribles dont il avait eu peur. Il avait commencé à se méfier de tout le monde, à voir dans chacun un ennemi potentiel.

Et c'est ce qui l'avait sauvé.

À présent, ayant échappé au pire, il faisait le chemin en sens inverse, essayant de ne pas se perdre dans le dédale des roches jetées en vrac. Il priait pour que lui soit donnée la force de rejoindre le moutier. Il devait témoigner, dire au monde ce qui se passait là-bas... Éviter que d'autres innocents ne soient précipités dans le gouffre des enfers. Car il les avait vus, les démons griffus, les monstres contrefaits. Ces créatures de Satan qui, désormais, le traquaient à travers la montagne.

Pour déjouer leur flair, il se couvrait de boue aux abords des ruisseaux. Sur cette fange, il collait des poignées d'herbes, essayant de se donner une apparence végétale qui masquerait tout à la fois sa nature d'homme et son odeur. Il aurait voulu cautériser ses plaies car, par-dessus tout, il craignait que l'odeur de son sang ne les attire dans son sillage, mais il ne disposait plus de quoi allumer un bivouac. En outre, il ne voulait pas courir le risque que les flammes se retournent contre lui, prenant le parti des puissances infernales.

Il lui fallait survivre, dire ce qu'il avait vu : parler des pèlerins mis en pièces, des villages habités par les démons, des diables déguisés en moines, des églises devenues repaires de sorciers. Personne, à la ville, ne soupçonnait le secret terrible qui se cachait par-delà les montagnes. La grande porte des enfers s'était ouverte, et les monstres des abîmes commençaient à en franchir le seuil pour se répandre sur la terre. L'invasion avait débuté. Les soldats du Christ devaient lever bannière pour guerroyer contre les légions du Malin. Il n'était peut-être pas trop tard.

Guillaume avait perdu la notion du temps. Tout lui était suspect. Il fuyait bergers et moutons, s'écartant volontairement de ceux qui auraient pu l'aider. Tant qu'il serait dans la montagne, il ne pourrait accorder sa confiance à personne.

Dans un premier temps, il avait pensé graver sur sa chair une multitude de crucifix au moyen d'une pierre aiguisée — ces scarifications le protégeraient sûrement des atteintes démoniaques. Mais il avait renoncé, à cause de l'odeur du sang, encore une fois.

Il ne dormait presque plus. Dès qu'il fermait les paupières, des images infâmes l'assaillaient, ne lui laissant nul repos. Il revoyait les silhouettes monstrueuses surgissant des ténèbres, les gnomes dévalant en sarabande les flancs de la montagne pour s'abattre sur les pauvres pèlerins, les jeter dans le vide, les démembrer.

Alors, lui revenait le souvenir d'une mauvaise plaisanterie de clercs entendue du coin de l'oreille dans un réfectoire :

— Dans Gaudémon il y a *gaude*, qui en latin signifie *jouir*, et *démon*... fichue association, non? Gaudémon, c'est la jouissance du diable. L'invitation à la foutrerie démoniaque. Quel homme sensé pourrait avoir envie d'entreprendre un tel pèlerinage, je vous le demande, compagnons ?

Trois jours plus tard, frère Guillaume fut recueilli par un berger au pied du mont Faberge. Le chien veillant sur le troupeau l'avait pris pour un prédateur, et sauvagement attaqué. Le pâtre, lui-même, convaincu d'avoir affaire à un monstre surgi de l'enfer, faillit l'achever à coups de bâton. C'est en apercevant le crucifix de bois d'olivier noué au cou du jeune moine par un lacet de cuir, que le bonhomme comprit qu'il se trouvait en face d'un religieux en détresse.

Le transport de Guillaume au moutier prit encore deux journées. Quand il se trouva enfin entre les mains de ses frères en Jésus-Christ, ceux-ci le lavèrent et lui donnèrent les premiers soins. Le jeune homme délirait, en proie à une forte fièvre. On fit venir le père supérieur, Diodore-le-Vieil, qui exigea de rester seul avec le malade. Il écouta les chuchotements de Guillaume en crispant les mâchoires. Au fur et à mesure que le blessé dévidait son récit, Diodore devenait livide.

Lorsque Guillaume se tut enfin, le prieur se redressa et quitta la cellule.

— C'est ce que nous pensions, déclara-t-il aux moines l'attendant au seuil de la pièce. L'affaire est grave. À partir de ce jour, frère Guillaume restera au secret. Il n'est pas impossible qu'il soit possédé. Un exorcisme s'impose. En attendant, que le cellérier le nourrisse par le trou du guichet. Personne ne doit entrer dans cette cellule, vous entendez, personne !

Ayant prononcé ces mots, il donna un tour complet à la clef, l'ôta de la serrure, et la fit glisser dans sa manche.

## CHAPITRE DEUX

En ville, on ne parlait que des pèlerins disparus. Marion, en allant chercher de l'eau, avait écouté deviser les commères autour de la fontaine.

— Un de plus, marmonnait la grosse Toinette en poussant ses cruchons sous le jet du robinet d'étain. C'est pas ordinaire cette histoire. Ça arrive un peu trop souvent. Ça doit être la quatrième fois que les pérégrins se perdent sur le chemin de l'ermitage de saint Gaudémon. On dira encore que c'est la faute aux ours ou aux avalanches, moi je veux bien, mais alors pourquoi nous empêche-t-on de parler au petit moine qui en a réchappé, hein? J'aimerais bien entendre ce qu'il a à dire, ce gentil puceau tonsuré.

— Parce qu'il y a un survivant? s'enquit la Germaine, une teinturière dont les mains restaient colorées de bleu d'un bout à l'autre de l'année.

— Oui, souffla la Toinette. Guillaume, celui qui a un visage de fille, le tout mignon. Il paraît qu'il a perdu la raison et qu'on a dû l'enfermer dans une cage de fer pour éviter qu'il ne morde tout le monde, comme un chien enragé.

À ce moment, Germaine s'aperçut de la présence de Marion et expédia un coup de coude dans le flanc replet de sa compagne pour la faire taire.

Marion garda les yeux baissés, comme si elle n'avait rien remarqué.

Il y avait de cela un an, sa sœur aînée, Yolande, avait elle aussi disparu lors du pèlerinage de saint Gaudémon. Depuis, la maison familiale s'était enlisée dans la tristesse.

Leur mère ne s'en remettait pas, elle pleurait en vaquant aux affaires du ménage. On avait prié, fait des neuvaines, porté des cilices, multiplié les jeûnes, sans rien obtenir. Yolande n'avait jamais reparu.

Marion prit sa cruche et tourna les talons. Son père avait soif, elle ne devait pas le faire attendre. Il avait tout le temps la bouche pleine de poussière de craie, et la barbe farinée de cette pierre contre laquelle il luttait, le marteau à la main.

La jeune fille traversa la place, la tête baissée, s'évertuant à conserver une attitude modeste qui n'indisposerait pas ses parents. Elle franchit le seuil de la demeure, les regards des commères accrochés à ses épaules.

Elle vivait dans une grande bâtisse ressemblant davantage à une grange qu'à une maison. Partout trônaient de longues pierres auxquelles on essayait de donner forme. Le père de Marion était ymagier, il sculptait des couvercles de tombeau, des gisants, plus rarement des statues en pied. Depuis sa naissance, Marion avait toujours vécu dans la poussière, les éclats de caillou et le tap-tap du ciseau forant son chemin dans le calcaire, le granit ou le bois pour tenter de lui donner forme humaine. Maître Denis, son père, avait commencé comme simple manouvrier dans les carrières. Son travail, alors, ne différait guère de celui des bœufs halant les blocs bruts sur les rampes. Au fil du temps, il avait appris à creuser les matériaux poreux, faciles à dégrossir, la saponite, le calcaire. Il avait fini par acquérir un coup de main, une habileté, qui, avec l'âge, lui avait amené une certaine clientèle : des bourgeois, des drapiers, enflés de vanité et désirant s'offrir des tombeaux de prince.

Maître Denis ne serait jamais un grand ymagier, Marion le sentait. Il taillait trop raide, il n'était pas capable de faire ressemblant. Elle devinait, elle, qu'il existait d'autres manières, qu'on pouvait assouplir les lignes. Souvent, en regardant le travail de son père, elle se disait : « Là, il aurait suffi d'une courbe un peu plus accentuée. Là d'une entaille moins profonde. »

Chaque fois qu'elle avait essayé d'aborder le sujet, elle avait été vertement rabrouée. Elle n'y connaissait rien ! *Elle n'était qu'une fille !* Depuis quand les pucelles se mettaient-elles en tête de critiquer leurs parents ? C'était alors des cris, des jurons, parfois même des coups. Margot, la mère, apportait sa contribution aux braillements de son époux : Quoi ? Le monde tournait donc à l'envers ? Était-ce le signe de la fin des temps ? La grande inversion démoniaque annoncée par les Écritures ? Si les filles commençaient à avoir du jugement, on verrait bientôt les vaches voler et les chevaux parler latin !

Maître Denis n'avait jamais aimé ses filles. Du moins, jamais comme il aurait aimé ses fils... s'il en avait eu. Quelque part, il s'estimait en faute, puni par la providence. Était-ce parce qu'il taillait des idoles ? Il avait beau ne « faire » que le sujet religieux, il continuait à se sentir mal à l'aise lorsque ses mains donnaient des contours à un visage humain. Il savait, tout au fond de lui, qu'il parodiait là les gestes du Créateur modelant Adam et Ève. C'était mal. Il avait beau se répéter qu'il œuvrait pour la plus grande gloire de l'Église, des réticences continuaient à le hanter. Le jour où il avait trouvé Marion occupée à modeler une figurine dans une poignée de glaise, il avait vu rouge et l'avait battue jusqu'à la laisser sans connaissance sur la paille de la grange.

C'était pour son bien ! Il n'était pas question que la malédiction passe de l'un à l'autre, se transmettant par les femmes. Il n'arrivait rien de bon des femmes dès lors qu'elles se mêlaient de toucher aux choses sérieuses. C'est d'ailleurs pour cette raison que les chevaliers eux-mêmes interdisaient formellement qu'une donzelle pose la main sur leurs armes.

Marion, elle, avait une autre explication.

« C'est parce qu'il a vu que j'étais meilleure que lui, se répétait-elle dans le secret de son âme. Il ne l'a pas supporté. »

Elle savait qu'elle commettait là un péché d'orgueil, mais elle restait convaincue de la justesse de son raisonnement. Elle avait davantage de talent que son père. Toute petite, elle s'était surprise à façonner des bonshommes remarquablement expressifs avec trois paumées de boue. Dès qu'elle disposait de terre mouillée, elle ne pouvait s'empêcher d'y dessiner un visage, d'y creuser des yeux, une bouche, jusqu'à ce que le matériau paraisse vivant.

— On dirait qu'il va parler ! s'exclamaient chaque fois ses compagnons de jeu. Tu ne devrais pas faire ça. Quand on fabrique des corps, les mauvais esprits s'empressent d'y venir habiter.

Sa mère avait fini par la prendre sur le fait et lui avait cinglé les doigts avec une badine de coudrier, en manière de leçon...

— Les filles ça ne sculpte pas, avait-elle grondé, ça fait la cuisine.

Le père se tenait penché sur un gisant qu'il dégrossissait au burin. On voyait tout de suite qu'il n'avait pas le sens de la pierre. Il ne la « devinait » pas. Il voulait la contraindre, la forcer, au lieu de jouer de ses défauts, de tirer parti des difficultés naturelles. Il se comportait en maître et ne tolérait pas qu'on lui résiste. Son apprenti, un garçon noueux nommé Antonin, l'aidait dans sa besogne. En ce moment, il reconstituait le fil des outils sur un aiguisoir. C'était un chenapan antipathique qui, dans les tavernes, se vantait de trousser la fille de son patron, ce qui était pur mensonge, car Marion détestait ses regards sournois et son sourire en coin qui semblait dire : « Toi, je t'aurai, la belle. Que tu sois d'accord ou pas, ton père te fourrera dans mon lit avant longtemps ! On en a parlé entre hommes, sa décision est prise. Il se fait vieux, il a besoin de moi à l'atelier. »

Marion craignait qu'il n'ait raison, et cette perspective la terrifiait, car elle s'imaginait mal ouvrant les cuisses à ce pendard d'Antonin et se laissant fourrer un marmot dans le ventre par un abruti, qui n'avait d'autre intention que d'hériter de la clientèle de Maître Denis.

Elle posa la cruche sur l'établi. Ils avaient soif, ils avaient tout le temps soif. Ils se passèrent le pichet. Leurs paumes incrustées de minuscules éclats de pierre crissaient sur la terre cuite. Marion n'avait aucune envie de sentir un jour ces grosses pattes rugueuses sur sa peau. Elle aurait voulu s'enfuir. L'année précédente, quand la menace du mariage avait commencé à se préciser, elle avait émis le souhait de participer au pèlerinage de saint Gaudémon, mais le père avait refusé.

— J'avais promis Yolande à Antonin, lança-t-il en levant les poings. Aujourd'hui je n'ai plus que toi, tu es loin d'être aussi belle que ta sœur, et tu as mauvais esprit. Ce pauvre garçon y perdra au change, c'est sûr, mais il est assez arrangeant pour ne pas se plaindre. Je ne vais pas le priver de promise une deuxième fois — même si la seconde ne vaut pas la première — je perdrais la face.

Marion savait que ses parents avaient toujours préféré Yolande, plus lumineuse, plus souriante, plus docile. Yolande était de ces natures qui accueillent la vie avec confiance et ne voient que le bon côté des choses.

Pourtant, quand on y réfléchissait bien, c'était à cause du père que Yolande avait disparu.

« Si Papa n'avait pas eu les deux jambes rompues par la chute d'un bloc de pierre, elle n'aurait pas fait vœu d'aller en pèlerinage au sanctuaire de saint Gaudémon, se répétait Marion. C'est ainsi que les choses ont commencé. On a un peu trop tendance à l'oublier dans la famille. »

Oui, sans l'accident qui avait tenu Maître Denis au lit pendant de longs mois, jamais Yolande n'aurait promis de traverser les montagnes si son père retrouvait l'usage de ses membres. Et jamais elle n'aurait disparu dans des circonstances inexpliquées.

Marion conservait un mauvais souvenir de cette époque. Le père malade, tour à tour gémissant et tonnant sur sa paillasse, les membres inférieurs coincés dans des attelles, réclamant le pot pour pisser, vous aspergeant les mains si vous n'accouriez pas assez vite. Oui, vraiment, une bien mauvaise époque.

Elle regarda les hommes boire à grosses goulées puis s'asperger le visage, le poitrail. Ils aimaient les démonstrations tonitruantes où ils faisaient étalage de leur force. Marion ne pouvait s'empêcher de les trouver vulgaires. À son avis, ils n'avaient aucune raison de se pavaner, car leur art était sans finesse. Ils gâchaient la pierre avec leurs grosses mains de casseurs de cailloux. Elle enrageait quand elle songeait à ce qu'elle aurait pu tirer, *elle,* des blocs que ces deux rustauds s'obstinaient à massacrer à grands coups maladroits.

— Qu'est-ce que tu fiches à nous reluquer ? grogna

le père. Il n'y a donc aucune besogne qui te réclame? File.

Le grand benêt d'apprenti ricana bêtement. Marion résista à l'envie de le gifler.

Elle tourna les talons et escalada l'échelle menant au grenier. L'atelier où elle travaillait se trouvait là, sous le toit. Quand le soleil chauffait les éclats d'ardoise, la température y devenait insupportable et la jeune fille cuisait dans son jus tandis que les outils glissaient de ses mains moites. Dans cet espace délimité par les poutres vermoulues, elle taillait des ex-voto à l'intention des pèlerins de saint Gaudémon. Des mains, des pieds de bois tendre que les marcheurs allaient déposer en offrande devant la châsse contenant les reliques du saint homme, là-bas, par-delà les montagnes.

C'était une besogne humiliante, stupide, à la portée du premier apprenti venu.

Des mains, des pieds... par dizaines. Toujours les mêmes gestes, perpétuellement recommencés. Abêtissants.

Quand elle avait sculpté de quoi remplir une charrette, elle partait livrer le fruit de son labeur à l'abbaye. Les moines revendaient les ex-voto aux pèlerins. Ils réalisaient, sur ce petit commerce, un bénéfice non négligeable. Marion avait émis l'idée qu'il serait plus avisé de vendre directement aux pérégrins, sans passer par l'entremise des frères, mais son père s'y était opposé. Il était au mieux avec les gens de l'abbaye, et la plupart de ses commandes provenaient de la confrérie de saint Gaudémon. Il ne pouvait donc se payer le luxe de se mettre le prieur à dos.

Il avait vertement réprimandé sa fille pour les idées absurdes qui lui traversaient la cervelle. (Encore qu'il ait été prouvé par la médecine que les femmes ne possédaient pas de cerveau, mais — en lieu et place — une sorte d'organe analogue à leur matrice, et dont la molle vacuité les empêchait de retenir la moindre connaissance.)

Avec un soupir, Marion s'empara de ses outils et d'une pièce de bois. Une main... une de plus. Combien en avait-elle taillé depuis qu'elle officiait dans les combles, la sueur au visage ?

Elle haïssait cette corvée. En outre, elle ne se faisait aucune illusion : tant qu'elle resterait dans cette maison, on ne lui confierait pas d'autre tâche ; toujours, on la cantonnerait à cette besogne de débutante où elle gâchait son talent.

Maître Denis et Antonin avaient peur d'elle, peur de l'ombre qu'elle aurait pu jeter sur leur propre travail, voilà pourquoi ils l'exilaient là où personne — et surtout pas les bons pères — ne risquait de s'apercevoir qu'elle possédait un métier bien supérieur au leur. Ils s'évertuaient à la briser.

« Tu es bien trop orgueilleuse pour une femelle ! lui répétait son père. Il faudra bien un jour t'ôter ces folies de la tête. A-t-on jamais entendu parler d'une femme supplantant les hommes dans le travail de la pierre ? »

Et il haussait chaque fois ses épaules noueuses pour faire valoir une musculature que Marion était loin de posséder. Elle ne répliquait pas. Elle aurait perdu son temps à lui expliquer que la sculpture ne devait pas être envisagée comme une bataille où l'on doit frapper d'estoc et de taille pour fendre l'ennemi ou le percer de part en part.

En attendant, chaque fois que les moines de saint Gaudémon visitaient l'atelier pour passer commande d'une nouvelle statue, on la cachait au grenier en lui ordonnant de ne pas lever le nez de ses ex-voto.

Depuis quelque temps, elle étouffait et se sentait devenir mauvaise. Elle aspirait à quelque bouleversement qui l'aurait arrachée à son pauvre destin.

Les copeaux coulaient entre ses doigts, épluchures blondes dont elle aimait les entrelacements. Elle taillait vite, s'interdisant de fignoler. Au début, elle avait voulu montrer à son père qu'il était possible de sculpter des ex-voto plus réalistes. Cela ne demandait pas plus de temps, et le résultat était incomparablement plus séduisant... hélas, Maître Denis l'avait battue avec son ceinturon, pour lui ôter l'envie de se faire remarquer.

— Il faut avoir le diable dans la peau pour chercher ainsi à toujours séduire! avait-il grondé. Tu me fais peur, ma fille. Si l'on ne te surveillait pas, tu finirais ribaude. J'espère qu'Antonin aura assez de poigne pour te dresser.

Depuis, elle s'obligeait à la maladresse. La mort dans l'âme, elle gâchait volontairement son ouvrage.

Un temps, elle avait espéré obtenir le soutien de sa mère. Elle avait dû déchanter. Maîtresse Margot n'écoutait plus personne. La disparition de Yolande, sa fille chérie, l'avait brisée. Un soir, Marion l'avait entendue murmurer à son mari :

— Il aurait mieux valu que ce soit Marion. Marion est gentille, mais bien ordinaire. Alors que Yolande, par Dieu, Yolande avait toutes les qualités...

Longtemps, la jeune fille s'était demandé en quoi elle était moins digne de vivre que sa sœur aînée. Elle avait passé des heures à scruter son reflet dans le cuivre des chaudrons, y cherchant une confirmation. Certes, elle était moins jolie que Yolande, moins blonde, moins fine, moins prompte à sourire ou à faire des mines... mais cela valait-il d'être condamnée à mort?

Au reste, elle s'était toujours bien entendue avec son aînée, et jamais Yolande n'avait essayé de l'écraser de sa supériorité.

« Peut-être avait-elle pitié de moi ? songeait-elle de plus en plus souvent. Elle se rendait compte que je devrais toujours me contenter de ses restes. Cela lui donnait mauvaise conscience. »

Elle taillait, taillait, épluchant le bois blond, tendre. Les copeaux s'amoncelaient sur l'établi. Quand la couche devenait trop épaisse, elle la balayait d'un revers du bras. La chaleur des combles faisait battre le sang à ses tempes, lui amenant à la tête une espèce de fièvre maligne où se bousculaient des idées qui lui faisaient honte.

Des mains, des pieds. Encore une main, encore un pied...

Elle s'appliquait à les faire le plus gauchement possible. C'était cela ou accepter d'être battue. Elle savait que les moines ricanaient dans son dos en contemplant ses œuvres. Elle croyait presque les entendre s'exclamer : « Pas bien habile, la jouvencelle, mais, baste, c'est assez bon pour nos nigauds de pèlerins ! »

De temps à autre, quand le démon lui brûlait le sang, elle s'autorisait une bouffée de révolte et sculptait une main pourvue de six doigts, en espérant que personne ne s'en apercevrait. Quand elle se laissait aller à de tels débordements, elle se surprenait à rire sottement, des étincelles de joie mauvaise au bout des ongles.

Les copeaux, toujours les copeaux...

Aux hommes la pierre noble, à elle le bois tendre promis aux vers, à la pourriture. Aux hommes l'éternité, à elle les babioles. Un jour il faudrait que cela finisse. Ils ne pourraient pas toujours la museler, la faire taire, la condamner aux travaux d'épluchures.

Elle s'épongea le front. La sueur lui coulait le long du nez, de la gorge, serpentait en longs filets entre ses seins. Sa chemise lui collait à la peau. La sciure en profitait pour adhérer à sa peau, la saupoudrer de sa farine blonde à l'odeur de forêt.

Elle comptait les pieds, les mains, et songeait à saint Gaudémon, le martyr démembré dans l'arène par un empereur romain dont elle avait oublié le nom. Tibère ? Caligula ? Aux dires des bons pères, ils se ressemblaient tous. Des bouchers en toges écarlates, couronnés de lauriers, le pouce tourné vers le bas — *pollice verso* — pour exiger la mise à mort des combattants. On lui avait raconté cette histoire des milliers de fois, jusqu'à ce que les images des tourments endurés par le saint se mettent à la poursuivre au cœur du sommeil.

On disait que l'empereur avait ordonné que Gaudémon soit écartelé par quatre chevaux noirs, pour la plus grande joie des spectateurs massés sur les gradins du *Circus Maximus*. Le condamné avait accueilli l'annonce de son martyre avec sérénité et s'était laissé lier aux cavales piaffantes par les poignets et les chevilles.

C'était des temps de grande barbarie, disaient les moines, des temps d'obscurité que la lumière de Dieu n'éclairait point encore. Le sable des arènes buvait le sang des chrétiens mis en pièces par les fauves. Des milliers de croyants, hommes, femmes, enfants, mouraient ainsi dans les tourments les plus horribles.

Quand Gaudémon fut couché sur le sol, il cria sa foi en Notre Seigneur Jésus-Christ. Les spectateurs le huèrent et lui jetèrent des ordures au visage. L'empereur leva la main. Les cochers fouettèrent les chevaux qui bondirent aux quatre points cardinaux. Gaudémon était fort, mais ses membres ne purent résister à la traction qu'on exerçait sur eux. Ils s'arrachèrent du tronc et furent traînés dans la poussière par les destriers que la cuisson de la cravache avait lancés en avant.

— Alors, cria César du haut de la tribune d'honneur. Tu me sembles moins fier à présent, l'ami. Ton dieu ne t'a guère secouru dans l'épreuve, on dirait...

Cette saillie provoqua un rugissement de rires dans le public.

— Si la foi peut soulever des montagnes, dit Gaudémon du fond de l'arène, alors elle peut me redonner un corps neuf.

Aussitôt, il se mit à prier. La puissance de Dieu se manifesta alors pour l'enseignement des païens, et l'on vit les quatre chevaux reculer, comme tirés en arrière par une poigne invisible. Et les membres arrachés, sanglants, de Gaudémon, vinrent reprendre leur place sur son tronc. En un instant, il redevint intact, comme si les tourments ne l'avaient point affligé d'horribles plaies. La foule, terrifiée par ce prodige, reflua en désordre par les *vomitoria*. La panique engendra un pêle-mêle où tous se piétinèrent en essayant de gagner la sortie. On dénombra un millier de morts parmi les spectateurs, ce qui équivalait à peine au nombre des chrétiens sacrifiés dans l'arène depuis le lever du soleil.

À partir de ce jour, saint Gaudémon fut prié par tous ceux qui souffraient d'une quelconque atteinte des membres : les paralytiques, mais aussi les blessés, les boiteux. Il passa pour faire des miracles. Si l'on voulait retrouver l'usage de ses jambes, disait-on, il fallait faire le pèlerinage jusqu'au sanctuaire où reposaient ses reliques et y déposer une représentation de la partie souffrante, un modelage en terre cuite, une sculpture de bois. Saint Gaudémon appréciait alors l'effort accompli par le demandeur et honorait sa requête.

Le chemin menant au reliquaire était connu comme l'un des plus difficiles qui existât. Il serpentait dans la montagne, traversant des régions habitées par les ours et les aigles. Ce n'était point l'un de ces gentils pèlerinages où l'on se rendait en chantant sous la protection d'un chevalier, par les plaines et les villes. Parvenir au sanctuaire du martyr démembré relevait du combat contre la nature et les éléments.

Marion en avait averti sa sœur lorsque celle-ci s'était mis en tête de partir là-bas.

— Tu sais, lui avait-elle cent fois répété, on dit que c'est très dur, même pour les soldats aguerris. Il n'y a que du rocher, là-haut, si bien qu'on ne peut même pas y enterrer ceux qui meurent en route. On doit les laisser sur le bord du chemin ; les ours, les aigles viennent alors les dépecer.

— Je sais, répondait sereinement Yolande, mais ça ne me fera pas reculer. Il faut bien que quelqu'un se dévoue si l'on veut que le père retrouve l'usage de ses jambes. Ce n'est pas la mère qui s'y rendra, elle est trop vieille, quant à toi, tu n'as pas la mentalité qui convient. Tu es trop rebelle, même si tu tiens jusqu'au bout, le saint ne t'accordera rien, pour te punir de ton orgueil.

— Et pourquoi Antonin n'irait-il pas ? sifflait alors Marion. C'est un homme, un solide gaillard, il ne cesse de nous le répéter.

Yolande haussait les épaules.

— Non, lâchait-elle. Ce n'est pas possible. Depuis que Papa est alité, c'est Antonin qui fait tourner la boutique. S'il arrêtait de tailler la pierre, nous serions réduites à la mendicité.

« *Faux*, songeait Marion avec colère. Je pourrais prendre sa place, et je serais bien meilleure que lui ! Mais cela, vous ne voulez pas l'admettre. »

Elles avaient dû tenir cette conversation des dizaines de fois, en chuchotant, dans le secret du grenier, au milieu des mains et des pieds de bois.

— J'aurai besoin de toi, lui déclara un soir Yolande. Quand je partirai il me faudra emporter une paire d'ex-voto. Deux jambes que je déposerai devant le reliquaire. Tu n'es pas bien forte en sculpture, je le sais, mais je te demanderai d'y mettre tout ton cœur, pour une fois. Cela compensera ta maladresse. Après tout, comme on dit, c'est l'intention qui compte. Tâche que ces jambes ressemblent vraiment à des jambes, il en va du rétablissement de notre père.

— Je ferai mon possible, répondit Marion, les dents serrées par la colère. Tu sais comme je suis maladroite...

— Va, ce n'est pas de ta faute, fit Yolande en lui tapotant la main.

Non, rien n'avait pu fléchir sa sœur aînée, ni les supplications de la mère, ni les colères du père. Elle avait tout arrangé avec les moines, à l'abbaye, et, le jour venu, s'en était allée en souriant, les deux jambes de bois taillées par Marion au fond de son paquetage.

Elle avait disparu, comme tous ceux qui l'accompagnaient. Soixante-trois pèlerins de tous âges, engloutis par le néant.

Cela arrivait parfois. La responsabilité en revenait aux ours, aux avalanches, à la neige. Il n'était pas rare que le froid tue les dormeurs pendant la nuit. Le convoi suivant les découvrait, changés en statues par le gel et recroquevillés dans les trous de rocher où ils avaient tenté de s'abriter du vent.

L'entreprise avait mauvaise réputation. On la disait impossible à mener jusqu'au bout. Mais ces rumeurs, paradoxalement, renforçaient la fascination qu'elle exerçait sur les pérégrins. On en attendait une puissance accrue, magique. Parvenir au terme du voyage, affirmait-on, c'était être certain de voir son vœu exaucé. Le saint ne pouvait rester indifférent aux souffrances endurées.

Marion écarta une mèche de cheveux qui lui barrait le visage. La sciure collait à ses joues. Elle avait le goût du bois sur la langue. La jeune femme termina une autre main. Une de plus. Les moines la marqueraient au fer rouge, imprimant au creux de la paume le symbole de la confrérie, et la vendraient à un pèlerin après l'avoir bénite.

La dernière image que Marion gardait de Yolande, s'éloignant dans la pâle lueur de l'aube, continuait à danser dans sa mémoire.

« Elle avait l'air si pressée de partir... », se dit-elle. Si pressée et si... heureuse ?

Plus elle fouillait dans ses souvenirs, plus elle avait la certitude d'avoir déchiffré sur les traits de son aînée une expression de soulagement.

*Comme si elle venait de s'échapper d'un piège...*

Imaginait-elle tout cela ? Reconstruisait-elle la réalité au gré de sa fantaisie ?

Ou bien... ou bien Yolande s'était-elle payé leur tête ?

« Et si..., se murmurait Marion dans la chaleur de l'atelier et l'odeur de sciure. Et si elle avait sauté sur l'occasion ? Si elle avait profité de l'accident du père pour prendre la fuite et tout quitter : la famille, la perspective d'être livrée à Antonin ? »

Cette hypothèse hantait les rêveries de la jeune fille. Yolande leur avait peut-être joué la comédie des années durant. Elle avait souri, feint la docilité, le bonheur facile, sans jamais cesser de guetter le moment propice. Le pèlerinage lui avait fourni le prétexte tant attendu.

« Elle a manœuvré avec ruse, pensait Marion. Elle nous a endormis à coups de sourires, de chatteries, tout en préparant son évasion. Elle ne voulait pas de l'existence qu'on lui préparait ici, elle refusait d'être livrée à Antonin, elle voulait tenir les rênes de sa vie. »

Alors elle était partie, dans l'aube bleutée, vers la montagne. Et la montagne l'avait prise, avec tous ceux qui l'accompagnaient.

Curieusement, le père avait retrouvé l'usage de ses

jambes alors que Yolande n'était jamais parvenue au terme du pèlerinage, les moines du sanctuaire de la châsse l'avaient confirmé.

« C'est que saint Gaudémon a pris en compte son sacrifice, radotait Maître Denis. Notre chère petite n'est pas morte pour rien. »

Marion sursauta en devinant une présence derrière elle. Elle n'aimait pas être surprise au milieu de ses pensées. Elle reconnut l'odeur aigre d'Antonin. C'était le moment de la pause, le père s'était allongé pour dormir et soulager ses jambes qui le portaient moins bien depuis l'accident, Antonin, bien sûr, en avait profité pour escalader l'échelle du grenier.

Il avançait, la bouche tordue en un sourire supérieur, évaluant d'un œil critique le travail de sa future femme. À présent qu'on lui avait promis Marion, il s'était mis en tête d'obtenir des acomptes sur la nuit de noces. Ce n'était pas pécher, affirmait-il, puisque tout serait légalisé dans peu de temps. Il grimpait aux heures chaudes, quand le soleil transformait le grenier en fournaise, quand la sciure voletant dans la pénombre semblait près de s'enflammer spontanément... Là, il posait ses mains rugueuses sur les épaules de Marion et faisait descendre la chemise de la jeune fille, pour toucher sa peau. Ses doigts s'égaraient en direction de la gorgerette pour frôler les seins, pincer les tétons ; Marion devait se débattre, le repousser, voire le menacer avec une gouge d'acier tranchant.

— T'en fais bien des manières, grommelait le garçon. T'as tort de le prendre comme ça. Dans quelque temps ce sera moi le maître ici, ton père est vieux, il ne tient plus sur ses jambes. Alors je vous ferai tous danser à ma façon, et c'en sera fini de jouer les mijaurées.

Il disait cela avec une méchante lueur dans l'œil. Marion lui résistait, levant un peu plus son outil pour le tenir à l'écart. Elle n'aimait pas qu'il la touche. Elle détestait tout en lui, son odeur, sa peau pleine de furoncles, sa petite bouche rétrécie noyée dans un fouillis de barbe.

— Je te ferai plier, grogna Antonin, ça tu peux en être certaine. Je t'ouvrirai en deux au fond du lit. On t'entendra crier de l'autre bout du village, et tout le monde pensera : « Tiens, c'est la Marion qui se fait mettre en perce ! Ça va lui rabattre son caquet ! » Personne ne t'aime ici, t'es qu'une pimbêche.

— Fiche le camp, haleta la jeune fille. On n'est pas encore mariés.

— Ça ne tardera plus, marmonna Antonin, ça ne tardera plus maintenant.

Marion eut une bouffée de haine. L'espace d'un battement de cœur, elle fut sur le point de taillader le jeune homme au visage, pour voir son vilain sourire se changer en grimace de douleur.

Il lui arrivait de se demander si Antonin n'était pas responsable de l'accident qui avait brisé les jambes de Maître Denis. Ça n'avait rien d'invraisemblable. Il aurait suffi d'une pierre mal équilibrée, d'un agencement soigneusement calculé...

« Il espérait peut-être que notre père serait tué par l'écroulement des blocs, se disait-elle. Alors Maman n'aurait eu d'autre ressource que de s'en remettre à lui pour faire marcher l'atelier. »

Antonin avait-il envisagé de régner en despote absolu sur cette maisonnée remplie de femmes : Yolande, Marion, Maîtresse Margot ? Avait-il espéré les mettre dans son lit, *toutes,* l'une après l'autre ? En jeune coq régnant sur sa basse-cour.

Pourquoi pas ?

Antonin se décida à battre en retraite. Il ne voulait pas causer d'esclandre. Maître Denis était encore assez fort pour lui casser la tête d'un coup de poing. Marion se retrouva seule au milieu des mains et des pieds de bois.

— T'es bonne à rien, cracha le garçon avant de disparaître. Même les ex-voto, tu ne sais pas les tailler correctement. Tu devrais te contenter de ce pourquoi les femelles sont faites : ouvrir les cuisses.

## CHAPITRE TROIS

La nuit pesait sur la maison, mais Marion ne dormait pas. Elle était couchée à côté de ses parents, sur la paillasse commune où l'on avait coutume de dormir à quatre ou cinq pour se tenir chaud l'hiver. Jadis, elle s'était pelotonnée contre Yolande, mais, depuis la disparition de celle-ci, la place restait vide. Quand elle serait mariée avec Antonin, le garçon l'occuperait. Il en irait ainsi tant que le couple vivrait dans la demeure familiale. Elle devrait donc se laisser prendre sous l'œil du père et de la mère qui n'hésiteraient pas, si elle se rebellait, à la prier de se conformer aux souhaits de son époux.

C'était sans doute cela que Yolande avait voulu fuir, au risque d'y laisser la vie.

Marion détestait Antonin, mais elle aurait pu envisager de le subir en serrant les dents si, au moins, il avait accepté de la tirer de l'exil où elle s'étiolait et de lui confier une pierre à tailler. Mais elle ne se faisait aucune illusion. Jamais il n'accepterait d'admettre qu'elle était meilleure que lui. *Bien meilleure.* Il la cantonnerait aux travaux élémentaires et s'empresserait de l'engrosser chaque année, la condamnant à accoucher de bébés dont la plupart mourraient au bout de six mois.

Elle s'allongea sur le dos. Il faisait chaud. Tout son corps était moite. Bien qu'elle dormît nue, comme son père et sa mère, elle n'éprouvait aucun soulagement. Il lui semblait percevoir une pulsation sourde montant de la ville. Une menace, une exaspération. On chuchotait dans les rues depuis la disparition du dernier pèlerinage. On racontait des choses à propos d'un moine incarcéré, tenu au secret. Un moine qui avait vu le diable.

Depuis, Marion se surprenait à fixer la ligne de crête des montagnes, en se répétant que Yolande était peut-être encore là-bas, prisonnière des démons. Et la question revenait, chaque fois, virevoltant dans son esprit : le diable faisait-il un pire mari qu'Antonin ?

Le frère Diodore, père supérieur de la congrégation de saint Gaudémon, pencha la tête avec l'espoir que l'ombre de sa coule — le long capuchon noir de l'ordre — dissimulerait l'angoisse qui imprégnait ses traits. Il se trouvait dans les caves de l'abbaye, en une crypte éclairée par deux torches, et qui sentait le salpêtre. Jadis, aux temps des persécutions romaines, cette caverne avait été le lieu de culte secret où s'étaient clandestinement rassemblés les premiers fidèles. Plus tard, on avait bâti le moutier sur cette grotte originelle, passant des profondeurs de la terre au soleil, à l'air libre. On s'était cru affranchi des dangers, victorieux. Aujourd'hui, tout pouvait être remis en question.

Aujourd'hui, frère Guillaume était détenu dans la crypte sacrée depuis son retour de la montagne. Enfermé dans une cage de fer.

C'est lui-même qui avait exigé d'être ainsi traité. Il prétendait sentir les démons grouiller en lui. Son corps, disait-il, n'était plus qu'un « nid de vermine spirituelle ».

— Je vais tous vous infecter, avait-il hurlé alors qu'on essayait de le soigner. Tenez-vous loin de moi. Ne m'approchez pas. Le diable parle par ma bouche, sa semence me tient lieu de salive. Ma langue n'est qu'un prolongement de sa queue. Je suis contaminé.

Ses cris avaient terrifié les novices. Il avait fallu le sortir de sa cellule pour l'exiler ici, au plus profond du moutier, en ce premier lieu de prière où l'histoire de la congrégation avait commencé, et qui, pourtant, avait tout du sépulcre.

À présent, Guillaume tournait dans sa cage, se meurtrissant aux barreaux. Il avait arraché ses vêtements et s'obstinait à rester nu. « Pour guetter sur son corps les premiers signes de transformation », affirmait-il.

On le nourrissait en poussant au moyen d'un bâton une écuelle de brouet dans sa direction. Il la renversait le plus souvent en répétant qu'il désirait désormais se repaître de menstrues de ribaudes et de fœtus avortés.

Il chiait et pissait dans la cage, puis se couchait sur ses déjections pour dormir quand l'épuisement le faisait s'écrouler. Le reste du temps, il hurlait des insanités, des blasphèmes, tournait en dérision les chants sacrés et se masturbait en disant la messe.

L'horreur s'était emparée du père supérieur pourtant connu pour sa mansuétude. Il avait lui-même tenté un exorcisme sans rien obtenir qu'un flot d'ordures, des pets, et des jets de pisse en pleine face.

Il ne voulait pas faire appel à un exorciste extérieur à l'Ordre, car il était important de ne pas ébruiter cette horrible affaire.

Brusquement, frère Guillaume se cramponna aux barreaux et le fixa avec désespoir. Par moments, il redevenait « humain », et le dialogue était soudain possible.

— Mon père, balbutia-t-il. Mon bon père, faites-moi tuer, je vous en supplie. Faites-moi étouffer entre deux paillasses, comme si j'avais été mordu par un chien enragé. Qu'on verse du poison dans ma soupe. Il faut que cela cesse. Je suis en train de vous porter préjudice. Donnez l'ordre de me faire trépasser, je vous en conjure... Il se trouvera bien, dans une taverne, un soudard qui acceptera, moyennant deux écus, de me loger un carreau d'arbalète dans la poitrine. Je suis prêt. Il faut me tuer avant que le démon ne me rende encore plus fort, avant que je ne sois capable de tordre les barreaux de cette cage pour m'échapper.

Le père supérieur se signa, le cœur étreint par la peur. Ce n'était point pour sa personne qu'il craignait, mais pour la congrégation.

— Mon enfant, gémit-il, c'est impossible, tu le sais bien, mais je prie pour toi.

Guillaume grimaça et se mit à secouer les barreaux de toutes ses forces.

— Je me fiche de tes prières, vieux bougre ! vociféra-t-il. Elles ne sont guère plus efficaces que le goupillon desséché que tu caches entre tes jambes ! Bande d'imbéciles, vous n'avez aucune idée de ce qui vous attend ! Les portes sont ouvertes, les portes de l'enfer !

Diodore se redressa avec peine. Il ne pouvait en supporter davantage. Frère Azaël se précipita pour l'aider, c'était un moine dans la force de l'âge, durci par les macérations, au long visage cireux. Un soldat de Dieu qui s'était mêlé aux croisades et avait jadis cassé la tête des Sarrasins avec un grand crucifix de fer.

— Aidez-moi à remonter ! gémit Diodore que ses rhumatismes mettaient à la torture.

— C'est cela ! ricana Guillaume du fond de sa cage, allez donc mes bons bougres, allez vous foutre en cul comme des corniauds privés de chienne !

Sans répondre, les deux hommes quittèrent la crypte dont ils verrouillèrent le battant.

Ils n'échangèrent pas une parole tant qu'ils n'eurent point gagné l'abri de la cellule du père supérieur. Ils n'ignoraient pas que les occupants du moutier retenaient leur respiration et scrutaient le visage de leurs dirigeants, dans l'attente d'une réponse rassurante. Une réponse que ces derniers étaient loin de pouvoir donner.

Une fois seuls, les deux hommes s'assirent de part et d'autre d'une table de chêne sur laquelle reposait une pile d'incunables et d'antiphonaires.

Le père Diodore regarda frère Azaël en coin. Comme s'il répondait à une question muette, il murmura :

— Vous savez bien qu'il nous est impossible d'en référer à l'archevêque. Nous n'avons aucun intérêt à ce qu'une délégation policière vienne fourrer le nez dans nos affaires.

Azaël baissa la tête. Il comprit que le supérieur venait de faire allusion à la Sainte Inquisition.

— Notre ordre n'a jamais été en odeur de sainteté, souffla Diodore en accompagnant ces propos d'un petit rire amer. Je reconnais que c'est un comble pour une confrérie organisée autour d'un martyr chrétien, mais vous savez comme moi, qu'il se trouve des gens mal intentionnés pour contester la valeur des miracles accomplis par les reliques de saint Gaudémon.

Frère Azaël hocha la tête. Il savait cela. Certains allaient même jusqu'à parler de magie. Gaudémon avait mauvaise réputation, on ne savait pourquoi. Partout, à travers monts et vallées, des dizaines de saints officiant dans tout autant de sanctuaires accomplissaient couramment des prodiges, rendant la vue aux aveugles, leurs jambes aux paralytiques, et personne ne s'avisait de les appeler « magiciens », « sorciers »... Pourquoi en allait-il autrement de Gaudémon, l'esclave démembré dans les arènes de Caligula, l'empereur fou ? Quelle sourde animosité guidait donc ses détracteurs ? Était-ce la difficulté du pèlerinage qui corrompait ainsi les imaginations ? Ce sanctuaire perdu dans les montagnes, par-delà les pics, au sein d'une nature âpre, excitait les esprits chagrins. On lui reprochait ses allures de forteresse imprenable, on croyait y détecter une volonté de dissimulation.

— Nous sommes en danger, souffla le père supérieur. L'heure est grave. On complote dans l'ombre pour provoquer notre chute. Nos ennemis sont nombreux. Vous savez comme moi que Jôme le Noir, l'inquisiteur, s'est mis en tête de démontrer que notre ordre est fondé sur une supercherie. C'est un érudit, il a fait le voyage jusqu'à Rome pour étudier les écrits du temps. Il s'acharne à prouver que Gaudémon était un sorcier, un magicien surgi des déserts et qu'il n'a prêché la parole du Christ que pour s'attirer la « clientèle » des premiers chrétiens.

— Jôme est un exalté, fit Azaël. Cette marotte le tient depuis des années. Il espère en tirer gloire et se pousser au premier rang. L'orgueil et la jalousie lui jaunissent la couenne.

— Et c'est bien là le problème, soupira Diodore. Jusque-là ses supérieurs ne lui ont prêté qu'une oreille distraite, mais leur attitude pourrait bien changer avec la disparition répétée des pèlerins prenant la route des montagnes. Les déclarations du pauvre frère Guillaume ont fait le tour de la ville. Les commères s'en donnent à cœur joie. On chuchote que beaucoup de marcheurs se seraient déjà déboutés et auraient choisi de rejoindre la troupe d'un autre pèlerinage. C'est très grave. Si personne n'emprunte plus le chemin du sanctuaire, notre ordre dépérira. On est en train de faire de nous des pourvoyeurs de l'enfer. Des sergents recruteurs pour les légions du Malin.

Frère Azaël s'agita, mal à l'aise. Il avait passé l'après-midi dans les rues de la ville, à écouter les bavardages. Les propos courant de bouche en bouche l'avaient effrayé.

— Là-haut, dans les montagnes, disait-on, le diable a bâti une arène où il sacrifie les chrétiens, comme au temps des César. C'est un grand cirque rocheux empli de bêtes fauves, où sont jetés pêle-mêle les pauvres pèlerins qui ont commis l'erreur de vouloir se recueillir sur la châsse de saint Gaudémon. Oui, c'est ainsi que cela se passe. Et les ours les démembrent, comme jadis Gaudémon fut démembré entre deux combats de gladiateurs. Le pèlerinage est maudit, il faut s'en détourner.

Azaël s'était signé hâtivement, mais le doute avait fini par s'insinuer en lui. *Et si tout cela était vrai ?*

Le diable et ses suppôts aimaient les contrées désolées, les ermites l'avaient appris à leurs dépens. Que savait-on réellement de la montagne ? Personne n'avait jamais exploré ce désert de roches fracassées, et lorsqu'on s'y risquait, c'était chaque fois en prenant garde de ne point s'écarter des chemins connus. Mais qu'y avait-il au-delà ?

Azaël s'ébroua. Le regard du père supérieur était posé sur lui, scrutateur. Il sut d'emblée que Diodore-le-Vieil avait perçu son désarroi.

— Mon père, haleta-t-il, que devons-nous faire ?

Le prieur se mordit la lèvre inférieure.

— Il faut envoyer quelqu'un là-haut, lâcha-t-il. Quelqu'un qui n'aura aucun pouvoir de police et n'entretiendra pas davantage de liens avec l'Inquisition. Cette personne « innocente » nous rapportera ce qu'elle a vu. Nous l'instruirons du danger encouru. Il faudra qu'elle soit sur ses gardes, qu'elle tienne pour suspects tous ceux qui l'approcheront.

— Les accusations de frère Guillaume sont effroyables, chuchota Azaël en se signant.

— Je le sais, soupira le père supérieur. Elles pourraient nous mener au bûcher, tous. Cela s'est déjà vu. Il suffirait que le pauvre fou les répète devant un inquisiteur pour que l'armée encercle aussitôt cette abbaye et nous couvre de chaînes.

Les deux hommes échangèrent un regard angoissé. Ils pensaient tous deux aux Templiers, torturés, massacrés, accusés des pires blasphèmes. Cela pouvait leur arriver demain. Diodore n'osait imaginer ce qui se produirait si Jôme le Noir, l'inquisiteur, exigeait soudain d'être mis en présence de Guillaume. Il avait honte d'y penser, mais, dans le secret de son âme, il ne pouvait s'empêcher de souhaiter que la fièvre emporte bien vite le malheureux et le fasse taire avant que ses délires ne conduisent ses frères en Jésus-Christ au bûcher.

— Il nous faut quelqu'un, murmura-t-il. Quelqu'un qui sera nos yeux. Quelqu'un qui se tiendra sur ses gardes, mais qu'on ne soupçonnera pas de travailler pour nous.

— Un espion ?

— On peut voir les choses ainsi.

Azaël hésita. Depuis un moment, il songeait à la fille de Maître Denis, l'ymagier. Il fit part de son idée au père supérieur qui leva les sourcils.

— Une femme ? s'étonna-t-il. Elles n'ont pas de cervelle. L'agitation de leur matrice les gouverne tout entières. Ce sont des marionnettes dont le Malin se plaît à faire bouger les fils. Les femmes n'auront jamais le statut d'être humain à part entière, vous le savez bien. Elles sont quelque chose entre l'animal et l'enfant. Des créatures inachevées, un peu manquées. C'est cela que vous voulez envoyer à la rencontre du démon ?

— Oui, insista Azaël. Je connais bien Marion. Je l'observe depuis quelque temps. Elle est immodeste et révoltée, mais elle travaille mieux que son père. Elle taillerait de plus belles statues que les siennes s'il lui en laissait la liberté. Elle n'a pas froid aux yeux et je crois qu'elle serait prête à tout pour échapper au mariage qu'on va lui imposer d'ici peu. En outre, sa sœur aînée a disparu il y a deux ans, alors qu'elle allait se recueillir sur les reliques de saint Gaudémon.

— Hum, grommela le prieur. Les motivations ne manquent pas, certes, mais acceptera-t-elle ?

— Je le pense, fit Azaël. Pour le savoir, il suffit de la convoquer.

— Vous avez mon autorisation, conclut Diodore. Le temps presse. Il nous faut mener une enquête et préparer des réponses au cas où l'on nous demanderait de nous justifier.

Azaël s'inclina. Il savait à quoi — ou plutôt à qui — pensait le père supérieur.

Il savait également que si son plan échouait, ils étaient tous perdus.

## CHAPITRE QUATRE

Marion traversa la ville en tirant sa charrette remplie à ras bord d'ex-voto. Elle transpirait ; les longes dont elle était harnachée lui sciaient les épaules. Les galopins et les escholiers l'accablaient de gravelures, s'extasiant sur la courbe de ses seins mise en valeur par l'effort, ou sur ses cuisses que la robe, collée par la transpiration, rendait trop visibles.

Elle serrait les dents tandis que mains et pieds de bois brinquebalaient dans son dos. Un moine était passé le matin même pour la convoquer. L'air soucieux, il n'avait rien voulu dire.

— Ils ne sont pas contents de toi, avait ricané Antonin. C'était à prévoir ! Ils se sont enfin rendu compte que tu salopais la besogne. Ils vont fouetter ton joli cul sur la place publique. Tu joueras moins les faraudes après ça !

Inquiète, Marion avait pris la route dès la carriole chargée. De quoi l'accusait-on ? D'avoir parfois glissé une main à six doigts dans le lot des ex-voto ? Allait-on la punir pour cette mauvaise farce ?

Quand elle se présenta à la porte de l'abbaye, elle fut surprise de voir qu'on n'accordait aucun intérêt au contenu de la charrette. Un moine la conduisit prestement à travers un dédale de corridors voûtés empestant le moisi.

Frère Azaël l'attendait dans l'une des chapelles. Elle le connaissait un peu, car il lui avait rendu parfois visite à l'atelier. Elle fut troublée de lire de l'angoisse dans son regard. Elle s'agenouilla, mais il la fit relever.

— J'irai droit au but, annonça-t-il. Ce que j'ai à te proposer est dangereux. Tu pourrais y perdre et ta vie et ton âme. Nous avons besoin de toi, et ce que nous allons te demander entretient peu de rapport avec tes occupations habituelles, mon instinct me souffle cependant que tu pourrais bien réussir là où d'autres ont échoué.

Marion planta son regard dans celui du moine.

— C'est en rapport avec le pèlerinage perdu, n'est-ce pas ? lança-t-elle.

— Oui, avoua Azaël. Mais d'abord, je veux te faire rencontrer frère Guillaume, l'unique survivant, pour te faire toucher le danger du doigt.

Ils prirent le chemin de la crypte enfouie dans les fondations de l'abbaye. Dès que frère Azaël eut déverrouillé la porte cloutée fermant l'ancienne chapelle, Marion fut suffoquée par l'odeur d'excrément qui planait sur les lieux.

— Son état est effrayant, annonça le moine, mais je tiens à te prévenir que nous n'en sommes nullement responsables. C'est lui, et lui seul, qui a exigé de s'infliger ces tourments.

La jeune fille s'avança à la rencontre de la puanteur. On n'y voyait guère, elle fut tout de même effrayée par l'apparence du garçon recroquevillé dans la cage de fer posée au centre de la salle. Il s'agissait, à n'en pas douter, du moine fou dont la ville parlait. Il se tenait nu, assis sur un lit d'étrons ; son corps n'était qu'une plaie. Des instruments de torture avaient été déposés sur le périmètre de la cage, de manière qu'il puisse s'en saisir. Il y avait des fouets, des couteaux, des étrilles. Le dément les avait utilisés pour se lacérer la chair des jambes, du ventre et du torse dans laquelle il avait ouvert de grandes plaies en forme de crucifix. Marion eut un mouvement de recul. L'odeur du sang, mêlée à celle de la merde lui tournait la tête.

— Nous n'y sommes pour rien, répéta Azaël. C'est lui qui a réclamé ces outils.

— Il le faut bien, grogna la créature ratatinée derrière les barreaux. Je sais mieux que vous ce qu'il convient de faire, mais vous êtes trop lâches pour m'obéir. Combien de fois devrai-je vous répéter qu'il faut poser cette cage sur un fourneau et la porter au rouge ? Vous comprenez ? Je veux entendre ma viande grésiller, cuire comme un gigot. C'est seulement de cette façon que je pourrai persuader les diables d'en sortir. Hélas ! vous n'êtes que des pleutres... Vous n'avez pas la force d'aller jusqu'au bout.

Marion ne savait quelle attitude adopter. Frère Guillaume joignit les mains pour chuchoter une prière. Dans ce mouvement, la jeune fille put constater qu'il n'avait plus d'ongle, à aucun doigt. Elle repéra aussitôt la tenaille, abandonnée au fond de la cage.

Le possédé surprit son regard et ricana.

— Les démons supportent la douleur mieux que moi, soupira-t-il. C'est dur de les mettre en fuite. Je manque de courage pour m'infliger de vrais tourments. Je n'ose pas me mutiler. Je suis trop douillet. Si je m'émasculais, je pense qu'ils s'en iraient, mais je n'arrive pas à me décider. Pourquoi, hein ? Pourquoi ? Un moine ne devrait pas hésiter à se séparer d'organes génitaux qui ne lui serviront jamais à rien.

— Frère Guillaume, dit fermement Azaël. Un peu de retenue, vous parlez à une pucelle.

Le prisonnier émit un rire déplaisant.

— À d'autres ! gloussa-t-il. On ne me fera pas croire que cette petite catin n'a jamais tâté de la bonne saucisse humaine. Je le lis dans ses yeux. Et je peux dire qu'elle aime ça.

Marion ne put s'empêcher de rougir.

— Parlez-nous de la route, lança précipitamment Azaël. Des choses que vous avez vues sur le chemin des pèlerins...

À ces mots, Guillaume fit un bond en arrière et se recroquevilla au fond de la cage. Il avait perdu toute assurance et tremblait comme sous un accès de fièvre quarte.

— Il ne faut pas l'envoyer là-bas, bredouilla-t-il. Les démons la prendront, comme les autres. La montagne est pleine de géants sortis des enfers.

— Vous voulez dire des ours ? hasarda Marion.

— Non, hurla Guillaume. Des géants, des hommes dont la tête toucherait le plafond de cette crypte. Des monstres inconnus galopent dans leur sillage. Toutes les maisons-Dieu leur servent désormais de refuge. Il n'est pas un moine qui ne soit leur complice. La confrérie est passée du côté des ténèbres. Les églises dressées sur la route de saint Gaudémon servent d'auberge aux légions infernales. On y mange au coude à coude avec Lucifer.

— Frère Guillaume, haleta Azaël, nous connaissons tous très bien les religieux qui s'occupent des maisons-Dieu où les pèlerins s'arrêtent pour la nuit. Ce sont nos frères dans le Christ, des gens de confiance, de vieux compagnons de prière. Ils ont longtemps séjourné ici, dans ces murs, avant de partir dans la montagne ériger des relais pour les marcheurs.

— Oui... oui, c'est vrai, grogna le prisonnier. Je les connais, moi aussi. Je les ai souvent vus ici... j'ai prié avec eux. Certains m'ont même confessé lorsque j'étais novice, *mais c'était avant...* avant qu'ils ne pactisent avec le diable. Maintenant ils ont changé ! Ils crachent sur les hosties et forniquent avec les pérégrines sur les autels. Les maisons-Dieu sont devenues des repères de débauche... mais cela n'est rien. La nuit, les portes s'entrouvrent, les portes des abysses, et les diables sortent pour déchiqueter les voyageurs, les dévorer et leur décoller la tête des épaules.

Il se roula en boule et sanglota comme un enfant terrifié. Azaël était blême. Marion se sentait sur le point de défaillir. Chaque fois que Guillaume parlait, on distinguait les trous ouverts dans sa dentition par la tenaille dont il s'était servi pour s'arracher incisives et canines. Cet homme était devenu son propre bourreau.

Les pleurs cessèrent brusquement ; le possédé releva la tête, l'œil brillant d'une lueur vicieuse.

— Si vous l'envoyez là-bas, gloussa-t-il, les diables la feront danser sur leurs gros vits fourchus. Ils la pénétreront par le cul et la matrice, jusqu'à ce qu'elle crève comme une outre percée d'épines.

— Ça suffit ! tonna Azaël en serrant les poings.

— La paix, l'abbé ! riposta Guillaume. Tu ne sais rien de ce qui l'attend sur la route de l'enfer. Tu vas l'expédier à la mort avec un chapelet et trois gouttes d'eau bénite sur le front. Elle ne fera pas le poids. Le grand bouc la défoncera, oui, il la déchirera en deux. Je sais de quoi je parle. J'ai assisté aux sabbats infernaux. Toi tu étais ici, bien au chaud, à te demander ce qu'on servirait au réfectoire après l'office. Tu parles dans le vide.

— Que voulez-vous que nous fassions ? demanda Marion en soutenant le regard du fou.

— Si tu veux te rendre utile, lui lança Guillaume, cours chez l'archevêque, supplie-le d'envoyer l'Inquisition et les soldats sur la route de saint Gaudémon. Qu'ils brûlent toutes les églises, qu'ils passent par le fer les moines y officiant. Il faut détruire les reliques, abattre les idoles de la Bête !

Il suffoquait. Une salive mêlée de sang lui souillait le menton. Les larmes ruisselaient sur ses joues, délayant la crasse dont il était couvert.

Tout à coup, il parut reprendre conscience et l'expression de ses yeux changea.

— Mon Dieu ! gémit-il. Empêchez-moi de dire ces choses... Azaël, Azaël... mon frère en Jésus-Christ, apporte-moi des clous de charpentier que je puisse me percer les paumes... Vite ! Vite ! Tu ne comprends donc pas que je vais vous perdre tous ?

Azaël s'agenouilla face à la cage. Il pleurait lui aussi.

— Frère, frère, répéta Guillaume. *Il faut que je me taise.* Je suis devenu votre pire ennemi. Si l'Inquisition entend mes paroles, vous serez tous condamnés au bûcher. Il faut me faire taire.

Il tendait les mains à travers les barreaux, en un geste de supplication. Azaël les prit dans les siennes. Les deux hommes restèrent un instant face à face, les yeux dans les yeux, leurs paumes ne formant plus qu'un nœud d'os et de chair.

— Apporte-moi une lame bien aiguisée, dit Guillaume dans un souffle. Une lame comme en utilisent les fisiciens pour les saignées... Ce soir je me trancherai la langue.

Ils remontèrent vers la lumière sans échanger un mot. Marion se sentait déplacée dans ce monde monacal. Dans les regards que lui jetaient les moines dont elle croisait le chemin, il y avait de l'affolement. Sans doute voyaient-ils dans son arrivée au moutier le signe d'un bouleversement majeur. Quand Azaël lui expliqua qu'elle allait rencontrer Diodore-le-Vieil, le chef de la congrégation, elle se sentit prise de panique. Maintenant qu'elle avait écouté les propos de frère

Guillaume, elle comprenait mieux l'atmosphère d'angoisse pesant sur l'abbaye. Azaël ne mentait pas : l'heure était grave. Pour la congrégation, mais aussi pour la ville et ses habitants. Quand les inquisiteurs laissaient libre cours à leur suspicion, celle-ci ne tardait pas à s'étendre sur le voisinage. Tout ce qui entourait l'abbaye deviendrait suspect. Le massacre des Parfaits lors de la grande hérésie du Languedoc prouvait que les hommes d'armes n'hésitaient nullement à anéantir la population d'une cité si l'ordre leur en était donné.

Elle n'eut pas le loisir d'y penser davantage, car Azaël la poussa dans un *scriptorium* désert. Les copistes avaient été renvoyés, personne ne surveillait plus la marmite d'encre qui cuisait doucement sur le fourneau.

Marion s'agenouilla devant le vieux moine appuyé à une colonne, dans un coin d'ombre. Sa coule rabattue sur son front laissait à peine deviner le bas de son visage. La jeune fille savait que cette capuche pouvait se rabattre jusqu'au menton, de manière à dissimuler entièrement la face. Deux trous percés dans l'étoffe permettait d'y voir clair et transformait le capuchon en une cagoule de bourreau. Hors de l'enceinte de l'abbaye, les moines étaient tenus de se masquer ainsi pour rappeler à la population que le Mal nous rend complice des bourreaux de Jésus-Christ. Lorsqu'elle était petite, les déambulations de ces hommes encagoulés de noir la terrifiaient.

— Tu l'as vu, attaqua sans préambule le vieillard. Tu sais donc quel danger nous menace. Le temps presse et je n'irai pas par quatre chemins pour t'expliquer ce que nous attendons de toi.

Il se dirigea vers l'une des tables de copie et s'assit précautionneusement. Les rhumatismes déformaient à tel point ses mains qu'il devait avoir le plus grand mal à les joindre pour prier. En cas de procès, ce détail lui serait bien sûr reproché par l'accusateur.

— Tu vas te faufiler dans la prochaine colonne en partance, dit le père supérieur. Officiellement, tu te rendras au sanctuaire pour y déposer une statue de saint Gaudémon. Cette statue, tu la tailleras en route, dans la charrette qui te véhiculera. Cela t'évitera de t'épuiser à marcher, car tu n'as pas la complexion requise pour ce genre d'aventure. Bien sûr, cette livraison n'est qu'un prétexte, et si tu dois abandonner le bloc de pierre en chemin, n'hésite pas à le faire. L'important, c'est que tu gardes les yeux grands ouverts pendant le trajet. Nous te donnerons des pigeons voyageurs, ainsi tu pourras nous faire parvenir des rapports sur ce que tu vois. Frère Azaël m'a dit que tu savais plus ou moins écrire. Ce que tu ne sais pas rédiger, dessine-le.

Il attira à lui un gros livre enluminé et l'ouvrit devant Marion.

C'était un codex rédigé à l'encre rouge. Sur la première vignette, saint Gaudémon en majesté bénissait le lecteur.

— C'est le livre des routes, commenta Diodore. Le premier chapitre énumère les chemins menant au sanctuaire. Le second détaille les étapes. Ici, tu peux lire le nom des villages traversés. Là, une description de la végétation et des points d'eau. On dit où se trouvent les fontaines, les ruisseaux. On indique les endroits où dresser des bivouacs. On expose le caractère des peuplades rencontrées et ce qu'il faut attendre d'elles.

Il tournait les pages avec délicatesse et ferveur, comme s'il feuilletait là le mode d'emploi de l'univers. Les enluminures se succédaient sous les yeux de Marion, chacune d'elles avait été dessinée avec un grand luxe de détails.

— Et voilà le plus important, murmura le prieur.

Les moines qui assurent le fonctionnement des maisons-Dieu, ces relais où les pèlerins trouvent refuge lorsqu'ils sont épuisés. L'enlumineur les a représentés d'après des croquis pris sur le vif. Voici leurs noms, et là leurs caractéristiques physiques. Tu devras les apprendre par cœur. Là, se trouve la description des bâtiments. Je veux que tu te familiarises avec cela de manière à pouvoir repérer au premier coup d'œil toute altération des lieux.

Sa voix tremblait.

— Je ne suis pas clerc, protesta Marion. Je ne saurai pas distinguer les signes de l'hérésie, c'est un moine que vous devez expédier là-bas.

Diodore leva une main impatiente.

— J'en ai déjà envoyé un, siffla-t-il. Tu as pu voir dans quel état il est revenu. Toi, on ne te soupçonnera pas d'être en mission. Qui pourrait s'imaginer, en effet, qu'une congrégation comme la nôtre remette ses chances de survie entre les mains d'une femme ! C'est tellement grotesque que personne ne te soupçonnera de travailler pour nous. Tu tailleras la pierre, tu joueras les écervelées, mais tu garderas les yeux ouverts, en permanence. Je veux savoir ce qui se passe là-haut.

Marion sentit qu'il avait du déplaisir à lui parler et souhaitait passer le flambeau à frère Azaël.

— Tu vas rester ici quelques jours, à étudier, conclut Diodore. Je vais faire prévenir ton père de la commande qui t'est confiée.

— Il va en prendre ombrage, murmura la jeune fille.

— Je lui ferai dire qu'un songe m'a été envoyé, grogna le vieillard. Un songe qui m'ordonnait de procéder ainsi. Il est permis de mentir quand les circonstances l'obligent.

Il se redressa en grimaçant et s'éloigna, courbé sous le poids de ses souffrances physiques et spirituelles.

« Faut-il qu'il soit aux abois pour accepter de faire appel à une femme ! » songea Marion en le regardant s'enfoncer dans les ténèbres de la salle.

Mais au lieu d'en concevoir une quelconque fierté, elle sentit la peur s'emparer d'elle.

— Viens, dit frère Azaël, il y a beaucoup à apprendre et nous avons si peu de temps.

Marion passa les heures qui suivirent penchée sur le codex des routes. Azaël lui traduisait le texte latin, et la forçait à répéter les noms des moines assurant le fonctionnement des hospices. Il l'habituait ainsi à associer une physionomie à chaque patronyme.

— Je te donnerai un exemplaire rédigé en langue vulgaire, lui dit-il. Tu pourras t'y référer chaque fois que tu entreras dans une maison-Dieu. Sois sur tes gardes mais sans exagération, tu finirais par voir le diable là où il n'est pas.

— Comme les gens de l'Inquisition ? demanda Marion.

Azaël fit comme s'il n'avait pas entendu.

Quand la nuit tomba, elle avait le front brûlant. Azaël la conduisit dans une cellule et lui fit porter un repas composé de fèves et de poisson bouilli. Le novice qui déposa l'écuelle et le pichet prit la fuite avant que Marion ait eu le temps de le remercier.

Elle mangea du bout des dents. Elle savait qu'on lui fournissait là l'occasion d'échapper à Antonin et qu'elle devait la saisir, mais elle avait peur. Elle était assez fine pour deviner que Diodore et Azaël se préparaient au pire.

Elle s'étendit sur le bat-flanc en conservant sa chemise. Dans cette cellule de moine, elle n'osait dormir nue.

Elle rêva de l'arène et des chevaux noirs, du *Circus Maximus* au sable gorgé de sang. Elle vit les chrétiens poussés par centaines à la rencontre des fauves. Hommes, femmes, enfants, vieillards... Azaël lui avait expliqué que les exécutions duraient souvent du matin au soir. C'était là une distraction communément pratiquée lorsqu'on n'avait aucun beau combat de gladiateurs à présenter au peuple. Une manière de faire prendre patience aux spectateurs en mal de tueries, et qu'une pénurie de débauches sanglantes pouvait pousser à l'émeute.

— Les patriciens, les aristocrates méprisaient ces massacres grossiers, avait murmuré le moine, car il n'y entrait aucune science du combat, mais les boutiquiers, les portefaix, toute la lie des rues, s'y précipitaient. Quand le soleil se couchait, il arrivait qu'un millier d'innocents aient trouvé la mort dans l'arène, sous la griffe des fauves.

Il avait évoqué les lions repus, les tigres gavés, se détournant des proies, et lapidés par les spectateurs mécontents.

— Comme ils n'avaient plus faim, dit-il, on les fouettait, on les aiguillonnait pour les rendre irritables. Tout ce qui comptait, c'était qu'ils se jettent sur les victimes offertes et les éventrent.

À présent, les images poursuivaient Marion au cœur du sommeil. Elle entendait feuler les lions à la crinière rougie, elle les voyait déchiqueter paresseusement les martyrs couchés sur le sable.

— Des spectacles impies, avait murmuré Azaël. Un divertissement odieux conçu pour détourner le peuple de l'idée de révolte.

« Et saint Gaudémon ? avait demandé la jeune fille. On dirait que vous le soupçonnez de quelque chose ? À vous voir, on pourrait penser que vous avez peur de lui... »

Elle ne croyait pas se tromper. Elle flairait l'inquiétude des moines, mais aussi leurs doutes, leurs soupçons... Ils n'étaient plus sûrs de rien. Leurs certitudes s'effritaient. Elle avait clairement perçu les réticences d'Azaël lorsqu'il lui avait conté le supplice de Gaudémon.

— Certains pensent qu'il existe une arène dans les montagnes, avait conclu le moine. Une arène où quelqu'un s'applique à reconstituer l'exécution de saint Gaudémon. Les pèlerins serviraient à alimenter cette horrible cérémonie. Je ne peux l'admettre, mais l'honnêteté m'oblige à te communiquer cette hypothèse. Tu peux encore renoncer. Rien ne t'oblige à partir.

« Si, songea Marion. Antonin. »

*À présent elle rêve. Elle voit les chevaux noirs. Elle est couchée nue dans l'arène, le sable lui irrite le dos. On a bouclé des liens de cuir sur ses poignets et ses chevilles. Elle est écartelée.*

*Là-haut, sur les gradins, la plèbe de Rome s'échauffe. Colporteurs et maçons, ils mangent en regardant couler le sang. Ils sont 50 000, peut-être davantage. Certains, amateurs acharnés, sont là depuis l'aube, ils resteront jusqu'au milieu de la nuit. Ils ont assisté aux* venationes *du matin, ces combats d'hommes et de bêtes sauvages, à l'hoplomachie qui a suivi, cette tuerie où les gladiateurs s'entre-tuent tandis que la foule scande interminablement le même mot :* iugula ! *(égorge-le !), maintenant ils entendent se distraire par la mise en pièces de quelques chrétiens, ces sectateurs d'un dieu absurde qui conseille de tendre l'autre joue quand on vous frappe ! Par-dessus tout, ils aiment voir se déchirer la chair des femmes. Ils n'en ont jamais assez.*

*Les bêtes piaffent, s'apprêtant à bondir. Le laquais d'écurie se tient prêt, le fouet à la main. Dès qu'il aura claqué la croupe des destriers, ils s'élanceront, arra-*

*chant les membres de Marion. Elle sent l'odeur des animaux, elle les entend hennir. Elle se prépare à hurler de souffrance. La lanière siffle. Les chevaux bondissent.*

Elle se réveille...

La chemise collée à la peau, elle se releva pour boire une gorgée d'eau au pichet posé sur les dalles. Le doute la gagnait, elle aussi. Gaudémon était-il réellement un saint ? Après tout, ne prétendait-on pas que les Templiers avaient, pendant des lustres, vénéré en secret une idole nommée Baphomet, lui baisant le cul avant de s'unir eux-mêmes en d'ignobles sabbats sodomites ? Et pourtant, longtemps, on les avait crus irréprochables. En allait-il de même de la congrégation qui, aujourd'hui, réclamait son aide ?

Elle étouffait, il fallait qu'elle sorte. Elle poussa la porte de la cellule. Le couloir était vide, éclairé par la lumière de la lune. Sur ses pieds nus, elle prit le chemin de la crypte sacrée. Il fallait qu'elle sache, qu'elle parle à frère Guillaume sans témoin. Un flambeau brasillait dans une torchère, elle s'en empara. Tout en bas, elle récupéra la grosse clef dans sa niche, à droite de la porte, et fit jouer le verrou.

Elle se raidit pour ne pas trembler. Guillaume se tenait agenouillé au centre de la cage, la regardant s'avancer. Il ne parut pas surpris.

— On peut dire que tu arrives à point, petite sœur, ricana-t-il. J'allais me couper la langue.

Il leva la main droite pour faire voir la lancette aiguisée dont il s'apprêtait à faire usage. Qui lui avait remis cet outil ? Azaël ou Diodore ? On tenait donc vraiment à ce qu'il se taise. Lui fournirait-on bientôt de quoi s'amputer des deux mains au cas où l'Inquisition lui aurait demandé de formuler ses accusations par écrit ?

— Si tu as des questions à me poser, gouailla le prisonnier, c'est le moment ou jamais. Après je crains fort que les gargouillis du sang ne gâtent mon élocution au point de la rendre incompréhensible.

— Le guide..., dit Marion. Le routier qui vous a mené là-bas. Qu'est-il devenu ?

Guillaume sourit.

— Mais c'est qu'on est futée ! siffla-t-il. Sais-tu que tu es la seule à y avoir pensé ? Personne, jusqu'ici, n'a songé à suivre cette piste.

— Est-il mort ? s'enquit la jeune fille. Comment s'appelait-il ? L'avais-tu déjà croisé en ville ? Faisait-il partie de ces guides qui monnayent leurs services sur la grand place du rassemblement ?

— Ce n'était pas un montagnard, dit le prisonnier en plissant les paupières. Il était vêtu comme eux mais il s'exprimait trop bien. Cela aurait dû me mettre la puce à l'oreille. Je ne me rappelle plus son nom... Il avait la peau tannée, les cheveux noirs, frisés. Comme du crin de cheval. Peut-être était-ce un cheval, du reste. *Un cheval-garou !* Homme le jour, destrier la nuit. Est-ce cela qui t'intéresse ? Veux-tu savoir s'il était membré comme un étalon ? Oui, oui... Je sens que c'est là l'objet de ta curiosité.

— Avait-il un signe particulier ? insista Marion. Des hommes tannés aux cheveux noirs, les montagnes en sont pleines ! Ils sont passeurs de profession, ils guident les faulx-sauniers par les chemins difficiles.

— Montre-moi ta touffe, grogna Guillaume sans prêter attention à ses propos. Si tu veux que je te réponde, écarte les cuisses et montre-moi ta touffe.

Elle fut tentée d'obéir.

— Tu n'es pas pucelle, n'est-ce pas ? siffla le possédé.

— Non, avoua Marion. Je ne voulais pas qu'Antonin, mon promis, m'ait vierge dans son lit. Je me suis offerte à un carrier, l'année dernière. Il est mort aujourd'hui, la peste l'a pris. Je ne l'aimais pas. Je me rappelle à peine son visage. Il m'a fait mal, c'était sans importance.

— Petite putain, grommela Guillaume. Roulure, jeune roulure. Je le savais. Je flaire toutes ces choses depuis que les démons sont entrés en moi. C'est bien... tu m'as fait confiance. Je vais te répondre : le guide... il avait une tache de naissance bleuâtre au creux de l'aine droite. Je l'ai vue alors que nous nous rafraîchissions dans un torrent. Plus j'y pense, plus je suis persuadé que c'était un cheval. Un cheval déguisé en humain. Cela devrait t'agréer si tu aimes tâter des longs braquemarts !

— C'est tout ? insista Marion.

Guillaume haussa les épaules.

— C'est tout ce dont je me rappelle, fit-il. Les femmes le trouvaient beau garçon. Plusieurs fois, pendant la marche, elles m'ont confessé nourrir des pensées impures à son égard. Mais je crois qu'il en allait de même pour les hommes. Il nous avait tous envoûtés. Moi, comme les autres. Nous voulions tous qu'il nous *connaisse*. C'était l'annonce de ce qui allait suivre.

— As-tu vu le cirque où l'on sacrifie les pèlerins ? demanda la jeune fille. Est-ce vrai qu'on reconstitue, là-haut, le démembrement de saint Gaudémon ?

Guillaume se tassa au fond de la cage.

— Je ne veux plus parler de ces choses, bredouilla-t-il. Il y a trop de danger à le faire. Tu as eu ta chance, maintenant c'est fini, je vais me couper la langue. Tu n'auras qu'à l'emporter dans un bol, peut-être qu'elle acceptera de te faire la conversation, elle ? De toute manière, si elle ne parle pas, tu pourras toujours l'employer pour te donner du plaisir, n'est-ce pas ?

Marion le vit lever la lancette à la hauteur de sa

bouche. Elle fut tentée de se ruer vers la cage pour l'en empêcher, mais la répulsion fut plus forte, et elle se jeta en arrière. Au moment où elle bondissait dans le couloir, une longue plainte s'éleva dans la crypte.

# CHAPITRE CINQ

Le lendemain, Azaël lui montra la *pera* — la besace — et le *baculum* — le bâton — réglementaires qui composaient l'équipement du pèlerin. Les besaces étaient marquées à l'emblème de saint Gaudémon : quatre têtes de chevaux disposées en croix et symbolisant l'écartèlement du martyr. Les pérégrins de Compostelle, eux, avaient choisi la coquille. Avant chaque départ, les marcheurs se rassemblaient dans la cour du cloître pour faire bénir leurs outils de voyageurs.

— Tous n'ont pas les mêmes motivations, expliqua le moine. La plupart se lancent sur la route pour obtenir une guérison, ou pour remercier le saint d'être intervenu en leur faveur lorsqu'ils ont fait appel à lui dans leurs prières.

— C'est ce qu'a fait ma sœur, dit Marion.

— Mais il existe d'autres types de pérégrinations, continua Azaël en feignant de n'avoir pas remarqué l'interruption. Je veux parler des cheminements pénitentiels qu'on effectue après avoir été condamné par l'Église. Cependant, celui qui marche n'est pas toujours celui qui a péché, car il est possible d'acheter un remplaçant en invoquant la raison de santé.

— Je sais tout cela, coupa la jeune fille, agacée

d'être prise pour une sotte. Beaucoup de jeunes gars se louent de la sorte. Ils s'usent les jambes jusqu'à l'os pour le compte de vieux vicieux qui restent benoîtement calfeutrés chez eux pendant tout ce temps. Les bourgeois commettent les péchés, puis achètent un pauvre pour que celui-ci expie à leur place. C'est bien commode.

— Il ne t'appartient pas de critiquer la politique de l'Église, siffla le moine.

— Ne me prenez pas pour une idiote, riposta Marion. Les nobles font de même. S'ils commettent un crime, il leur suffit de devenir croisés pour échapper à la justice. Une fois cet engagement pris, ils ne sont nullement forcés de partir sur l'heure pour Jérusalem. Ils peuvent même indéfiniment retarder leur embarquement pour la croisade... ou, encore une fois, payer quelqu'un pour s'aller faire tuer à leur place par les Maures. Tout ce qui les intéresse dans cette affaire, c'est de se retrouver du jour au lendemain amnistiés de leurs crimes sous prétexte qu'ils sont devenus soldats de Dieu.

— Parle plus bas si tu veux jouer les esprits forts, chuinta Azaël. Il me semble que tu t'égares. Je voulais simplement te préciser qu'un groupe de pèlerins n'est pas forcément constitué de pécheurs endurcis. Ces gens doivent aller jusqu'au bout du cheminement pour en rapporter un certificat prouvant qu'ils se sont bien recueillis devant les reliques du saint. Ce parchemin est obligatoire pour tous ceux qui accomplissent une épreuve pénitentielle. Ils devront le ramener chez eux afin de voir leur condamnation levée.

Il continua sur ce ton pendant un moment, passant en revue les pèlerins votifs, ou ceux obéissant aux dernières volontés d'un mourant. Il y en avait également qui se trouveraient privés d'héritage tant qu'ils n'auraient pas été au bout du cheminement sanctifié.

— Tu peux être amenée à côtoyer n'importe qui, fit Azaël. Le pauvre comme le fils de bourgeois, ou le chevalier repenti qui s'en vient racheter sa débauche et ses exactions criminelles. La catin prise d'une brusque fringale de purification, ou la baronne dont l'enfant s'est brisé les jambes en tombant de cheval. Ils viennent là pour souffrir... certains s'y emploient honnêtement du début jusqu'à la fin, d'autres cherchent à tricher. Beaucoup renonceront dès que la route deviendra réellement difficile.

— Croyez-vous qu'il y aura encore du monde pour prendre le chemin du sanctuaire après ce qui s'est passé ? s'enquit la jeune fille.

— Oui, assura le moine. Les gens viennent de trop loin pour renoncer si près du but. Saint Gaudémon attire tous ceux qui marchent pour redonner l'usage de leurs membres à un être cher. Ce peut être un enfant, un mari, un père. Les accidents sont nombreux, les guerres également.

— Y aura-t-il des infirmes ?

— Sans doute. On voit souvent d'anciens soldats se déplaçant sur des béquilles. On les charge sur une charrette quand ils n'en peuvent plus. Mais, généralement, ils essaient de marcher le plus possible. Les paralytiques se font véhiculer sur des civières.

— Existe-t-il un parcours officiel ?

— Non, chaque guide a ses raccourcis, ses astuces. Cela dépend des saisons, du temps qu'il fait. Un très bon chemin en été, peut se transformer en piège mortel dès l'automne. Chaque routier a ses secrets. Il existe de bons guides, mais il en est aussi de médiocres. Certains sont chers, d'autres abordables. On ne peut prétendre les contrôler, car ils connaissent la montagne mieux que nous. Ils y sont nés.

Marion hocha la tête. Azaël ne lui apprenait pas grand-chose.

L'emmenant dans une remise, il lui fit voir la carriole où elle officierait pendant le voyage. Un bloc de belle pierre et des outils d'ymagier y avaient été chargés. Des pigeons voyageurs se trouvaient dissimulés dans un coffre percé de trous d'aération.

— Il n'est pas très important que la statue soit réussie, murmura le moine. C'est avant tout un alibi, une manière de justifier ta présence.

Marion se raidit.

— Elle sera belle, lâcha-t-elle sur un ton de défi. Ne craignez rien, vous n'aurez pas honte de l'exposer dans le sanctuaire.

« Si toutefois j'y parviens... », songea-t-elle en effleurant la pierre du bout des doigts.

Au moment où ils sortaient de la remise, Azaël dit, d'une voix sourde :

— Frère Guillaume s'est tranché la langue, cette nuit. Ensuite, avec son sang, il a tracé d'épouvantables blasphèmes sur les dalles. Entre autres choses, il a écrit que tu serais venue t'accoupler avec lui, pendant que nous dormions.

— C'est faux ! haleta Marion.

Le moine leva la main pour lui imposer le silence.

— Je sais, souffla-t-il. N'empêche, prends garde à toi. J'ignore ce qui se cache là-haut, dans les montagnes, mais la puissance de cette chose est effrayante.

Malgré les supplications d'Azaël qui voulait la garder au secret, Marion sortit de l'abbaye alors qu'on sonnait sixte — midi. Elle avait besoin d'échapper à l'atmosphère de peur latente qui pesait sur le cloître. Par les rues en pente elle se rendit sur la place du rassemblement, au cœur même de la ville. Là, s'amassaient les pérégrins venus des quatre coins du pays. Souvent, ils se regroupaient par régions, par patois. Les guides de grands chemins devaient, la mort dans l'âme, céder la place aux routiers de montagne, peu sociables et secrets. Quand ils arrivaient, fourbus, la cité s'emplissait de silhouettes coiffées de grands chapeaux, portant besace et bourdon. Ceux de Compostelle, de Bonfallons, de Trembleterre ne se mêlaient pas à ceux de Gaudémon. Le carrefour, inévitable, n'autorisait pas les mélanges, le brassage. Chacun restait fidèle à son itinéraire de départ. Quelques-uns arrivaient à pied d'œuvre, pour d'autres, ce n'était qu'une étape avec la perspective d'une nuit à passer dans une maison-Dieu ou un hospice.

Marion lorgnait les signes de ralliement : coquilles accrochées aux chapeaux ou peintes sur les musettes. Branches d'églantine plantées dans le chignon des femmes. Chaque saint avait son emblème. Elle se mit en quête des quatre chevaux en croix des pèlerins de Gaudémon. Elle fut surprise d'en découvrir une bonne trentaine autour de la fontaine. Elle allait s'approcher d'eux quand une main se ferma sur son poignet. C'était Antonin. Avant qu'elle ait eu le temps d'ouvrir la bouche, il la poussa contre un mur. La colère le rendait hideux.

— Qu'est-ce qu'on raconte ? haleta-t-il. Tu pars pour le sanctuaire avec une grosse commande ? Toi, qui ne sais pas même tailler correctement un pied de bois ? Qu'est-ce que ça cache ? Réponds !

Il la secouait, lui écorchant les épaules contre la lèpre de la muraille. Marion tenta de se dégager, mais il était trop fort.

— C'est à ton père et à moi d'y aller ! grogna-t-il. C'est à nous que revient cet honneur, tu nous voles la laine sur le dos.

Il avait commencé à la frapper du plat de la main, lui projetant la tête de droite et de gauche.

— Tu dois m'obéir, chuinta-t-il, tu es à moi...

— Non ! protesta Marion. Nous ne sommes pas mariés.

— C'est tout comme, grogna Antonin. Je pourrais te culbuter là, si je voulais, ce ne serait pas un péché. Depuis quand les filles se mêlent-elles de donner leur avis ?

— Je suis en mission pour la congrégation, balbutia la jeune femme à demi assommée par les gifles. Vous n'avez plus aucune autorité sur moi, ni toi ni mon père. Je n'obéis qu'au prieur, Diodore-le-Vieil.

Elle mit à profit la stupeur d'Antonin pour se dégager. En deux bonds, elle fut de l'autre côté de la ruelle. Les joues lui cuisaient et elle avait un goût de sang dans la bouche. Le garçon la scrutait, une flamme de haine dans les yeux.

— Tu ne t'en tireras pas comme ça, balbutia-t-il. Je vais prévenir ton père et nous viendrons te chercher. Il ne sera pas dit qu'on me dépouillera une seconde fois de ce qui m'est dû.

Marion prit la fuite. Elle savait qu'il ne fallait pas prendre cette menace à la légère.

Quand elle regagna l'abbaye, elle s'empressa d'aller conter sa mésaventure à frère Azaël. Celui-ci fit la grimace.

— Je suis au courant, murmura-t-il. Depuis ce matin ton père ne décolère pas. Il est humilié par la décision du supérieur. Il exige de se voir confier la taille de la statue. Il s'estime trahi par la congrégation. J'ai bien peur qu'il ne cherche à se venger en prévenant l'Inquisition. C'est toujours ainsi que commencent les procès, par de fausses accusations.

Au milieu de l'après-midi, aux premiers coups de none, Azaël fit savoir à Marion que son père et son promis menaient grand tapage dans les tavernes. Le vin aidant, ils avaient demandé audience au seigneur du lieu. Il importait désormais de faire vite. On présenta à la jeune fille un vieux soldat, maître archer sans emploi qui, un temps, avait espéré se faire moine. Beaucoup de ses semblables nourrissaient le même désir afin de trouver le gîte et le couvert. Tueurs essoufflés par l'âge, ils ne parvenaient plus à se faire embaucher par les grandes compagnies. C'était un rustaud taillé en barrique, à la moustache poivre et sel, ficelé dans une antique cuirasse cent fois débosselée. Il se nommait Andrésis.

— Il n'est pas très malin, chuchota Azaël, mais il est droit. Il conduira la charrette et te protégera. Il faut brusquer les choses. J'ai bien peur que ton père ne nous envoie les sergents d'armes pour te récupérer. Tu dois rapidement rejoindre une colonne en partance pour la montagne. Ne tarde plus. Trouve un routier et pars.

La gorge serrée, Marion retourna sur la place du rassemblement. Il y régnait grand tapage. Des hommes d'armes en rupture de compagnie y paradaient, traînant de lourdes épées, corsetés dans des broignes cousues de plaques de fer, ou encore enveloppés de hauberts rouillés. C'était à qui se louerait comme protecteur des pérégrins. Ils trouvaient généralement engagement. Où qu'on se rendît, la route était longue et dangereuse, les brigands nombreux, les loups aux aguets. La présence d'un soldat pouvait les tenir à l'écart, ou les disperser en cas d'attaque. Il aurait été inconcevable de partir sans protection, et les fiers-à-bras en profitaient pour jouer les avantageux, exhibant leurs cicatrices et leurs boucliers bosselés. Cela tournait souvent à la foire, aux enchères ; et la possibilité d'un emploi saisonnier attirait force chevaliers pauvres, ne possédant pour toute fortune qu'un équipement dérobé aux morts pièce à pièce, sur les champs de bataille.

Marion se faufila dans la mêlée qui empestait le gros vin et la friture. Elle cherchait les guides de saint Gaudémon. Ils correspondaient tous à la description de frère Guillaume : de solides montagnards à la peau brune, au poil noir, s'exprimant souvent avec un fort accent d'Ibérie. Par forfanterie, ils se pavanaient dans des manteaux en peau d'ours, et cela malgré la chaleur, pour montrer qu'ils savaient triompher des prédateurs maraudant en altitude. Ils parlaient fort. Les anneaux d'or passés à leurs oreilles, les faisaient ressembler à des Égyptiens, à des Maures. Les bons chrétiens qui avaient traversé la France pour se recueillir devant saint Gaudémon hésitaient soudain à remettre leur vie entre les mains de ces « Sarrasins » aux dents d'une éclatante blancheur.

Près de la fontaine, Marion retrouva les pèlerins aperçus quelques heures plus tôt. Il y en avait maintenant une bonne soixantaine auxquels les guides essayaient de vendre leurs services. Tous assuraient connaître la route la plus sûre, la moins pénible et savoir le nom de toutes les chèvres qu'on croiserait en chemin.

— Ne les écoute pas, mignonne, souffla une femme à l'oreille de Marion. Ce sont des vantards. Il n'y en a qu'un seul de vraiment bon, Malestrazza. Le beau Malestrazza à la crinière d'encre noire. L'ennui c'est qu'il fait le difficile. Il a pour manie de choisir ses compagnons de marche. Il faut presque le supplier de vous emmener.

— Où est-il ?

— Nous sommes quelques-uns à le chercher. Veux-tu te joindre à nous ? Ta frimousse le fléchira peut-être.

Marion accepta, le cœur battant. Était-ce « l'homme-cheval » dont Guillaume avait parlé dans ses délires ?

Elle examina la matrone qui lui faisait face. Une solide campagnarde au visage rougeaud, dont les mamelles débordaient du corsage. Elle avait un visage lunaire bon enfant, aux yeux pâles, et des cheveux filasse qui sortaient d'un bonnet sali de poussière.

— Je suis Mahaut la lavandière, dit-elle, je marche pour mon fils qui ne peut plus se tenir debout depuis que le cheval de notre seigneur lui a brisé les jambes au cours d'une chasse.

— Je suis Marion, l'ymagière, répondit la jeune fille. Je dois tailler une statue votive et l'amener jusqu'au sanctuaire pour le compte d'un gros drapier paralytique.

— Viens, souffla Mahaut, il faut se mettre en quête. Malestrazza n'emmène jamais beaucoup de gens, et s'il a déjà son compte de marcheurs il ne voudra pas de nous.

— Il est vraiment si bon que ça?

— Oui, à croire qu'il a été élevé par les ours. Personne n'est jamais monté aussi haut que lui. Les autres ne connaissent qu'un chemin, et s'y tiennent. Si une avalanche ou une coulée de boue le bloque, il n'y a plus qu'à faire demi-tour. Malestrazza, lui, est capable de s'orienter à merveille dans le labyrinthe des roches. C'est lui qu'il nous faut.

Marion se laissa entraîner par la grosse femme fébrile qui s'avançait au seuil des tavernes pour scruter les salles basses.

« Et si c'était une rabatteuse? songea-t-elle soudain, si elle travaillait en fait pour l'homme-cheval? »

Comme c'était la seule piste dont elle disposait, elle dut se résoudre à la suivre.

Elles finirent par trouver le guide en question à l'auberge de la Marmotte. C'était un homme mince et grand, vêtu d'un justaucorps de cuir et de chausses qui moulaient ses cuisses noueuses. Son visage était long, marqué de rides profondes, bien qu'il fût jeune. Une invraisemblable crinière d'un noir de jais l'encadrait, retombant en boucles serrées sur son front. Il ne souriait pas; son regard avait une expression sauvage qui tenait l'interlocuteur en respect. Il sentait le musc et l'anis, la buffleterie et la graisse à couteau. Des cicatrices sillonnaient ses mains, ses avant-bras. Elles dessinaient des nervures pâles sur la peau sombre. Il était assez beau pour faire un ménestrel, mais il y avait en lui un noyau de dureté et de rébellion qui le privait du charme un peu veule nécessaire à ce métier. On n'en ferait jamais un courtisan, ni un soldat, car il se serait empressé de désobéir. C'était un chef, à n'en pas douter, mais un chef qui ne voulait gouverner que sa propre personne.

Quand il leva la tête, Marion reçut en pleine poitrine le choc de ses yeux clairs qui semblaient voir au travers des gens. Certains moines avaient un tel regard.

À ses pieds se pressait une foule suppliante de béquillards et de pérégrins fatigués, alourdis de besaces et de bâtons. Un paralytique emmailloté de bandelettes avait fait redresser sa civière par ses porteurs et promettait de l'or en quantité si on l'emmenait au sanctuaire. Des femmes pleuraient, des hommes crispaient les phalanges sur le bourdon de saint Gaudémon, cette canne à triple nodosité se terminant par une tête de cheval grossièrement taillée. Tous voulaient être choisis.

— Viens, souffla Mahaut, agenouille-toi et délace ta gorgerette. Il n'est jamais mauvais de montrer un peu de mamelles aux hommes. Cela les porte à l'indulgence.

Joignant le geste à la parole, elle se laissa tomber sur le pavé, le corsage béant.

— Ne fais pas ta pucelle, murmura-t-elle à l'oreille de Marion. Tu n'en mourras pas. Moi, quand j'avais ton âge, j'ai été violée par une compagnie de piquiers, tu vois, je m'en suis remise... Quand on est femme, il faut apprendre à monnayer son corps. C'est une question de survie.

Au moment où Marion se décidait à l'imiter, elle ajouta :

— S'il te choisit, dis que nous sommes sœurs et que tu ne partiras pas sans moi.

« Ah ! pensa la jeune fille. Voilà donc la vraie raison de tant d'amabilité. Elle était sortie se chercher un appât dans la foule. Je suis le ver au bout de son hameçon. »

Malestrazza soupira en reposant son gobelet de vin sur la table. Il était le meilleur, il le savait et n'avait rien à prouver. Contrairement à ses concurrents, il ne s'exhibait pas sur la place en bramant des vantardises, il attendait qu'on vienne à lui. Dédaigneux, hautain, il laissait courir ses regards sur cette masse haillonneuse qui ne cessait de croître à ses pieds, envahissant l'auberge. C'était aux pèlerins de le persuader, de le conquérir. À eux de se vendre. Le marché se déroulait à l'inverse de ce qui se passait d'ordinaire.

— Je ne suis pas un menteur, dit-il enfin d'une voix sourde. Je ne veux pas vous endormir par de belles paroles, vous bercer de propos rassurants. La plupart d'entre vous ne dépasseront pas la première étape. Je n'emprunte jamais les voies faciles, je laisse cela aux autres routiers, à ceux qui cherchent à s'attirer la grosse clientèle. Moi, les paresseux, les gens de peu de foi ne m'intéressent pas. J'ai choisi la porte étroite, le chemin de douleur. Où est l'intérêt d'entreprendre une pérégrination si c'est pour cheminer dans le confort ? Un pèlerinage n'est pas une promenade. Si vous choisissez la facilité vous n'obtiendrez rien, et lorsque vous vous agenouillerez devant les reliques de Gaudémon, le saint se détournera avec mépris. Vos requêtes resteront sans réponse, et ce sera normal puisque vous vous serez conduits en escrocs.

Il se tut, leva son gobelet et but une nouvelle gorgée. Ses yeux scrutaient les visages alignés devant lui. Marion se sentit décontenancée, brûlée par la dureté décapante de ses prunelles. La grosse Mahaut avait joint les mains comme si elle se tenait en prière devant l'effigie d'un saint.

— Je n'emmène jamais de tricheurs, reprit Malestrazza. Je ne veux cheminer qu'avec des croyants décidés à accueillir la souffrance comme un bienfait. Je vous épuiserai, vous me maudirez. Je n'en aurai cure. Je vous forcerai à avancer quand vous n'en pourrez plus, je n'écouterai jamais vos jérémiades. Et si vous restez en arrière, je vous abandonnerai aux loups.

Un frisson courut dans l'assemblée. Même les servantes de l'auberge avaient cessé de travailler pour l'écouter. Désormais, il tenait tout le monde sous son emprise, sans élever la voix, sans gesticuler.

— La règle du jeu doit être claire dans vos esprits, murmura-t-il. La souffrance est la *condition sine qua non* de la valeur du pèlerinage. Une pérégrination où l'on se promène en chantant n'a aucun sens à mes yeux. Ne vous étonnez donc pas si ceux qui la pratiquent ainsi reviennent toujours déçus du voyage, sans avoir rien obtenu, ni guérison ni pardon. Si j'étais à la place du saint, je ferais tomber la foudre sur la tête de ces fainéants.

— Comme il parle bien ! susurra Mahaut en joignant les paumes avec ferveur.

« Trop bien, peut-être », songea Marion. Elle ne doutait plus d'avoir trouvé l'homme-cheval hantant les délires de frère Guillaume. Elle se rappela les insinuations qu'il avait faites à propos de la longueur de son sexe et se surprit à rougir.

— Je ne vous épargnerai pas, annonça Malestrazza. N'espérez de moi nulle pitié. Je serai là pour vous amener au bout de la souffrance, mais ce sera pour votre bien. Si vous avez beaucoup pleuré, si la route vous a éprouvé dans votre chair, alors vous aurez une chance d'être exaucé par le saint. Pour cette raison, je vous ferai passer par les pires sentiers, les cols les plus âpres. Je laisse aux autres les promenades d'agrément, je vous le répète. Je ne m'adresse qu'aux vrais croyants, à ceux qui souhaitent réellement se repentir.

Un sourire ironique plissa ses lèvres minces.

— J'en vois déjà qui pâlissent, dit-il. C'est bien, je ne veux pas de fanfarons avec moi. Je ne force personne, parlez entre vous, réfléchissez. Ceux qui s'obstineront à vouloir se placer sous mon commandement n'auront qu'à me retrouver dans le dortoir de cette taverne où je vais de ce pas m'étendre.

Ayant jeté une pièce sur la table, il se leva, fendit la cohue et disparut.

— C'est avec lui qu'il faut aller, gémit Mahaut. Je suis prête à suer sang et eau, je veux que mon gamin guérisse, (se tournant vers Marion, elle ajouta, pressante :) si tu m'emmènes avec toi je serai ta servante, je te porterai sur mon dos quand tu seras fatiguée. Je suis forte. Je me suis déjà louée de la sorte, je sais que je peux tenir bien des lieues avant de mettre le genou à terre.

Les autres l'écoutaient, impressionnés par sa véhémence. Marion repéra une bourgeoise vêtue de beau drap, et encore une autre dame au maintien un peu raide, peut-être une baronne obligée à se mêler aux croquants par quelque caprice du destin. Ils étaient tous là, au coude à coude, hésitants, apeurés, mais excités aussi par ce qu'on leur avait laissé entrevoir. Ils ne voulaient pas marcher en vain. Sans doute, au cours des dernières semaines, avaient-ils eu l'impression que les choses étaient un peu trop faciles? Le cheminement, les chants, le bivouac du soir, les contes au coin du feu, les amourettes dans les buissons... était-ce bien là ce qu'on appelait faire pénitence ? Malestrazza, lui, leur offrait le purgatoire sur un plateau. Devaient-ils saisir cette chance ou s'en détourner ?

Marion se redressa, sa décision était prise. Elle voulait suivre la piste de l'homme-cheval. Mahaut, empêtrée dans son chargement, se rua dans son sillage. Ce mouvement précipita les décisions, d'autres leur emboîtèrent le pas, et c'est à la tête d'une petite troupe que la jeune fille pénétra dans le dortoir de l'auberge. C'était le traditionnel reposoir qu'on trouvait dans ce type d'établissement : des paillasses mises bout à bout pour former un gigantesque lit collectif posé sur une estrade de pierre qu'on chauffait par en dessous, l'hiver, en y glissant des braises.

Malestrazza avait quitté ses heusses (bottes) et reposait, étendu sur le dos, les mains croisées sous la nuque. Il ne sourit pas lorsqu'ils se présentèrent devant lui. Marion comprenait pourquoi frère Guillaume l'avait comparé à un cheval, il y avait quelque chose de souple et puissant en lui, une sorte de lenteur gracieuse qui pouvait soudain exploser en galop convulsif.

— Il ne suffira pas de vouloir venir pour être choisi, annonça-t-il en se relevant. Je ne fais pas partie de ces inconscients qui enrôlent n'importe qui. Je n'ai pas vocation d'assassin. Je veux que ceux que j'emmène aient au moins la chance de survivre au traitement que je vais leur infliger, c'est pourquoi je vais vous examiner. Déshabillez-vous. Quittez ces hardes et étendez-vous nus sur ces lits. Pas de couinements de pudeur, imaginez que vous êtes aux bains. Que ceux qui hésitent devant cette première épreuve n'insistent pas, ils ne sont pas taillés pour les grands sacrifices.

Cette moquerie eut raison des dernières hésitations, et tous se dévêtirent, jetant pourpoints, robes et chemises sur le sol. Marion fut la première à s'étendre. Les autres l'imitèrent.

« Mon Dieu, songea-t-elle en regardant Malestrazza s'approcher. Il a suffi d'un simple discours pour que nous soyons déjà sous son emprise. »

Elle se raidit pour ne pas frissonner quand les mains du guide se posèrent sur elle. Jusqu'à présent, le contact des doigts masculins, sur sa peau, lui avait toujours été désagréable. Elle l'avait subi comme un mal nécessaire ; elle découvrait soudain, troublée, qu'il était possible d'en avoir envie... La honte la submergea. Pour la première fois de sa vie elle se découvrait femelle, et cette révélation la mettait mal à l'aise.

Malestrazza lui palpa principalement les mollets, les jarrets et les cuisses. Puis il lui demanda de se tourner sur le ventre et lui sonda les vertèbres. Il ne mettait aucune lascivité dans ses attouchements, et l'on eût dit qu'il examinait une jument dans une foire au bétail. Il accordait beaucoup d'attention aux pieds, à la manière dont ils s'emmanchaient au bout des jambes. Un fisicien n'aurait pas procédé autrement. Sans un mot, il passa à Mahaut. Les mamelles blanches, épanouies, de la matrone parurent impressionnantes à Marion dont les seins étaient minuscules. Malestrazza se déplaçait de lit en lit. Parfois, ses manipulations provoquaient un gémissement.

Marion n'osait bouger. Elle découvrait un plaisir étrange à s'offrir ainsi, sans voile, au regard d'un inconnu. Lorsqu'elle s'était donnée au tailleur de pierre, l'été dernier, le garçon s'était contenté de la trousser contre un mur. Leurs peaux s'étaient à peine touchées. Tout de suite ils s'étaient séparés de peur de voir surgir Maître Denis... ou Antonin, et Marion était restée là, les cuisses mouillées, avec, au creux du ventre, une sensation de déchirure dont elle avait dû se contenter. N'était-ce pas ce qu'elle avait voulu, d'ailleurs ? Priver son futur époux du plaisir de la déflorer ?

La voix de Malestrazza la tira de ses pensées.

— Bien, annonça-t-il. Certains d'entre vous sont inaptes à la course que je vais entreprendre, les emmener serait les condamner à mort. Qu'ils se rabattent sur d'autres guides, ils les conduiront par des sentiers faciles. Ceux que j'ai choisis auront toute la nuit pour réfléchir et s'organiser. Je leur donne rendez-vous demain, à l'aube, quand sonnera prime, au carrefour de la biche blanche. Toi, tu peux venir. Toi aussi... et toi...

Il se déplaçait rapidement devant les paillasses, désignant du doigt les corps nus des postulants. Marion avait été sélectionnée, Mahaut également. La grosse femme ne cachait pas sa joie.

— Rhabillez-vous, lança l'homme à la crinière noire en s'esquivant. Et rappelez-vous : demain à l'aube. Je n'attendrai personne.

Au moment où Marion enfilait sa chemise, une idée désagréable lui traversa l'esprit :

« Il nous a examinés comme les médecins de la Rome antique devaient le faire des apprentis gladiateurs, avant de les pousser dans l'arène. »

Une suée d'angoisse lui mouilla les tempes. Il n'avait voulu conserver que les meilleurs, ceux qui se défendraient de toutes leurs forces contre les fauves. C'était ce que préféraient les spectateurs.

Mahaut se jeta sur elle et l'étreignit à l'étouffer.

— Il nous a choisies ! haletait-elle. Il nous a choisies. Te rends-tu compte de la chance que nous avons ?

# CHAPITRE SIX

Elle quitta l'abbaye alors que le soleil n'était pas encore levé. Frère Azaël l'accompagnait afin de bénir les musettes et les bourdons sur place. Il espérait ainsi gagner du temps et permettre à Marion de disparaître dans la montagne avant l'intervention du guet. Pendant qu'Andrésis, l'ancien archer, s'occupait du cheval, la jeune fille conta au moine ce qu'elle avait appris de Malestrazza.

— Il ne faut pas condamner cet homme sur la foi des propos tenus par Guillaume, chuchota Azaël. Garde à l'esprit que notre pauvre frère avait déjà perdu l'esprit lorsqu'il a proféré ces accusations.

Les pérégrins attendaient, au carrefour de la biche, sous le calvaire qui était en réalité un menhir « rectifié », c'est-à-dire dont on avait retaillé le sommet en forme de croix pour neutraliser la signification païenne de la pierre levée.

Mahaut et les autres avaient passé autour de leur cou un lacet de cuir auquel pendait une main ou un pied de bois qu'ils comptaient bien imprégner de leur sueur et de leur sang au cours de la marche.

# CHAPITRE SEPT

Une fois frère Azaël en allé, Malestrazza s'approcha de Marion et l'entraîna à l'écart.

— Tu ne m'avais pas dit que tu comptais te déplacer avec un attelage, fit-il sans qu'on puisse deviner ce qu'il pensait de cette extravagance. Je sais qu'il t'a été fourni par les moines, mais ces pauvres clercs n'ont pas grande connaissance des difficultés de la montagne. Je doute que tu puisses atteindre le sanctuaire dans cet équipage. Ton cheval crèvera avant. Mais peut-être comptes-tu porter la statue sur ton dos? Est-ce là ta pénitence?

Marion se cabra. Le visage du guide restait impassible, mais elle devinait qu'il ne la prenait pas au sérieux.

— Tu vas te faire détester, ajouta-t-il. Quand la fatigue commencera à leur plomber les jambes, tes compagnons n'auront plus qu'une idée : monter dans ta charrette.

— Je les y accueillerai volontiers, riposta la jeune fille.

— Tu ne sais pas ce que tu dis, ricana Malestrazza. Le cheval ne pourra plus faire un pas. En outre, si tu prends des gens à ton bord, les porteurs te haïront, ils essayeront de saboter ton véhicule par tous les moyens.

— Les porteurs ? s'étonna Marion.

— Mais oui, s'impatienta le guide. Dans chaque colonne, il se trouve de jeunes gars solides qui se font un peu d'argent en chargeant sur leur dos ceux qui n'en peuvent plus. Ta charrette va leur ôter le pain de la bouche. Prends garde qu'ils ne te fassent basculer dans un précipice. Si tu veux te les concilier, fais-leur savoir dès maintenant que tu les engageras pour porter la statue du saint dès que le cheval ne sera plus en mesure d'avancer. Maintenant, assez parlé, en route !

Levant son bourdon, il signifia aux pèlerins de lui emboîter le pas. Mais quand ceux-ci voulurent entonner un chant de marche, il les coupa dans leur élan en déclarant :

— Gardez donc votre souffle pour la montée, compagnons, vous en aurez besoin. Jusqu'à présent on vous a promenés, aujourd'hui vous allez souffrir.

Le chant mourut sur les lèvres des marcheurs et l'on n'entendit plus que le bruit des cailloux craquant sous les semelles.

Marion frissonna sous son manteau de gros camelin [1]. C'était la première fois qu'elle quittait sa famille et sa cité. Elle éprouvait une peur mêlée d'une étrange excitation. De la culpabilité, aussi.

« Je m'échappe, songea-t-elle. Je m'enfuis comme Yolande l'a fait, il y a deux ans. »

Elle se retourna pour essayer de contempler les remparts de la ville, mais la brume stagnait sur la plaine, et cette dernière image lui fut dérobée. Dans le silence de la lande, la charrette faisait trop de bruit. Marion eut soudain honte d'être ainsi juchée sur un véhicule alors que les autres allaient à pied, la main serrée sur le bâton. Pour l'heure, personne n'était encore fatigué, mais bientôt, les pèlerins couleraient des regards

1. Sorte de grosse laine.

d'envie en direction du chariot. On la courtiserait pour obtenir d'être invité à s'asseoir. Ceux qu'elle distinguerait seraient aussitôt jalousés par les autres. Malestrazza voyait juste, il ne faudrait pas longtemps pour que la carriole ne devienne un sujet de discorde.

Elle s'ébroua. Puisque officiellement elle était là pour tailler une statue, elle devait s'y mettre sans tarder. Elle enjamba le banc pour sauter à l'arrière et écarta la toile qui masquait la pierre. C'était un beau bloc de trois coudées, au grain fin mais présentant des « nœuds » avec lesquels il faudrait compter. Marion la caressa, s'appliquant à percevoir les lignes de force ou les failles de la roche. Il était important d'apprivoiser la pierre, d'entrer dans son intimité, de prévoir ses colères et ses accommodements.

« Là, elle sera douceur, complicité, se disait la jeune fille tandis que ses doigts effleuraient le granit. Là, elle me fera souffrir et nous nous battrons au corps à corps... »

Quand elle releva la tête, elle surprit les regards des marcheurs posés sur elle. Ils semblaient interloqués, et même un peu effrayés par son comportement. Elle réalisa soudain que ses gestes avaient pu leur paraître amoureux, voire sensuels.

« Mon Dieu, se dit-elle. Voilà qu'ils vont me prendre pour une sorcière. »

Pour dissimuler son trouble, elle se saisit d'un charbon de bois et traça à gros traits les repères du premier dégrossissage. Ensuite, elle empoigna ses outils et s'attaqua à la roche, à petits coups prudents.

« Ne fais pas comme ton père, se dit-elle. Tu ne pars pas en guerre. Cette pierre n'est pas ton ennemie. C'est un animal sauvage qu'il va te falloir apprivoiser. On ne sculpte pas dans la haine, avec le désir de vaincre, d'imposer sa loi. Si tu la forces, elle cassera. Vous devez apprendre à vous connaître. »

Bientôt, elle ne songea plus à rien et le monde se réduisit au trajet du ciseau grignotant le granit, éclat par éclat.

Ils s'engagèrent sur la pente caillouteuse où l'herbe devenait plus rare. Le vent forcissait déjà, leur plaquant les vêtements sur le corps. Bien que le soleil la baignât de ses rayons, Marion grelottait. Elle fut forcée de s'envelopper dans son mantel de camelin. Quand elle leva les yeux vers le sommet, elle sentit le vertige la saisir. Était-il réellement possible de grimper aussi haut?

Quelque part, en contrebas, résonnaient les chants des groupes de marcheurs qui les précédaient. Le vent les apportait par bouffées, et ils ne trahissaient nulle fatigue. Ici, personne n'avait envie de chanter. Le vent vous gelait le visage et vous fendait les lèvres. En outre, il fallait conserver son souffle pour gravir la pente qui se faisait de plus en plus raide. Marion avait l'impression de se déplacer dans un autre monde. Malestrazza allait en tête, sans donner le moindre signe de lassitude. On eût dit que les difficultés le galvanisaient. Son énergie avait quelque chose d'insultant pour ceux qui se déplaçaient dans son sillage. Il ne semblait pas fait de chair humaine. Ni le froid ni le vent ne l'atteignait, et c'est à peine s'il clignait des yeux sous la lumière trop vive.

Le cheval qui tirait la carriole ne souffrait pas trop de la route en lacet, mais Marion maudissait Azaël et le subterfuge de la statue qui, très vite, allait donner lieu à des problèmes insurmontables.

Malestrazza décida de faire halte au sommet de la première crête. Il se planta à l'écart, le regard perdu, immobile dans les bourrasques qui faisaient claquer sa cape. Les pérégrins, eux, s'assirent sur l'herbe jaune. Le vent tirait les cheveux de Marion comme s'il voulait les arracher. Sa robe se creusait entre ses jambes de façon impudique. Les marcheurs se recroquevillèrent à l'abri de la charrette, l'utilisant pour se protéger des rafales.

Marion les rejoignit. On essaya d'allumer un feu, mais il s'éteignit aussitôt. La grosse Mahaut claquait des dents. À côté d'elle, celle que l'ymagière avait mentalement affublée du titre de baronne, frissonnait de manière convulsive. Marion eut pitié d'elle et alla prendre dans la voiture une couverture qu'elle lui posa sur les épaules.

— Merci, grand merci, balbutia la malheureuse. Je ne pensais pas que ce serait si dur.

— Pour qui marchez-vous? s'enquit la jeune fille en lui frictionnant le dos.

— Pour mon époux, murmura la femme aux traits racés. Je suis Constance de Hurault, mon mari est revenu lépreux des croisades... Il... Il a essayé de cacher son mal le plus longtemps possible, mais la maladie a bien sûr fini par prendre le dessus. Nous n'avons pas pu continuer à le soigner clandestinement, les serviteurs commençaient à faire courir des rumeurs.

Elle parlait en conservant les yeux baissés. Des larmes perlaient à ses paupières, mais le vent les chassait vers ses tempes si bien que ses joues demeuraient sèches. Marion devina qu'elle avait honte. La religion avait fâcheusement tendance à installer dans l'esprit des gens que toute maladie était la punition d'un péché. Et qui plus est : un châtiment légitime.

— C'est... c'est un héros, souffla Constance. Un grand chevalier. Il ne méritait pas un tel sort. Un jour... il a commencé à... s'émietter. C'est ainsi que travaille la lèpre sèche. On se met à perdre ses doigts, ses orteils. Comme une figurine de terre glaise qui se désagrégerait dans le vent. C'est atroce.

Elle se mit à sangloter et Marion la serra dans ses bras.

Mahaut et les autres lui jetèrent un regard courroucé. Elle pouvait lire dans leurs pensées : Qu'est-ce qui lui prenait de mignoter ainsi une baronne qui, en temps normal, ne lui aurait pas davantage accordé d'attention qu'à un corbeau mort ?

— Il a dû s'exiler dans une ladrerie, poursuivit dame Constance. De temps à autre, il me fait parvenir, par des ladres de passage, des missives que je dois lire sans les toucher, en les manipulant avec des pincettes. Il a juré de continuer à m'écrire tant qu'il aurait assez de doigts pour tenir sa plume... C'est pour cette raison que je marche. Pour obtenir du saint que mon époux cesse de tomber en morceaux, pour que nous puissions au moins continuer à communiquer par écrit... C'est tout ce qui nous reste. C'est tout ce qui m'empêche de mourir. Ses messages... Ses messages à l'écriture de plus en plus malhabile.

Elle cacha son visage dans l'épaule de Marion et tenta de pleurer silencieusement, en étouffant ses sanglots. La jeune fille lui caressa la tête. C'était une très belle femme que le chagrin commençait à flétrir et dont la jeunesse s'en allait plus vite qu'elle n'aurait dû.

— Je ne demande même pas un miracle, gémit Constance de Hurault. Juste du temps... un peu de temps.

Sa peine finit par désarmer l'hostilité des autres pèlerins. L'un après l'autre, ils exposèrent les raisons pour lesquelles ils avaient pris la route. Vu l'exceptionnelle dureté du cheminement imposé par Malestrazza, très peu marchaient pour eux-mêmes. La plupart étaient là pour un être cher, ou parce qu'on leur avait imposé par contrat de choisir la voie la plus âpre. C'était notamment le cas de Jehan, un jeune artisan vitrier qui voyageait avec son coffre de verres colorés.

— Je dois réparer le vitrail de la maison-Dieu de Venzôme, expliqua-t-il. J'apporte de quoi refaire l'image du saint qu'une tempête a brisée. Mon maître espère ainsi se voir guérir d'une paralysie des pieds qui est en train de le gagner et le forcera bientôt à ne plus quitter le lit.

Il s'exprimait avec un drôle d'accent qu'on n'avait jamais entendu dans la région. Il était roux, constellé de taches de son, et plutôt joli garçon. Comme on le priait de montrer son trésor, il ouvrit la grosse caisse qu'il portait sur son dos au moyen de lanières de cuir, et fit miroiter dans le soleil des pentagones rouges et bleus qui semblaient des escarboucles. Les pérégrins poussèrent des cris de ravissement. Il était amusant, et s'appliquait à jouer les charmeurs auprès des dames.

Malestrazza mit un terme à ces bavardages. Si l'on continuait ainsi, grogna-t-il, on n'arriverait jamais à la maison-Dieu des Saraires avant la nuit, et il faudrait dormir accroché à flanc de montagne, en plein vent.

— Moi, cela ne me gêne guère, conclut-il, j'en ai l'habitude. Mais je pense que ce serait un peu dur pour vous, du moins après un seul jour de marche.

— Voilà un gaillard qui n'a guère de compassion pour le pauvre monde, maugréa Mahaut en se redressant. On dirait qu'il tient à nous dégoûter d'aller plus loin.

On se remit en branle. Marion avait regagné la charrette et repris le ciseau. Les cahots rendaient son travail hasardeux ; elle en fut contrariée, car elle craignait de commettre une maladresse qui la ridiculiserait aux yeux des moines. Andrésis, l'archer, grommelait dans sa moustache en injuriant le cheval qui renâclait. La jeune fille s'était rendu compte qu'il évitait son regard et feignait de ne pas l'entendre quand elle lui parlait. Sans doute enrageait-il d'avoir été placé sous le commandement d'une femme ?

La montée fut difficile, et Marion dut descendre à

plusieurs reprises pour alléger la charrette. Elle entendit certains pèlerins l'insulter entre leurs dents parce qu'ils redoutaient que le bloc de pierre ne bascule soudain hors de la voiture et les écrase.

Dans le lointain, les chants avaient cessé.

« Ceux qui nous précédaient sont déjà arrivés à la première maison-Dieu, pensa la jeune fille. On leur a lavé les pieds et servi du vin chaud. Quand ce sera notre tour, il ne restera probablement plus rien à manger. Toutes les bonnes paillasses seront occupées et nous devrons nous contenter de quelques bottes de vieille paille. »

Puis elle cessa de réfléchir. La chaleur, le vent et la fatigue lui avaient vidé la cervelle. Elle se contenta de trottiner à côté de la carriole en essayant de ne pas se faire broyer les orteils par les grandes roues cerclées de fer.

Arrivés au sommet de la seconde crête, on amorça la descente. Le temps se couvrait. Tous avaient les pieds en feu et les jambes rompues. Ceux qui avaient poussé un soupir de soulagement en s'engageant sur la pente, réalisèrent bientôt que la descente n'était pas davantage une promenade d'agrément, car le moindre faux pas pouvait vous envoyer rouler au fond d'un précipice.

Enfin, la silhouette de la maison-Dieu se dessina en contrebas. Marion put ainsi mesurer l'ampleur du détour effectué par Malestrazza. La nuit tombait et la route était vide. Le bâtiment, fort simple, se composait d'un mur troué d'une multitude de niches, comme un pigeonnier. Dans ces alvéoles, les moines disposaient du pain que les marcheurs raflaient au passage. Le plus souvent, ces hospices n'avaient rien de confortable. On s'y entassait dans des greniers, sur de méchantes paillasses ou des bottes de foin. On y était si serré qu'il fallait dormir le nez dans les fesses de son voisin.

Une fontaine glougloutait dans la cour. Les pérégrins y coururent pour se rafraîchir.

Un moine s'avança sur le seuil du bâtiment.

— Vous arrivez bien tard, dit-il. Il n'y a plus de soupe et fort peu de miches, mais vous avez choisi la voie la plus difficile, et cette nouvelle épreuve, s'ajoutant à celles que vous venez de subir, vous vaudra sûrement la faveur du saint.

Andrésis, l'archer, grogna un juron dans sa moustache. Le moine ajouta que les dortoirs étaient pleins ; il faudrait donc se contenter de la grange dont la paille n'avait pas encore trop souffert.

Marion s'aperçut qu'elle grelottait. La nuit envahissait le paysage, effaçant les limites. Mahaut et les autres avaient couru vers les niches pour rafler les derniers quignons. La jeune fille soutint Constance de Hurault qui ne tenait plus sur ses jambes.

— Nous partagerons ce que j'ai dans ma besace, lui souffla-t-elle, ne craignez rien.

— Merci, grand merci, gémit la dame aux yeux tristes. Au cours de la dernière lieue j'ai cru que j'allais mourir. J'ai peur de ne pas être assez forte pour continuer, et pourtant il le faut... il le faut pour celui que j'aime.

Marion la traîna jusqu'à la grange. Une mauvaise lanterne ballottée par le vent jetait sa lueur sur une meule de paille fatiguée à l'odeur sure. L'ymagière se prit à espérer qu'elle ne grouillât point de vermine comme c'était souvent le cas dans ce genre d'endroit. Chacun s'y creusa un terrier sans chercher à discuter. Ce soir, il ne serait pas question de veillée.

Marion aida dame Constance à grimper sur la meule et l'installa contre elle, afin que leurs chaleurs corporelles respectives s'entretiennent et les protègent du froid. Les pieds de la baronne se révélèrent en sang en dépit des chiffons dont elle avait eu soin de s'emmailloter. En essayant de les nettoyer, Marion prit conscience de la fragilité de la belle dame de Hurault. Son corps avait la fragilité de ces biches trop longtemps coursées qui finissent par s'abattre au milieu des clairières, se résignant à attendre la meute qui les mettra en pièces.

— Demain, vous monterez dans la charrette, à côté de moi, chuchota Marion.

— Non, non, haleta Constance d'une voix effrayée. Ce serait tricher. Vous êtes bonne, je vous remercie, mais vous ne comprenez pas... Il faut que je souffre, c'est la seule chance qui me reste de sauver quelque chose de l'amour qui me liait à mon époux. Les lettres... Je les connais par cœur, je vous les réciterai... Elles sont si belles.

— Il faudra bien donner à vos plaies le temps de cicatriser, grogna Marion.

— Les autres me haïront encore plus, gémit la baronne. Ils m'ont toujours tenue à l'écart... Si vous vous obstinez à me venir en aide, vous serez mise au ban, vous aussi.

L'ymagière ne répondit pas. Puisant dans la musette préparée par Azaël, elle improvisa un bandage enduit de pommade. Il lui fallait travailler à tâtons. Constance de Hurault s'endormit avant qu'elle ait terminé.

Alors qu'elle allait s'étendre dans la paille, Marion entendit hennir le cheval. La bête s'agitait dans la cour, piaffant et tirant sur sa longe. Inquiète, la jeune fille se laissa couler le long de la meule pour aller voir ce qui se passait. Elle trouva Andrésis essayant de calmer la bête.

— Foutre, maugréa l'archer. Je ne sais pas ce qu'il a. Dès que la nuit est tombée, il est devenu méchant. Regarde-le ! Il me mordrait si j'essayais de lui toucher le museau. C'est à n'y rien comprendre. Il n'est plus le même. On dirait un cheval sauvage.

Marion fronça les sourcils. Les hennissements du destrier se répercutaient de crête en crête, et ces échos donnaient l'impression que dix autres chevaux, cachés dans la montagne, lui répondaient.

« Pourquoi dix ? lui souffla une méchante petite voix au fond de sa tête. Trois suffiraient. Il n'en faut pas plus de quatre pour écarteler un condamné... ou une voyageuse imprudente qui se mêle de ce qui ne la regarde pas. »

Elle aurait voulu dissimuler sa nervosité, mais il lui sembla qu'Andrésis était également sur le qui-vive.

— J'aime point ça, cracha le vieux soldat. C'est pas naturel. Ou alors c'est qu'il y a des loups dans les environs.

« Des loups, pensa Marion. Des loups ou des démons... »

## CHAPITRE HUIT

Toute la nuit, Marion fut poursuivie par des cauchemars. Elle se réveilla à plusieurs reprises, persuadée d'avoir entendu un bruit de sabots. Assise dans la paille, elle scrutait alors les ténèbres, tremblant à l'idée de voir surgir les chevaux noirs du supplice de saint Gaudémon. Les accusations délirantes de frère Guillaume la hantaient. Elle imaginait les moines, complices de Satan, et prélevant dans chaque groupe de pèlerins une victime à sacrifier. Dans l'incapacité de se rendormir, elle se laissa glisser au bas de la meule. Elle alla boire à la fontaine, mais le froid était si vif, qu'elle chercha refuge dans l'église. À peine en avait-elle franchi le seuil, qu'elle se figea : l'unique vitrail perçant la muraille au-dessus de l'autel montrait le supplice de Gaudémon dans l'arène, et les quatre cavales bondissantes occupées à lui arracher les membres. Le jour naissant inondait la mosaïque de verre colorée de ses rayons, si bien qu'une lumière de sang coulait dans la nef. Les chevaux, immenses, sauvages, avaient été représentés avec une démesure qui les faisait paraître plus grands que des tours. Cabrés, les antérieurs battant l'air, on avait l'impression qu'ils s'apprêtaient à piétiner les spectateurs massés sur les gradins. Par habitude, Marion se signa et alla s'agenouiller sur les dalles, mais elle n'éprouvait aucune sensation de soulagement. Il était difficile de prier sous le regard barbare des destriers en folie. Une présence, à ses côtés, la fit se redresser. L'un des moines se tenait là, une boule de pain dans les mains. Il la lui remit avec un sourire. Marion l'identifia d'après les enluminures du codex des routes qu'on lui avait fait apprendre par cœur, c'était frère Benoît. Elle reconnaissait son nez en pied de marmite, et la loupe qui lui poussait sur la joue droite.

— Tiens, dit le moine. Je sais que tu n'as rien eu, hier soir. Mange pour reprendre des forces. Toi et tes compagnons avez choisi la porte étroite. Il y aura peu d'élus. Je prierai pour vous. Peu de gens acceptent d'endurer les épreuves que vous vous imposez.

À la tristesse de son regard, Marion comprit qu'il estimait également que beaucoup mourraient en chemin.

Quand elle commença à manger, la jeune fille réalisa qu'elle était affamée.

On se remit en route dès la soupe avalée. Malgré la nuit de sommeil, les visages restaient blêmes, tirés. Les pèlerins des autres groupes, ceux qui avaient choisi d'emprunter la voie normale, avaient évité de leur adresser la parole, comme si ces marcheurs exténués leur donnaient mauvaise conscience.

— Regarde-les, les beaux promeneurs! ricana la grosse Mahaut en brossant la paille qui s'accrochait à ses vêtements. À voir leur tête, on sent bien qu'ils n'ont pas sué sang et eau. Le saint ne leur accordera rien, c'est joué d'avance!

Elle goguenardait, mauvaise. Marion n'eut pas le cœur de la détromper. Alors qu'elle se dirigeait vers la charrette, Mahaut la rattrapa.

— Tu devrais cesser de bichonner la baronne,

marmonna-t-elle. C'est une pleurnicheuse. Ça fait des semaines que je chemine avec elle, et tous les soirs, au coin du feu, elle nous bassine avec l'histoire de son homme qui tombe en morceaux. Si ça se trouve, c'est même pas vrai. Rien qu'un conte pour se faire prendre en pitié. Tu n'as pas encore compris qu'elle voulait juste grimper dans ta voiture?

Marion n'eut pas le temps de répondre, car les moines rassemblaient les pérégrins pour une bénédiction.

Sitôt la prière achevée, Malestrazza donna le signal du départ. Ceux qui chantaient et ceux qui se préparaient à souffrir se tournèrent le dos, chacun empruntant une voie différente.

D'emblée, la journée s'annonça difficile. Le sentier s'étirait à travers un désert de roches fracassées qui vous cassaient les genoux.

Contrairement à ce qu'avait prétendu Mahaut, Constance de Hurault refusa de prendre place dans la charrette et s'obstina à escalader le flanc de la montagne par ses propres moyens, cramponnée à son bourdon, son fin visage tressautant sous les élancements de ses pieds déchirés.

Les premiers porteurs entrèrent en action, proposant leurs services à ceux qui trébuchaient. Soit ils se chargeaient des paquets, soit ils hissaient le pérégrin épuisé sur leur dos et continuaient ainsi, le visage rendu violet par l'effort. Les veines saillaient sur leurs tempes, tels des lombrics. Ces services étaient bien sûr monnayés en bon argent, ou troqués contre de la nourriture, du vin.

On fit une première halte. Marion escalada une grosse roche pour essayer de découvrir le paysage aux alentours. La brume stagnant dans les défilés ne permettait pas de voir très loin, mais, l'espace d'un instant, elle eut l'illusion de surprendre des silhouettes occupées à se dissimuler. *On les suivait...*

Elle pensa aussitôt aux brigands et fut tentée de prévenir Malestrazza, puis elle se rappela qu'elle devait se méfier de lui. Elle plissa les paupières et scruta le dédale de rocs qui s'étendait en contrebas. Qui pouvait bien leur emboîter le pas ? Et pourquoi se cachaient-ils ? Déjà, elle n'était plus certaine d'avoir vu quelque chose.

*Des silhouettes, des ombres... se recroquevillant dans les fissures de la montagne.*

Elle sauta à terre et se rapprocha du vieil archer.

— On nous suit, chuchota-t-elle.

— Je sais, ma belle, fit Andrésis en feignant d'examiner les sabots du cheval. Il y a un moment que je les ai repérés. J'ai l'oreille du soldat. Les menus éboulis de la pierraille les trahissent.

— Des brigands ? s'inquiéta Marion.

L'archer fit la moue.

— Je ne sais pas. Mais le cheval est trop nerveux. Regarde comme il tremble. Les voleurs ne font pas cet effet-là aux bêtes. Il n'y a que l'odeur des loups pour provoquer une telle réaction chez les animaux domestiques.

« Les loups ou les démons... », songea Marion.

— Restons sur nos gardes, fit-elle.

— Je vais sortir mon arc et mon carquois, dit Andrésis. Il y a du vent, mais j'ai encore la main assez sûre pour en flécher quelques-uns.

Malestrazza ne semblait s'être aperçu de rien. C'était difficile à admettre.

À présent Marion tendait l'oreille, s'appliquant à détecter les éboulements suspects trahissant la progression des suiveurs. Des bandits se seraient-ils donné tout ce mal pour attaquer un groupe de pèlerins pouilleux ?

« Ceux qui nous précèdent sur la route officielle auraient été plus faciles à encercler », pensa-t-elle. Elle chercha le regard de Malestrazza. Il demeurait lointain, peu liant. Il ne faisait rien pour rompre la monotonie de la marche par des contes, des anecdotes. Bien au contraire, on eût dit qu'il prenait plaisir à installer un silence que personne n'osait rompre. Il y avait du moine reclus en lui.

« Un défroqué ? » se demanda la jeune fille. Elle était agacée de prendre plaisir à détailler le profil du guide, à épier le gonflement de ses cuisses sous la toile du haut-de-chausse et des braies. Elle n'avait jamais été de celles qui lorgnent les garçons en ricanant sottement. Il lui déplaisait de se découvrir au creux du ventre une gourmandise dont elle n'avait pas l'habitude.

— Là-haut ! souffla tout à coup Andrésis d'un ton alarmé. Les busards.

Marion leva la tête. Des oiseaux tournoyaient dans le ciel au sommet du piton rocheux. L'arrivée des pèlerins les avait arrachés à un festin, et ils manifestaient leur mécontentement.

— Une charogne, prophétisa l'archer. Si le vent ne soufflait pas si fort, on en reniflerait déjà la puanteur.

Instinctivement, ils pressèrent le pas. Marion passa devant le cheval pour rejoindre Malestrazza. En haut, ils découvrirent une dizaine de chèvres mortes, couchées sur la roche. Les busards avaient commencé à leur arracher la peau, mais elles ne portaient aucune trace de griffes ou de dents.

« Ce n'est pas là le travail des loups, constata Marion. Ceux-là leur auraient ouvert la panse pour leur dévorer les entrailles. »

Elle se pencha pour examiner les bêtes dont le cou paraissait étrangement plié, comme si leurs vertèbres avaient été broyées.

« On dirait qu'on les a pendues, se dit-elle. C'est absurde. »

Elle se surprit à chercher l'ombre d'un gibet, mais ne trouva rien. En ville, il arrivait qu'on condamnât au bûcher des animaux suspects de possession. Un âne, une vache, qui avaient blessé leur propriétaire, pouvaient ainsi être jugés pour crime de sorcellerie et infestation démoniaque, ici, toutefois, au sommet de la montagne, une telle exécution était peu plausible. Lorsqu'elle se releva, elle vit Malestrazza agenouillé près du corps d'un jeune garçon — sans doute le berger. On ne l'avait pas épargné. Il reposait sur le dos, la peur lui avait fait des cheveux blancs de vieillard, et sur son cou brisé s'étalait la marque d'une main humaine. La main de l'assassin qui les avait étranglés, lui et son troupeau.

— Qui a fait cela? demanda-t-elle. Qui peut être assez fou pour assassiner un pâtre et ses bêtes?

Le guide planta son regard dans celui de la jeune fille.

— La montagne est dangereuse, dit-il à mi-voix. Elle est hantée...

— Par les démons? s'enquit Marion.

Malestrazza retint un sourire moqueur.

— Pour les démons, je ne sais pas, fit-il, je n'en ai jamais rencontré. Mais il rôde bien des gens étranges dans ces rochers. D'anciens pèlerins à qui les épreuves de la route ont fait perdre l'esprit. Ils errent sur les sommets, vivant comme des troglodytes. Certains sont devenus des hommes sauvages, proches de la bête.

— Pourquoi?

— On dit qu'au fur et à mesure qu'on s'approche des reliques de saint Gaudémon, les esprits mauvais s'agitent dans l'âme de ceux qui sont possédés. Des gens qu'on croyait normaux, révèlent soudain la noirceur de leurs passions. Le masque tombe, leur véritable nature émerge au grand jour. Les vices qu'ils tenaient cachés apparaissent aux yeux de tous. C'est ainsi que le saint sépare le bon grain de l'ivraie. Les pulsions qu'on croyait pouvoir garder secrètes nous dominent soudain, et l'on ne peut plus feindre. Le bougre révèle son penchant pour la sodomie, la femme luxurieuse n'a plus qu'une idée, se faire couvrir par tous les hommes présents.

— Et celui qui se rêvait assassin se met à assassiner.

— Oui, c'est ainsi que les choses se passent. Je l'ai maintes fois constaté. Je te le répète : *les masques tombent.* Tu t'en rendras compte. Autour des feux de camp, les marcheurs cessent peu à peu de raconter les mêmes historiettes stupides, ils préfèrent se confesser, publiquement... Le mal sort d'eux, comme une bonne suée vous extirpe la fièvre du corps. Prends garde, si tu as des choses à cacher. Tu seras forcée de parler... Ce sera plus fort que toi. Quelque chose t'y poussera, une puissance qui nous dépasse. Et si tu résistes, si tu t'obstines à dissimuler, tu deviendras folle. Alors tu te mettras à hanter les sommets comme le pauvre dément qui a assassiné ce berger.

Marion s'appliqua à ne pas laisser voir son trouble. Derrière elle, les marcheurs écoutaient, la tête baissée.

— Ce que je dis là est valable pour tous, insista Malestrazza. Le cheminement va vous épurer, vous décaper. Si, par honte, vous retenez le mal à l'intérieur de votre corps, vous deviendrez des monstres.

Andrésis, en vieux soldat que les cadavres n'impressionnaient plus depuis longtemps, s'agenouilla près du pâtre.

— C'est pas vieux, commenta-t-il. Celui qui a fait ça rôde encore dans le coin, (et se redressant, il ajouta :) les chèvres ne sont point corrompues, ce serait bête de laisser perdre cette bonne viande.

Sur ce, il tira son couteau d'égorgeur et entreprit de prélever sur chaque bête les meilleurs morceaux.

Les pérégrins décidèrent d'un commun accord d'amonceler des pierres sur la dépouille du berger de façon à former une sorte de cairn qui la protégerait des rapaces. Malestrazza les laissa faire sans donner son avis.

Marion restait troublée par les révélations du guide. Notamment ce qu'il avait dit au sujet des vices cachés remontant à la surface. Elle se demanda ce que la puissance du saint révélerait de ses propres défauts.

« Et si c'était pour cette raison que les pèlerins disparaissent ? songea-t-elle. S'ils n'étaient pas assez forts pour avouer leurs fautes et s'en débarrasser ? »

Peut-être devenaient-ils fous, tous, et se mettaient-ils à errer dans la montagne, ayant perdu jusqu'au souvenir de leur vie passée ?

« C'est ce qui est arrivé à frère Guillaume, se dit-elle. Il a voulu faire taire les vices qui bouillonnaient en lui, et la démence s'est emparée de son esprit. Quant à Yolande... Yolande ma sœur si souriante, si sereine, que savons-nous en réalité des secrets tapis au fond de son âme ? »

Des hommes, des femmes sauvages, avait dit Malestrazza, croupissant dans les grottes, vivant comme des bêtes...

Marion regarda autour d'elle. Et si Yolande était là, en ce moment même, à l'épier ? Une Yolande sale et puante, nue et folle, ne connaissant même plus son nom de baptême.

— Fichons le camp, lança Andrésis. Les chèvres mortes effrayent le cheval.

Pour une fois, personne n'insista pour prolonger la halte.

La route du col étant à peu près plane, la marche devint plus aisée. Le brouillard ne se levait pas ; la visibilité n'excédait guère cent coudées.

— C'est bien dommage d'être si près de Dieu et de

ne point pouvoir contempler la grandeur de ses créations, gémit une marcheuse.

— Sans doute le Seigneur a-t-il jugé plus opportun de vous dispenser de succomber au vertige, ricana Malestrazza sans tourner la tête. De part et d'autre de ce sentier s'étendent deux à-pics qui plongent directement dans la vallée. Regardez bien où vous mettez les pieds, si vous ne voulez pas tomber comme un oiseau fléché en plein vol.

Tout le jour, Marion resta sur le qui-vive, l'oreille tendue. Souvent, elle abandonnait son travail pour regarder en arrière. Elle scrutait le brouillard avec la peur de voir d'inquiétantes silhouettes se dessiner au travers des volutes.

« Le pèlerinage des fous..., pensait-elle. La Mesnie Hellequin. Ils nous ont emboîté le pas, attendant le moment de nous pousser dans le vide. »

Elle en venait à imaginer une armée composée des ex-pérégrins ayant abandonné la route avant d'avoir atteint le sanctuaire. Tous ceux dont les vices cachés avaient détruit l'esprit... Étaient-ils là, aux aguets ? Jaloux, bien décidés à empêcher quiconque de s'agenouiller devant les reliques du saint ? Elle tremblait de les voir soudain se ruer en hurlant, Yolande à leur tête. Une Yolande à la raison perdue, aux cheveux croûtés de glaise, nue comme une sauvageonne...

Elle eut beaucoup de mal à se concentrer sur son travail. Les cahots du chemin lui gâtaient la main. Elle commençait à craindre d'endommager la pierre. Pire que tout, il lui semblait que le visage du saint, dans sa première ébauche, présentait une certaine ressemblance avec Malestrazza. Elle n'y était pour rien, ses mains l'avaient trahie, ou bien il s'agissait d'une simple coïncidence.

Au loin, quelque part, dans un autre monde, une maison-Dieu sonna vêpres. Le ciel rougissait, la brume qui ne s'était pas levée semblait se gorger de sang. Un hameau apparut, composé de trois masures accrochées au flanc de la montagne. Pour l'avoir lu dans le codex, Marion savait qu'il s'agissait des Pâturiaux. Une famille de bossus y vivait, ayant choisi de s'exiler sur les hauteurs pour fuir la méchanceté des gens de la ville. Ils étaient fort connus pour leur amabilité.

— Pas la peine d'arriver trop tôt, décréta Malestrazza. Il n'y aura personne. Il faut attendre qu'ils rentrent les bêtes. Quand ils seront là, vous pourrez espérer recevoir un morceau de fromage, si ceux qui nous précédaient ne les ont pas déjà pillés.

— C'est le risque, quand on passe après tout le monde, grogna Mahaut que la fatigue rendait méchante.

Ils firent halte, les pieds en feu, le dos brisé.

« Nous n'aurons pas le temps de rejoindre la maison-Dieu de Vauldoire, songea Marion en se récitant l'itinéraire que lui avait fait apprendre Azaël. Ou les bossus des Pâturiaux nous hébergent pour la nuit ou il nous faudra dormir dans un trou de rochers, à la merci des loups. »

Ils attendirent. La sueur séchait sur leurs épaules, et ils claquaient des dents. Enfin, des silhouettes torses émergèrent des rocs, c'étaient les bossus qui rentraient pour la soupe. On y voyait à peine.

— Si nous attendons plus longtemps, nous allons nous rompre le cou dans l'obscurité ! cracha Mahaut.

Marion éprouvait quelque scrupule à s'inviter ainsi chez de pauvres gens qui, de toute évidence, survivaient avec peine. Malestrazza donna le signal du départ. Il partit en avant pour parlementer avec les bergers.

— Mon Dieu, soupira dame Constance, ces malheureux doivent en avoir assez de voir des pèlerins venir mendier sous leurs fenêtres. Ils seraient en droit de nous jeter des pierres.

— Il ferait beau voir ça ! gronda Mahaut. S'ils ont si vilaine figure c'est qu'ils ont de bien méchants péchés à expier. Faire l'aumône aux pérégrins contribue à leur racheter une place au paradis.

On prit le chemin du hameau. Les bicoques semblaient des animaux recroquevillés se pressant l'un contre l'autre pour échapper au vent. Les bossus ne poussèrent aucun cri de joie en voyant surgir cette cohorte de quémandeurs. Ils consentirent néanmoins à offrir aux pèlerins une marmite de soupe claire où nageaient de rares légumes, et à leur ouvrir les portes d'une grange où ils pourraient passer la nuit.

— Pas laisser le cheval dehors, dit celui qui semblait être le patriarche de la communauté. Les bêtes l'emmèneraient avec elles.

Il avait un accent si prononcé que ses paroles étaient à peine compréhensibles.

— Quelles bêtes ? s'enquit la jeune fille.

— Les licornes, dit le bonhomme. Elles se mettront à hennir dès la lune levée, alors ta monture partira avec elles, pour s'accoupler. Ensuite les licornes la pousseront dans le vide.

Marion n'osa le contredire. La montagne n'était pas l'habitat naturel des chevaux et il lui semblait difficile à admettre qu'un troupeau sauvage puisse galoper dans ce désert de rochers.

On se calfeutra donc. Sitôt les battants de la grange fermés, chacun sombra dans le sommeil. Au cours de la nuit, cependant, Marion fut réveillée par les mouvements nerveux du cheval. La bête tirait sur sa longe en soufflant fort par les naseaux. La jeune fille roula sur le côté. Elle eut l'impression d'entendre un bruit de sabots, devant les portes closes, puis un hennissement monta dans la nuit, qui fit frissonner son destrier.

« Les licornes, pensa-t-elle. Elles sont venues le chercher. »

# CHAPITRE NEUF

À l'aube, les bossus ouvrirent la porte de la grange. Deux femmes portaient une marmite de soupe fumante et un morceau de pain gris.

— Ils ne sont pas bien gracieux, commenta la grosse Mahaut. Je ne sais si tu as remarqué, mais ils sont incapables de regarder quelqu'un en face.

— C'est à cause de leur infirmité, riposta Marion, agacée.

— Beau prétexte que voilà, ricana Mahaut.

Marion se sentait mal à l'aise. Recevoir l'aumône de gens plus pauvres qu'elle la gênait affreusement. Elle avait l'impression d'être une voleuse, ou l'un de ces seigneurs qui, au cours d'une partie de chasse, s'invite chez un serf pour boire son vin, vider sa soupière et lutiner sa femme.

Elle fut presque soulagée de reprendre la route.

Pour tromper sa nervosité, elle se remit à la taille du bloc de pierre. Les outils ne lui obéissaient pas et le visage du saint évoquait de plus en plus celui de Malestrazza. Jetant un chiffon sur la face inachevée, elle attaqua le reste du corps. Comme toujours, dès qu'il s'agissait d'une représentation de Gaudémon, les bras et les jambes devaient être amovibles. C'était une convention observée par tous les ymagiers. Il fallait être en mesure, lors des cérémonies, de les séparer du tronc puis de les remettre en place pour symboliser le miracle ayant eu lieu dans l'arène, jadis. Toute la difficulté était de forer un système d'emboîtement fiable et qui assurât un parfait équilibre à la statue une fois celle-ci recomposée. Cette partie du travail préoccupait Marion. Elle tremblait à l'idée que « son » Gaudémon puisse s'écrouler au beau milieu de l'office, éparpillant ses membres sur l'autel. On y verrait, à coup sûr, un mauvais présage.

Quand elle entreprit de détacher le premier bras du corps de la statue, elle dut se raidir contre un mauvais pressentiment. Elle eut soudain la certitude d'être en train de faire quelque chose de mal. Comme pour faire écho à son trouble, Mahaut lança :

— À ta place, ça me ferait peur de reproduire les gestes du bourreau qui a mutilé le saint.

Les doigts de Marion se crispèrent sur les outils. Les dents serrées, elle continua son travail. Alors qu'elle délimitait le contour des mains, l'image des hématomes imprimés sur le cou du pauvre berger envahit son esprit. Elle chassa ce souvenir et frappa de plus belle.

La journée s'écoula sans incident. Quand Marion se redressa, les épaules nouées par la fatigue, le soleil se couchait déjà. Elle avait le goût de la pierre sur les lèvres et les paumes en feu. Elle avait détaché les deux bras. Ne restait plus qu'à les peaufiner.

Hélas, contrairement à ce qu'attendaient les pèlerins, Malestrazza ne bifurqua point vers la vallée.

— Il y a une caverne, à une demi-lieue d'ici, annonça-t-il. Nous y passerons la nuit. Il n'est pas bon que vous preniez des habitudes de luxe dans les dortoirs des maisons-Dieu. Dormir comme les ours vous endurcira la couenne et vous élèvera l'âme.

On n'osa protester, car il avait débité sa tirade d'un ton sec, emprunt de méchanceté. Il fallut se conformer à ses ordres. Le brouillard envahissait la crête, bientôt l'on n'y verrait plus à dix pas. Marion craignait que cet écran de fumée blanche ne permette à leurs suiveurs de s'approcher impunément de la colonne. De nouveau, le cheval piaffait comme s'il avait détecté une menace. On marcha jusqu'à la grotte.

— Je n'aime pas cette brume, maugréa Mahaut. Dans mon pays c'est le déguisement préféré des farfadets et des gobelins. Si l'on ne veut pas souffrir de leurs farces, il faut disposer des jouets à leur intention au seuil des maisons. Des fanions de tissu coloré suffisent, le plus souvent, à désamorcer leur méchanceté. Ils s'en amusent toute la nuit et ne pensent plus à faire le mal.

On se recroquevilla dans la caverne pendant que Malestrazza allumait un feu de camp au seuil de l'abri, afin de tenir à l'écart d'éventuels prédateurs. Mahaut regardait les mains de pierre grossièrement taillées qui reposaient de part et d'autre de la statue de Gaudémon.

— Qu'y a-t-il ? s'enquit Marion que cette insistance irritait.

— Tu ne devrais pas les laisser comme ça, murmura la grosse femme. Je n'arrête pas de penser à ces marques noires sur la gorge du petit berger. On voyait bien, au dessin des doigts, que c'était un homme qui avait fait cela, pas une mâchoire de loup.

Marion faillit lui ordonner de se taire. À quoi bon ressasser ces choses ?

— Les mains de pierre, répéta Mahaut, tant qu'elles n'ont pas été bénites par un prêtre, le diable peut s'en emparer et les faire bouger à sa guise. Tu devrais les attacher.

— Les attacher ?

— Oui. Les esprits mauvais aiment se glisser dans ce qui peut leur servir de corps, c'est connu.

Voyant les marcheurs se rassembler autour de Mahaut, Marion décida de couper court. « Si cela peut te rassurer ! » soupira-t-elle, et elle noua deux longes autour des poignets de pierre. Elle soupçonnait la grosse femme de la persécuter pour se venger de n'avoir pas été conviée à prendre place dans la charrette. Que dirait-elle si elle s'apercevait que le visage du saint ressemblait à celui de Malestrazza ?

« Il faudra remédier à cela, songea Marion. Corriger le nez, la bouche. »

Plus facile à dire qu'à faire ! Un coup de ciseau mal ajusté pouvait défigurer l'image et la rendre inutilisable.

On mangea en silence la viande des chèvres étranglées emportée par Andrésis. Les femmes la grignotèrent du bout des dents, hantées par le souvenir du petit pâtre au cou noirci.

— Ça sent l'embuscade, grommela le vieil archer en se laissant tomber dans la poussière. Je sais ce que je dis, j'ai assez guerroyé pour renifler un coup fourré en train de se mettre en place. On nous suit, on nous épie. Ça nous colle aux braies comme une meute de loups qui hésiterait à passer à l'attaque.

Il avait sorti du coffre un arc en bois d'if et son carquois garni de traits.

— J'ai fait bénir mes flèches, dit-il d'un ton pénétré. Les démons n'y résisteront pas.

Marion aurait voulu partager son assurance.

Malgré leurs appréhensions, la nuit fut sans histoire. Chaque fois qu'elle se réveillait, Marion tournait ses regards vers le feu pour observer Malestrazza, immobile au seuil de la caverne. Ce diable d'homme ne dormait donc jamais ?

Elle rêva de lui. Un rêve honteux qui lui secoua le ventre d'un spasme délicieux. Elle se mordit les lèvres en priant pour que Mahaut ne l'ait pas entendue gémir.

Le lendemain, elle voulut retoucher le visage de la statue mais échoua. Ses doigts étaient comme ensorcelés, et chaque nouveau coup ne faisait qu'accentuer la ressemblance du saint avec Malestrazza. Si Mahaut découvrait cela, elle ne se priverait pas d'en avertir les autres et de crier au blasphème. Il serait nécessaire de la tenir éloignée de la charrette et de garder la face de « Gaudémon » couverte en permanence. Fallait-il voir là l'une des premières manifestations de la malédiction qui frappait les pérégrins dont le cœur n'avait point la pureté requise ? Plus Marion se rapprochait du sanctuaire plus d'étranges pensées se faisaient jour en elle, des appétits inconnus et dont, jusqu'alors, elle s'était crue affranchie. Elle commençait à prendre peur. Sa part sombre était-elle en train de remonter à la surface ?

On atteignit enfin la maison-Dieu de Vauldoire dont le codex vantait la belle cloche montée à dos d'homme par des pèlerins venus du nord de la France. « Le son, disait le livre, guide les marcheurs lorsque ceux-ci se retrouvent perdus dans le brouillard, ce qui est chose fréquente à cette altitude. »

D'après le livre des routes, la demeure était tenue par frère Gilbert, un moine ayant voyagé en Terre Sainte et qui avait été mis à mal par les Sarrasins. Une enluminure le représentait, une grande cicatrice en travers du visage. Les femmes avaient peur de lui, à tort, car c'était un homme d'une grande bonté. Marion était cette fois décidée à résister à la fatigue et à obtenir les réponses qu'elle attendait au sujet de sa sœur.

Malheureusement, les choses ne se passèrent pas comme elle l'espérait. Gilbert, avisant la pierre taillée, grimpa dans la charrette et écarta le chiffon posé sur la face du saint, dévoilant les traits de Malestrazza. Marion crut mourir de honte et sentit son visage s'empourprer. Le moine ne fit aucun commentaire mais ses mâchoires se serrèrent.

— Il serait sans doute bon que nous parlions, déclara-t-il en lui faisant signe de le suivre à l'écart.

La jeune fille ne put qu'obéir.

Gilbert s'avança jusqu'au bord du vide, là où la montagne se cassait en à-pic. Le brouillard montant du gouffre de pierre masquait la vallée. On se sentait coupé du monde.

— Je me souviens très bien des visages, dit le moine. Il passe beaucoup de monde ici, mais ta sœur a pris ce chemin, il y a deux années, je crois... Tu lui ressembles beaucoup. Tout à l'heure, quand tu es descendue de la charrette, j'ai cru que c'était elle qui revenait, et j'ai eu peur.

— Peur ? s'étonna Marion.

Gilbert tourna vers elle sa face balafrée.

— Oui, murmura-t-il. Tu ne le sais sans doute pas, mais elle était devenue mauvaise. Ceux qui l'accompagnaient avaient fini par la craindre. Le cheminement produit cet effet sur les personnalités tourmentées. Leurs élans cachés reviennent à la surface. C'est comme de la vase qui remonterait du fond d'un étang pour troubler l'eau. On a déjà dû t'en parler ?

— Oui, avoua la jeune fille, le cœur étreint d'appréhension.

— Yolande était comme une eau claire cachant beaucoup de limon. Quand l'eau s'est troublée, elle est devenue bourbeuse, et l'animal le plus assoiffé s'en serait détourné. Ta sœur dissimulait de nombreux péchés dans le secret de son âme. Au fur et à mesure qu'elle se rapprochait du sépulcre de saint Gaudémon, cette part méchante l'a submergée. Le saint souhaitait qu'elle s'en débarrasse, mais elle s'y refusait. J'ai voulu l'entendre en confession, je l'ai suppliée de se libérer de ses démons, hélas ! elle s'est obstinée à mentir. Elle m'a opposé son sourire et ses yeux clairs, elle avouait des péchés sans importance, et je savais qu'elle mentait. Je sens ces choses. Je l'ai vue s'enferrer, se prendre elle-même dans la nasse. Elle a refusé la perche que je lui tendais. J'ai l'habitude de sonder les âmes, j'ai deviné ce qui se cachait sous son front rose, sa jolie figure. Elle était comme ces mares où il faut se garder de trop remuer l'eau et seulement boire en surface, en y plongeant à peine la main.

Il fit quelques pas, longeant dangereusement l'abîme. Les cailloux crissaient et s'éboulaient sous ses sandales. Marion lui trouva le regard perdu, presque halluciné, comme si l'image de Yolande continuait à le hanter. Elle se demanda si frère Gilbert n'avait pas éprouvé pour sa sœur autre chose qu'un intérêt spécifiquement religieux...

— Qu'a-t-elle fait? demanda-t-elle. S'est-elle conduite de façon irrévérencieuse?

Le moine baissa la tête.

— Non, souffla-t-il. C'était plus sournois. Une espèce de maladie rampante. Une lascivité du corps qui se trahissait jusque dans la manière dont elle joignait les mains pour prier. Elle était en train de pourrir. Une nuit, je l'ai surprise nue dans la chapelle... elle a prétendu ensuite avoir marché dans son sommeil, mais je crois qu'elle l'avait fait dans un but de profanation. Ses compagnons de route m'ont dit, en confession, que la chair des fruits qu'elle portait à sa bouche devenait noire dès qu'elle y plantait les dents. Quand j'ai compris qu'elle était perdue, je l'ai exhortée à faire pénitence, à se fustiger. Je lui ai donné un cilice mais elle m'a ri au nez. Une pérégrine m'a confié l'avoir entendue parler dans son sommeil. Elle marmonnait des horreurs sur les siens, sur sa famille... Elle accusait son père de l'avoir forcée à forniquer avec lui. Elle prétendait que sa sœur, toi en l'occurrence, se prêtait avec docilité à ces pratiques...

— C'est faux ! haleta Marion.

Le moine leva la main en signe d'apaisement.

— Ne t'effraye pas, dit-il. Je sais que le démon est le prince du mensonge. Ce qui compte c'est qu'elle nourrissait des pensées impures, et que ces pensées l'ont envahie tout entière, jusqu'à ce qu'elle perde le contrôle d'elle-même. Dans la vallée, on se monte la tête à propos des disparitions, on imagine les choses les plus folles. En réalité personne n'attaque les pèlerins, et s'ils s'évanouissent dans la nature, c'est de leur propre fait, parce qu'ils en ont décidé ainsi. Saint Gaudémon met les marcheurs à l'épreuve. Tous ne triomphent pas des pièges qu'il leur tend. Et s'ils y succombent, ils deviennent leurs propres bourreaux. C'est ce qui s'est passé pour frère Guillaume. Ses mauvaises pensées lui ont fait perdre l'esprit, il a abandonné ses ouailles pour se mettre à errer dans la montagne en vociférant des blasphèmes. Il voyait des légions de démons galoper à ses trousses, mais les démons étaient en lui, et *seulement* en lui. Cela se produit fréquemment, c'est pourquoi beaucoup de pèlerins se détournent de Gaudémon et s'en vont prier un saint moins exigeant, moins impitoyable. Gaudémon fait le tri, ceux qu'il trouve suspects, il les met à l'épreuve. J'espère que tu ne commettras pas les mêmes erreurs que ta sœur.

— L'avez-vous revue ? s'inquiéta Marion.

Frère Gilbert baissa les yeux, mal à l'aise.

— Oui, finit-il par chuchoter. Elle galopait sur les crêtes, à la tête d'un troupeau de pauvres fous. Elle était demi-nue, enveloppée de haillons. Des bergers m'ont dit qu'ils s'accouplaient tous en d'immondes sabbats les nuits de lune pleine. Ils se comportent comme des païens, implorent des divinités naïves. On raconte que ta sœur, pour diriger la horde, a dû forniquer avec un loup et recueillir en elle la semence de la bête. Les pâtres ont peur d'elle. En même temps, elle les fascine, je le sens bien.

Marion se signa. Le sang battait à ses tempes. Désorientée, elle essayait de se représenter Yolande en louve féroce hantant les sommets.

« C'est peut-être elle qui nous a suivis toute la journée ? songea-t-elle. Elle m'a reconnue, elle espère m'entraîner à sa suite. »

— Tu dois t'attendre à subir les mêmes tiraillements, martela frère Gilbert. Tes compagnons vont changer, eux aussi. Leurs défauts vont s'exagérer. Le taquin deviendra méchant, l'avare se fera voleur, la coquette putain...

— Que faut-il faire pour échapper à cette malédiction ? gémit Marion.

— Accepter de se confesser publiquement, sans rien dissimuler, lança le moine. S'agenouiller ici, au bord de l'abîme, lorsque l'aube se lève, et crier de toutes ses forces les choses qui vous tourmentent. Crever l'abcès avant que le pus ne gâte la matière spirituelle, rejeter tout cela au-dehors, le cracher comme un venin. Ne pas avoir peur d'énoncer à voix haute ses pensées impures, s'en délivrer en les hurlant dans le vide. Sais-tu que c'est de cette manière que s'est constituée la montagne ? Les péchés criés par les pérégrins se changent en pierre à force de ricocher au gré des échos. Devenus cailloux, ils roulent sur les pentes, s'ajoutant à tous les autres. Nous foulons une montagne de péchés, de vilenies, de pensées abjectes que la puissance divine a métamorphosés en blocs de caillasse. C'est pour cette raison que certains sont plus noirs et plus pesants que d'autres. Un caillou, un péché...

Il se baissa pour ramasser une pierre aux arêtes vives.

— Regarde cela, énonça-t-il en la tendant à la jeune

fille. Qu'était-elle avant de se pétrifier? Un aveu d'adultère, d'attouchements obscènes... un projet criminel? Comment savoir? Ce qui compte c'est qu'en l'expulsant hors de son âme, celui qui la portait s'en est délivré, et qu'il a pu poursuivre le cheminement en paix.

— Ne peut-on rien faire pour aider Yolande? interrogea Marion.

— Non, soupira Gilbert. Il est trop tard, mais tu peux te sauver, toi. Je veux que tu y réfléchisses cette nuit. Des choses sombres grouillent dans ton esprit, je le devine. La confession publique de l'aube est la seule chance qui te reste de t'en débarrasser. Si tu la repousses, comme l'a fait ta sœur, tu ne parviendras jamais au terme du voyage. Et il se trouvera quelque conteur de taverne pour répandre la rumeur que les démons ont surgi des ténèbres pour t'emporter.

Il avait posé la pierre dans la paume de Marion. Il la força à refermer les doigts sur le caillou et serra très fort, jusqu'à ce que les aspérités du granit pénètrent la chair de la jeune fille.

— Pour toi et tes compagnons, rien n'est encore arrêté, fit-il. Mais le temps presse. Le diable joue sa carte.

Après avoir esquissé une brève bénédiction, il s'éloigna, abandonnant Marion au bord de l'abîme. Allait-il tenir le même discours à chacun des marcheurs?

Malgré elle, la jeune fille plongea son regard dans le gouffre qui s'étendait à ses pieds. L'amoncellement des rochers noirs, que la rosée avivait de sa brillance humide, lui parut hostile. S'agissait-il réellement de péchés pétrifiés par la puissance divine? Elle n'osait y croire. Contrairement à ses parents, elle avait toujours observé une curieuse attitude d'expectative en face de la religion. Elle ne savait pourquoi... Sans doute parce que les prêtres avaient l'habitude de traîner les femmes plus bas que terre, et qu'elle avait, presque à son insu, décidé de les combattre de façon larvée, par une stratégie de résistance passive que personne, à ce jour, n'avait encore décelée.

Frère Gilbert aurait-il l'œil plus aigu que ses prédécesseurs ?

Elle longea le précipice, au milieu des volutes de brouillard qui mouillaient ses vêtements. Les révélations du moine au sujet de Yolande la laissaient perplexe, mais elle ne les réfutait pas. En réalité, elle ne savait pas grand-chose de sa sœur. Dans une famille, on pouvait se côtoyer des années durant et demeurer de parfaits étrangers. Les tâches ménagères meublaient l'écoulement des heures, et le soir l'on était trop fatigué pour échanger des confidences. En outre, Yolande, forte de son statut d'aînée, l'avait toujours traitée en petite fille, avec une bienveillance bourrue mais lointaine de jeune femme qui n'a pas de temps à perdre avec les gamines.

« Elle était si secrète, pensa Marion. Toujours ce sourire, ces yeux pâles qui décourageaient les questions. »

Un masque d'angélisme, aurait dit frère Gilbert. Elle avait toujours affecté d'obéir à la volonté de ses parents, de ne point contester les choix qu'ils arrêtaient pour elle. Elle ne s'était pas davantage rebellée quand on l'avait fiancée à Antonin...

« Toujours le sourire, se répéta Marion. La modestie, la docilité. »

Cela n'avait-il été qu'un fard soigneusement entretenu ? La jeune fille s'avouait dans l'incapacité de répondre. Elle n'en savait pas beaucoup plus en ce qui concernait son père et sa mère. Ils ne se livraient pas. Une fois que Marion s'était laissée aller à se confier à sa mère, celle-ci lui avait vertement répliqué : « Ma fille, ce sont des choses qu'on garde pour son confesseur ou son directeur de conscience. Il est impudique d'en parler entre membres d'une même famille. Taistoi donc, tu me gênes affreusement. Tu devrais avoir honte de te lâcher ainsi sans vergogne. »

Quant au Père, Marion savait qu'il n'aimait guère s'adresser aux femmes, les jugeant « trop difficiles à comprendre ».

Le vent la gifla. Elle fit marche arrière pour chercher refuge dans la maison-Dieu. L'odeur de pain chaud la fit saliver. Andrésis, Mahaut, Jehan l'ouvrier en vitrail et Dame Constance étaient déjà attablés devant un bol de soupe et un morceau de fromage mou. Quand Marion s'assit à côté de la baronne au sourire triste, Mahaut lui jeta un coup d'œil dépourvu de sympathie.

— Le moine vous a-t-il parlé de la confession publique? murmura soudain Constance de Hurault à l'oreille de Marion. Il m'a présenté cela comme une épreuve obligatoire si l'on veut continuer la route sans subir de... de désagréments. C'est... c'est terriblement gênant. Je ne suis pas certaine d'en être capable.

Son visage trahissait un bouleversement intérieur qu'elle essayait de dissimuler aux yeux de ses compagnons. Elle émiettait son morceau de pain chanteau sans même en avoir conscience.

— La confession publique, ça ne m'a jamais troublée, clama la grosse Mahaut. C'est comme une bonne lessive à la cendre, ça vous décape, et après on est tout blanc. Il faut dire que je n'ai pas l'âme bien tortueuse, moi.

— Je ne suis pas très chaud à l'idée d'avouer des cochonneries devant tout le monde, grommela Jehan, le poseur de vitraux. Mais, bon, si comme le dit le moine : c'est ça ou se transformer en bête, j'ai pas vraiment le choix. Faudra pas m'en vouloir après, si je confesse de drôles de pensées sur des compagnes de route.

Andrésis ricana. Il annonça qu'il ne se confesserait pas. Bête, on l'avait forcé à le devenir il y a longtemps, en lui mettant une hache dans les mains alors qu'il avait à peine quinze ans. Il ne craignait plus rien de ce côté-là.

Le repas terminé, on se rendit à complies. Frère Gilbert fit un sermon étrange et inquiétant sur la nécessité d'expulser le diable qui dormait en chacun des marcheurs. Il expliqua que ce double, pour l'heure à peine plus grand qu'un fœtus de quelques semaines, allait grandir jusqu'à déchirer le ventre de ceux et de celles qui l'avaient abrité.

— Demain, à l'aube, martela frère Gilbert, vous devrez nommer l'abomination qui est en vous. Vous devrez la cracher dans le gouffre. Dieu la changera en pierre pour la clouer au sol et empêcher qu'elle revienne vous hanter. Si vous choisissez de vous taire, vous ne parviendrez jamais au terme du voyage.

Sur ces paroles terribles, on prit le chemin des dortoirs. Ici, hommes et femmes étaient séparés. Comme il était dit dans le codex des routes, un moine veillait au seuil de chaque salle, pour empêcher que pérégrins et pérégrines ne se laissent aller à de coupables embrassades. La fatigue de la marche ne venait pas forcément à bout de toutes les natures.

Marion ne parvint pas à trouver le sommeil. À côté d'elle, Constance de Hurault s'agita sur la paillasse puis se mit à pleurer.

# CHAPITRE DIX

À l'aube, frère Gilbert les fit lever. Il voulait, disait-il, les entendre en confession avant qu'on célébrât prime.

Hagards, écrasés de fatigue et de mauvais sommeil, les pèlerins sortirent de la maison-Dieu. Tous ne s'approchèrent pas du gouffre. Ceux qui refusaient la confession publique demeurèrent en retrait, les yeux baissés, se dandinant avec gêne.

— C'est la dernière chance qui vous est offerte de vous débarrasser des fruits pourris qui noircissent dans vos cœurs, hurla Gilbert, perdant soudain toute affabilité. Vous ne semblez pas comprendre que j'essaye de vous protéger.

Il toisa les hésitants, espérant forcer leur décision, mais ils prirent peur et reculèrent comme si l'abîme allait les aspirer. Le moine soupira avec tristesse et marcha vers le gouffre. Marion, Constance, Mahaut et le petit Jehan s'étaient déjà agenouillés dans la caillasse qui leur mordait les genoux.

Marion s'efforçait de ne pas regarder en bas ; il lui semblait que le vertige allait lui faire tourner la tête et l'attirer vers le précipice.

— Allez ! hurla Gilbert, crachez les cailloux noirs qui vous emplissent l'âme et vous rendent l'ascension difficile. Vous deviendrez plus légers, vous cesserez d'être des appâts pour le démon.

Constance parla la première. Les pleurs de la nuit lui avaient laissé le visage bouffi, altérant sa beauté patricienne et la dépouillant de la morgue qui raidissait en permanence ses traits.

— J'ai menti, balbutia-t-elle. J'en ai honte. Depuis le début du pèlerinage je mens à mes compagnons de voyage et à moi-même. Je ne suis pas une épouse aimante... depuis qu'il a contracté la lèpre, mon mari me fait horreur. Je l'ai aimé à la folie, c'est vrai, et j'ai vécu son départ à la croisade comme une grande souffrance, mais sa maladie m'a rendue mauvaise. J'ai... j'ai été terrifiée à l'idée de l'attraper à mon tour, si bien que j'ai été soulagée de le voir s'exiler dans une ladrerie...

Elle gémit et se cacha le visage dans les mains. Elle sanglotait de nouveau. Marion fut ulcérée de surprendre une ombre de ricanement sur la face de la grosse Mahaut.

— C'était plus fort que moi, soupira Constance. Il me terrifiait... la nuit, des cauchemars me harcelaient. Je le voyais s'émietter... perdre ses doigts alors même qu'il était en train de me caresser... Oh ! Dieu ! c'est si injuste. J'aurais tellement voulu être une épouse admirable, le soutenir dans cette épreuve. J'ai eu des pensées mesquines. J'ai craint d'être à mon tour défigurée, de perdre ma beauté... Je passais des heures à traquer sur mon corps les signes de la maladie. Je fuyais le château pour aller me laver dans les ruisseaux des alentours. Quand il est parti, j'ai fait brûler toutes ses affaires. Ses vêtements, ses livres... et je me suis sentie remplie d'allégresse. La peur m'a enfin quittée. Toutefois ce soulagement a été de courte durée. En fait, j'ai vite compris qu'il avait espéré que je l'accompagnerais à la léproserie. Certaines épouses le font... Moi j'en étais incapable. Il n'avait osé m'en prier, et je tremblais, les derniers jours, qu'il ne me le demande.

Marion l'écoutait, le cœur serré. Les paroles de Constance s'envolaient dans le brouillard et ricochaient en échos lointains à travers les crêtes, si bien qu'on avait l'impression que dix femmes s'accusaient en même temps de péchés identiques.

La jeune fille fut prise d'admiration pour le courage de la baronne. Elle se jura de s'en inspirer quand viendrait son tour.

— Après..., reprit Constance, après, il y a eu la peur de recevoir des lettres en provenance de la maladrerie. Un lépreux quêteur les déposait sous une pierre, devant le pont-levis. J'envoyais un serviteur équipé de gants de cuir pour les ramasser. Ou encore une fille de cuisine munie de pincettes. Personne ne voulait les toucher. Nous imaginions ces missives imprégnées des miasmes de la maladie. Je les faisais déposer sur les dalles, devant la cheminée, et je les lisais sans jamais les effleurer. Souvent même, je retenais mon souffle, ou je me protégeais la bouche, le nez, sous un linge. Ces lettres... elles me terrifiaient... C'étaient comme des lambeaux de peau infectée qu'on m'aurait expédiés de là-bas, de cet horrible endroit plein de charognes vivantes. Il m'arrivait de rêver que ces parchemins provenaient du corps même de mon époux, qu'il se les arrachait de la poitrine ou du ventre, pour écrire dessus. À peine en avais-je lu trois lignes que je les jetais dans le feu.

Elle releva la tête pour regarder le ciel.

— J'ai honte, répéta-t-elle. Dieu sait pourtant combien j'ai aimé mon mari... mais la maladie... la maladie...

Elle ferma les yeux et lutta pour dominer les sanglots qui l'étouffaient. Marion sentit les larmes lui perler aux coins des paupières.

— C'est pour cela que je marche, conclut Constance de Hurault, pour expier ma lâcheté. Je veux me racheter, redevenir digne de mon mari, être capable de le soutenir dans l'épreuve.

— C'est bien, ma fille, approuva frère Gilbert. Il vous fallait cracher ce poison. Conserver cet abcès aurait fait de vous une proie facile pour le démon.

Ce fut alors à Marion de parler. Exaltée par l'exemple de la baronne, elle décida de se livrer avec la même franchise. Les mots sortirent de sa bouche sans même qu'elle ait conscience de les prononcer. Elle voulait se vider, elle aussi, mettre toutes les chances de son côté. Elle dit ses pensées coupables, son désir de subir les attouchements de Malestrazza, et même de s'accoupler avec lui. Quand elle eut prononcé ces paroles, elle comprit qu'elle était allée trop loin et devint blême. Il lui sembla entendre des ricanements dans son dos.

« Mon Dieu ! pensa-t-elle, je ne pourrai plus jamais croiser le regard du guide sans devenir rouge comme une pivoine. »

Elle maudit son brusque désir de franchise. Pourquoi avoir cédé à cette impulsion ? Pour singer la petite baronne ?

Elle fut encore plus dépitée quand elle entendit la confession de Mahaut qui se contenta d'avouer des péchés sans importance : elle en voulait parfois à son fils infirme de la contraindre, elle, si grosse, si pataude, à traverser le royaume dans toute son étendue. Jehan le verrier, lui, déclara qu'il maudissait souvent saint Gaudémon de l'obliger à porter une caisse si lourde, et qu'à plusieurs reprises, il avait été tenté de feindre un accident pour jeter les verres colorés du vitrail dans un précipice.

Les autres pèlerins livrèrent des aveux anodins, calqués les uns sur les autres et qui se résumaient, les fatigues s'additionnant, à une certaine rancœur envers saint Gaudémon. Rien de bien neuf, en vérité.

Gilbert les félicita de leur franchise et les convia à l'office. Constance et Marion furent les dernières à se relever. Les genoux meurtris, elles contemplèrent l'abîme qui s'étendait devant elles. Leurs péchés y avaient-ils jeté de nouveaux cailloux ?

« Maintenant, aux yeux de tous je vais avoir l'air d'une chienne en rut, songea-t-elle. D'une putain. Malestrazza sera en droit de me réclamer son dû... »

Mais non ! qu'imaginait-elle ? Le beau guide était sûrement habitué à ces sortes de convoitises. Frère Guillaume, du fond de sa cage, n'avait-il pas expliqué que tous les marcheurs et les marcheuses ne rêvaient que de le « connaître » au sens biblique du terme.

« J'étais forcée de parler, se dit-elle. Si j'avais menti par omission, j'aurais attiré le malheur sur le pèlerinage. »

— Vous avez été courageuse, murmura Constance sans lever les yeux. Vos aveux vont vous mettre dans une position difficile. Les imbéciles s'acharneront sur vous.

— Vous m'avez impressionnée, murmura Marion, j'ai voulu vous imiter.

La baronne eut un rire amer.

— Hé bien, ma chère, soupira-t-elle, espérons au moins que notre impudeur nous vaudra d'être protégées des atteintes du démon.

Marion laissa son regard se perdre dans les volutes du brouillard. Elle ne pouvait s'empêcher de penser que ses paroles, au lieu de se changer en pierre, continuaient au contraire à voler en direction de la vallée, de la ville... Allaient-elles exploser en échos honteux au-dessus de la maison de ses parents ? Elle frissonna à cette idée. Il lui semblait déjà voir le voisinage se tordre de rire. « Écoutez ! brailleraient portefaix et escholiers, c'est la Marion qui veut se faire foutre en cul par le beau guide des pérégrins ! Qu'avait-elle besoin, la garce, d'aller chercher si haut ? Comme s'il n'y avait point assez de belles braguettes bien fournies dans nos murs ! »

Constance lui prit la main.

— Venez, dit-elle, on nous attend pour l'office. Quand nous entrerons dans l'église, conservez la tête droite, ne tournez pas vos regards vers le sol. Pensez qu'ils couvent tous les mêmes secrets, qu'ils grattent des plaies analogues aux nôtres. Frère Gilbert, qui exhorte tant les autres à se confesser, à mon sens, ferait bien d'être plus bavard lorsqu'il se trouve face à la montagne. Hier, j'ai entendu avec quelle fièvre il évoquait le souvenir de votre sœur.

Elles franchirent le seuil du bâtiment et s'agenouillèrent pour la bénédiction. On chuchotait derrière elles, on gloussait, et le moine dut réclamer le silence. Une fois de plus, Malestrazza était absent. C'était curieux pour un guide de pèlerins. Avait-il coutume de faire ses dévotions en privé ?

La messe dite, on se retrouva au réfectoire pour la collation du départ.

— Je me sens mieux d'avoir parlé, murmura Constance. Je suis toujours aussi sale qu'avant, mais cette crasse est sortie de mon corps pour se déposer sur ma peau. Je puis maintenant espérer que la sueur de l'effort m'en lavera. Même si pour cela je dois marcher à en crever.

— Je comprends votre dégoût, fit Marion, il est humain.

— C'est bien là le problème, soupira Constance. Je me demande parfois si la religion ne veut pas justement tuer en nous tout ce qui est humain. Ses exigences ne tiennent pas compte du cœur, elles ne s'adressent qu'à la tête. Elle a été conçue par des hommes durs qui n'aimaient pas les femmes. Il me semble qu'on y parle beaucoup d'amour sans jamais l'avoir réellement éprouvé.

Marion la supplia de se taire. Ce n'était guère le moment de se faire taxer d'hérésie ! N'empêche, il y avait du vrai dans les propos de la petite baronne, et la jeune fille conservait la désagréable impression d'avoir été bernée par frère Gilbert. À part Constance de Hurault et elle-même, personne n'avait vraiment pris de risques au cours de la confession.

« J'ai été assez naïve pour être honnête, songea l'ymagière. On n'a pas fini de me le faire payer. »

Malestrazza donna le signal du départ. Avait-il entendu la honteuse révélation de Marion ? À n'en pas douter. Toutefois, il ne fanfaronnait pas et semblait tout aussi lointain que de coutume. Mahaut, au contraire, ne se lassait pas de chuchoter et de glousser, réjouie à l'avance par cette confession maladroite qui allait lui fournir de quoi cancaner pendant tout le reste du voyage. La rage au cœur, la jeune fille se hissa dans la charrette et empoigna ses outils. En quelques coups bien appliqués, elle métamorphosa la physionomie de la statue, lui faisant perdre sa ressemblance avec le routier.

« J'ai été sotte, pensa-t-elle. Mais depuis que nous escaladons cette montagne nous nous comportons tous de manière bizarre. »

Elle resta courbée le jour durant, les paumes douloureuses, les muscles noués, avec, sur la nuque, le poids du regard des hommes clopinant dans le sillage de la carriole. Elle savait ce qu'ils pensaient : « Voilà une petite dinde qui aurait bien besoin d'être couverte. Qui d'entre nous prendra l'initiative ? Malestrazza nous abandonnera-t-il la donzelle ? »

Ces pensées lui brûlaient les omoplates. Elle les sentait couler le long de son échine, vers ses reins, ses fesses. Elle mourait de honte mais ne pouvait se retenir de jeter de brefs coups d'œil à Malestrazza qui allait en tête.

« S'il vient, ce soir, quand nous dormirons au creux d'un trou de rocher, se disait-elle, quelle sera ma réaction ? Aurai-je le courage de le repousser ? »

Elle n'en savait rien.

« Si j'accepte, pensa-t-elle encore, tout le monde saura qu'il m'a eue. Et il est bien capable de me faire crier de plaisir, juste pour m'humilier davantage, pour que tous m'entendent et sachent qu'il est en train de me posséder. »

Elle lui prêtait de basses pensées pour le noircir, espérant ainsi se défaire de l'attraction qu'il exerçait sur elle.

« Idiote, murmura-t-elle entre ses dents en s'acharnant sur ses outils. Triple idiote, ne te monte pas la tête, tu n'existes même pas pour lui. Il est sans doute las de ces fièvres féminines qui l'enveloppent à chaque cheminement. »

Elle se faisait l'effet d'une novice mourant d'amour pour son confesseur. Pouvait-on être aussi bête ?

À la première halte, Constance s'assit à côté d'elle.

— Ne vous torturez pas, fit-elle. Le désir n'a rien de sale. Il ne faut pas écouter les prêtres qui recommandent aux époux de ne point s'aimer. J'ai moi-même été terriblement heureuse entre les bras de mon mari. J'aimais les jeux du lit, je ne m'en cache pas. Son corps et ses mains me rendaient folle. La chasteté imposée par son départ pour la croisade a été pour moi une épreuve terrible. Nos nuits me manquaient... des rêves me visitaient, des langueurs. Hélas, quand il est revenu, il ne pouvait plus me toucher. Mon cas n'est pas isolé, d'autres femmes se sont trouvées dans la même situation. La lèpre est un mal courant en ces pays lointains.

Baissant la voix, elle se mit à ressasser ce qu'elle avait évoqué le matin, au bord du précipice. Les mille petites lâchetés dont elle s'était rendue coupable. Le dégoût rampant, la peur de la contagion, le désir de fuir.

— J'aimais trop son corps pour supporter de le voir se dégrader, soupira-t-elle. Je me suis mise à le haïr, lui et sa croisade. Des affaires d'hommes que tout cela. Un traquenard mis au point par les prêtres pour éloigner les seigneurs de la sphère du pouvoir. Un hochet qu'on agite sous le nez d'un enfant. On profère de grands mots, on parle de reconquête du tombeau du Christ, alors qu'il n'est question, en réalité, que d'amasser du butin et de se distraire en faisant la guerre. Les hommes s'ennuient dès lors qu'ils n'ont plus les armes à la main.

Elle s'ébroua, parut s'éveiller.

— Si le beau passeur vous fait envie, murmura-t-elle, attirez-le derrière un rocher et donnez-vous tout le plaisir possible, sans remords. La vie est si courte.

Marion hocha la tête. Elle n'était pas certaine que les choses soient si simples.

Quand ils furent de nouveau sur la ligne de crête, Marion fut assaillie par un mauvais pressentiment. Le brouillard grouillait de formes menaçantes, le vent portait mille chuchotis. Les éboulements caillouteux se multipliaient comme si une armée se déplaçait parallèlement à la colonne des marcheurs. Le cheval devenait nerveux.

Soudain des silhouettes encapuchonnées jaillirent de la brume. Elles brandissaient des bâtons ferrés, armes frustes mais redoutables entre les mains de qui savait les manier. Le roncin se cabra et faillit précipiter la charrette dans le vide. La pierre glissa sur le plateau, manquant d'écraser Marion.

— Halte ! hurla celui qui commandait la troupe, je suis frère Denunzio, j'agis au nom de Jôme le Noir, de la Sainte Inquisition. J'ai mission de ramener l'ordre sur le chemin des pèlerinages.

Il avait rabattu son capuchon, dévoilant un visage grêlé, aux dents ébréchées d'avoir mangé trop de pain rempli de grumeaux durs comme des cailloux. Ses hommes, au nombre de six, manœuvrèrent pour encercler Malestrazza et les premiers pèlerins, leur coupant la route. Leurs bâtons ferrés visaient le cœur à travers les hardes trempées de sueur. Denunzio allait de l'un à l'autre, dévisageant les marcheurs avec une insistance hallucinée. De temps à autre, il touchait un nez, une oreille, comme pour s'assurer qu'il ne s'agissait pas d'un masque de cire.

— Il se passe des choses étranges sur cette route, grommela-t-il. N'avez-vous rien vu ?

Il puait ; sa bure, raidie de crasse, aurait pu tenir debout toute seule.

— De mauvaises choses, répéta-t-il. Les diables rôdent, ils étranglent les innocents.

Malestrazza consentit à dire qu'ils avaient, effectivement, trouvé un pâtre assassiné de cette manière, deux jours auparavant.

Denunzio ne l'écoutait déjà plus, il semblait fortement intéressé par les ex-voto que les pérégrins portaient, qui autour du cou, qui en bandoulière. Ces mains de bois, dont la plupart avaient d'ailleurs été taillées par Marion.

— *Des mains...*, chuinta-t-il. Encore des mains. On en voit un peu trop souvent sur cette route.

Quand il s'approcha de la charrette, il sursauta en découvrant les membres de pierre sculptés par la jeune fille. Il fallut exhiber l'ordre de mission rédigé par Diodore-le-Vieil pour le convaincre qu'il ne s'agissait point là d'une manigance satanique.

Avec une rudesse intolérable, il saisit Marion par les poignets et la força à retourner les paumes, comme s'il allait y voir inscrit la marque d'un crime.

— Trop petites, lâcha-t-il à regret. Trop minces. (puis se retournant vers la foule, il lança :) nous avons un dessin des mains de l'assassin, un décalque pris sur le cou de ses victimes. Il souffre d'une certaine déformation des phalanges qui le trahira lorsque nous le rencontrerons. Alignez-vous. Montrez vos mains, tous !

Il hurlait, à présent. Des veines saillaient sur ses tempes. Sur ses joues, la barbe s'efforçait de pousser entre les cicatrices laissées par la petite vérole. Sans la tonsure, on l'aurait pris pour un brigand. C'était à n'en pas douter l'une de ces âmes fiévreuses à qui la religion donne trop souvent la liberté d'épanouir leur exaltation au-delà du raisonnable.

— Pas toi, pas toi, pas toi..., ânonnait-il en allant de l'un à l'autre.

Les mains d'Andrésis, le vieil archer, le firent un instant hésiter à cause des nodosités rhumatismales qui en gauchissaient les contours. Il les examina de plus près. Marion intervint pour préciser que l'ancien soldat travaillait pour la congrégation de saint Gaudémon. Ses propos arrachèrent une exclamation ironique à Denunzio.

— Parce que tu crois, fille, glapit-il, que c'est là une recommandation valable ? Mon maître, Jôme le Noir, a introduit une demande en examen qui pourrait bien remettre en question la sainteté de Gaudémon. Ton martyr traîne un louche passé, le sais-tu ? Magicien, nécromant, spagyriste, faiseur d'or... on dit qu'il travaillait dans les maisons d'embaumement des derniers pharaons. Que penser d'un homme qui vit dans l'intimité des cadavres ?

Il s'excitait. Marion baissa les yeux. Tout à coup, son propre travail de sculpture lui parut monstrueux.

En tentant d'effacer les traits de Malestrazza, elle avait donné au bonhomme de pierre une physionomie démoniaque que Denunzio n'avait pas manqué de remarquer. Ce n'était plus un saint chrétien qui gisait là, à l'état d'ébauche, à l'arrière de la carriole, mais une idole barbare, un totem comme devaient en adorer les cannibales, là-bas, dans les pays peuplés d'ogres qui s'étendaient au-delà des frontières du monde connu. Une telle erreur pouvait leur coûter la vie, faire des pérégrins les sectateurs d'une divinité diabolique, un avatar de Baphomet. Les Templiers l'avaient appris à leurs dépens.

— Gaudémon, ricana Denunzio. Gaudémon... Il vous attend là-bas, n'est-ce pas? Par-delà les montagnes. Vous allez vous prosterner sur ses membres épars, faire allégeance à ce magicien...

Il continuait à retourner les paumes, à tordre les doigts, s'irritant de ne point trouver ce qu'il cherchait.

— Si vous étiez réellement de bons chrétiens! aboya-t-il, vous sentiriez tous l'odeur de soufre qui flotte sur ces montagnes. La Bête est là, elle rôde. Elle attend de vous entraîner dans sa sarabande, et ceux qui refuseront de la suivre, elle leur tordra le cou. C'est ainsi qu'elle procède. C'est ainsi que les pèlerins disparaissent, parce qu'ils sont trop couards pour préférer la mort à la damnation.

Soudain, il parut s'effrayer d'avoir parlé si fort et baissa la voix. Il regardait par-dessus son épaule, comme s'il craignait une embuscade.

— Pauvres gens, soupira-t-il enfin au terme de son examen. Vous ne savez pas où vous mettez les pieds. Avez-vous conscience de l'image que vous offrez, ainsi attifés, avec ces mains de bois pendues en collier? À votre place, j'aurais peur que les puissances malignes ne s'emparent de ces ex-voto pour leur donner vie, et ne les poussent à se nouer autour de vos gorges!

Les marcheurs s'entre-regardèrent, effrayés.

— Ces mains, insista Denunzio, elles sont bien trop réalistes... On les dirait vraies. Tout à l'heure, à travers le brouillard, j'ai cru avoir affaire à une horde de barbares portant en sautoir d'horribles trophées prélevés sur les dépouilles de ses ennemis.

Instinctivement, les pérégrins se défirent des ex-voto et les jetèrent sur le sol. Le moine s'agenouilla pour les scruter de plus près. Marion tremblait qu'il n'identifie la marque de fabrique que son père appliquait au fer chaud sur le bois tendre des paumes.

« Mon Dieu, songea-t-elle, j'ai dû tailler plus de la moitié des mains qui gisent en ce moment dans les cailloux. »

Elle se rappela avec angoisse les facéties auxquelles elle s'était livrée pour se venger d'Antonin : les mains à six doigts... ou ébauchant des gestes vaguement obscènes. Si Denunzio venait à dénicher l'une d'entre elles, c'en était fait des marcheurs.

Nerveusement, elle examina les moines soldats brandissant leurs bâtons ferrés. Ils étaient jeunes, décidés, une flamme mauvaise au fond des yeux, déjà persuadés d'avoir encerclé une cohorte jaillie des enfers. Ils n'hésiteraient pas à percer les poitrines, à crever les ventres. Leur fureur vengeresse viendrait sans peine à bout du nombre.

— On vous a mal conseillés, dit Denunzio. Ces fétiches sont dangereux. Il se pourrait bien qu'à la faveur de la nuit prochaine, le démon leur donne vie. Vous êtes en train de vous rapprocher du lieu où les marcheurs ont coutume de disparaître. Comment savoir ce qui s'est passé ? Les mains de bois les ont peut-être étranglés avant de les jeter dans le vide ?

Il se redressa. L'un des frères de sa suite s'approcha, portant un grand sac de cuir dans lequel il entreprit de fourrer les ex-voto.

— Je les emporte, annonça Denunzio. Si elles sont maudites, il ne servirait à rien de les brûler, elles s'échapperaient du bûcher. Nous fermerons le sac avec une chaîne et un bon cadenas. (Devant l'air hésitant des marcheurs, il hurla :) Dites-vous bien que je suis en train de sauver vos misérables vies !

Pendant tout ce temps, Malestrazza était resté silencieux, distant. Le brouillard, qui ne cessait de s'épaissir, l'enveloppait chaque seconde un peu plus, conférant à sa silhouette une allure fantomatique.

Denunzio s'agita subitement, les bras levés.

— Voyez ! chuchota-t-il d'une voix altérée par l'angoisse. La brume nous entoure... c'est le démon qui l'envoie pour nous perdre. Les monstres se déplacent à l'abri de l'écran de fumée. Vite, il faut former le cercle ! Dépêchez-vous !

Il bouscula les pèlerins, les forçant à s'accroupir, puis il tira une fiole d'eau bénite de sa robe de bure et en aspergea le sol de manière à dessiner un cercle approximatif autour des marcheurs rassemblés. Aux quatre points cardinaux, il déposa une hostie consacrée.

— Voilà, annonça-t-il en se signant. La protection divine est sur nous. Prions mes frères, prions ensemble pour repousser ce qui monte du brouillard.

Les têtes s'abaissèrent et un murmure sourd s'éleva du groupe. Le brouillard humide, glacé, pénétrait les vêtements de Marion. La brume installait une atmosphère fantasmagorique qui abolissait le paysage, étouffait les sons. La jeune fille eut une pensée pour sa sœur. Rampait-elle à l'abri de cet écran ? Était-elle responsable des meurtres perpétués sur la route des cols ?

Elle éprouvait une inquiétude si vive qu'elle en oublia de prier.

Moines-soldats et pèlerins courbaient l'échine, soudain unis dans la même angoisse. Denunzio jetait de fréquents coups d'œil au sac rempli d'ex-voto, comme si les mains de bois allaient se mettre à griffer le cuir.

— Ça se rapproche, souffla-t-il, ça rôde, ça rampe. *C'est toujours là.* Vous avez eu de la chance d'arriver vivants jusqu'ici.

En veine de confidences, il sortit un parchemin d'un tube de bois suspendu à sa ceinture. Les contours d'une main s'y trouvaient malhabilement reproduits.

— La paume de l'étrangleur, expliqua-t-il en chuchotant. Notez les nodosités, là et là... sur le majeur et l'index.

— On dirait la main d'un archer, observa naïvement Andrésis. À force de tenir l'empenne de la flèche, les doigts se déforment de cette façon.

— Je sais, siffla Denunzio en lui jetant un regard chargé de soupçon.

— Il peut s'agir d'une déformation due à un accident, intervint Marion. Toute la paume semble gauchie.

— Les hommes d'armes ont les mains carrées, marmonna le moine, à cause du maniement des épées. Mais on peut dire la même chose des tailleurs de pierre qui, tout le jour, travaillent du marteau.

S'emparant de la dextre de Marion, il la retourna pour montrer à tout le monde combien elle était musclée, épatée et calleuse.

— Il faut de la force pour étrangler quelqu'un de cette manière, insista-t-il, d'une seule main.

La jeune fille se dégagea. Le moine lui décocha un mauvais sourire.

— Je *le* trouverai, affirma-t-il. C'est ma mission. Quand nous l'aurons encerclé, nous le lapiderons. Mes compagnons et moi sommes bons lanceurs de pierres. Frère Anselme est ce qu'on peut appeler un frondeur redoutable. D'un seul caillou bien ajusté, il fera éclater la tête du criminel.

Marion essaya de cacher son inquiétude. Elle imaginait Yolande, acculée contre un rocher, les bras levés pour se protéger des projectiles. Les pierres lui brisaient les os, lui cassaient le nez, les joues, les dents. Elle tombait à genoux, mais les moines s'acharnaient sur elle, continuant à la lapider jusqu'à ce que la caillasse la recouvre. Un châtiment biblique...

— Il se passe des choses étranges sur cette route, murmurait maintenant Denunzio. Des ensorcellements modifient le paysage. La nuit, les routes changent de place, leur tracé se modifie. Elles bougent comme des serpents. C'est ainsi que se perdent les voyageurs.

— C'est ce que racontent les mauvais guides, ricana Malestrazza que les discours du moine ne semblaient guère impressionner. Quand on n'est pas fichu de retrouver son chemin il est plus facile d'accuser le diable que de reconnaître qu'on s'est perdu.

— Non, martela Denunzio. Je sais ce que je dis. J'ai l'habitude des voyages. La nuit, les chemins se mettent à bouger, ils se réorganisent. Les choses ne sont plus là où on pensait les trouver. La route des cols est hantée. Le diable la modèle à sa guise, comme le potier pétrit sa glaise. Vous ne le savez pas encore, mais bientôt il s'amusera à vos dépens et vous forcera à tourner en rond. Vous croirez avancer parce que le paysage changera, mais en réalité, ce sera toujours le même, modifié par la main du Malin à la faveur des ténèbres.

Les pérégrins s'entre-regardèrent, effrayés. Malestrazza, lui, retenait à grand peine un sourire ironique. Son incrédulité rassura Marion. Le moine sentit que le guide ne le prenait pas au sérieux et s'en offusqua.

— Vous verrez bien, grommela-t-il. Marchez à votre guise, allez où bon vous semble, après tout je ne suis pas là pour assurer votre protection. Pour cette partie du travail, adressez-vous à votre cher saint Gaudémon !

Le silence s'installa. Quand le brouillard se dissipa enfin, les moines se retirèrent à l'écart pour arrêter un plan de bataille. Marion vit que les plus jeunes faisaient provisions de cailloux ronds. Denunzio, avec un charbon de bois, traçait une croix sur chacun des projectiles et le bénissait.

« Ils se préparent à lapider l'étrangleur de la montagne, songea la jeune fille. Pourvu que ce ne soit pas Yolande. »

Certes, la Yolande qu'elle avait connue, jadis, aurait été incapable d'un tel acte, mais qu'en était-il de la femme sauvage hantant les sommets ?

Leurs besaces remplies, les moines soldats s'éloignèrent. Denunzio lança un dernier avertissement aux pèlerins, leur enjoignant de regagner la vallée sans tarder, puis disparut dans le dédale des roches. Longtemps, on écouta décroître le bruit de ses sandales malmenant les cailloux du sentier. Son apparition avait fait naître le doute dans les cœurs.

— Si certains d'entre vous veulent faire demi-tour, fit Malestrazza, ils n'auront qu'à s'arrêter à la prochaine maison-Dieu et à attendre le retour d'une autre colonne, mais cela risque d'être long, et il serait un peu idiot d'avoir déjà tant souffert pour renoncer à mi-chemin.

— Mais l'étrangleur..., glapit Mahaut. Qui nous protégera de l'étrangleur ?

— Nous-mêmes, trancha le guide. Il suffira d'organiser un tour de garde. Andrésis a été soldat, je suis certain qu'il pourrait décocher une flèche dans la poitrine de cet assassin par une nuit sans lune.

— C'est vrai, fanfaronna le cocher. Certes, je ne suis plus capable de tirer mes dix traits le temps de compter soixante battements de cœur, mais j'ai encore la main sûre.

— La main... la main..., grogna Mahaut. On en revient toujours là.

L'intervention de Denunzio avait ralenti la colonne, si bien que l'on fut surpris par la nuit avant d'avoir pu atteindre la maison-Dieu suivante. Il fallut se résoudre à camper dans la montagne. Il faisait froid, le brouillard revenait à l'assaut. Constance s'effondra en grelottant de fatigue. Elle était trempée de sueur et Marion, redoutant qu'elle n'attrape mal, la hissa dans la charrette pour la déshabiller à l'abri de la toile qu'on tendait pour la nuit.

— Ces moines... cet après-midi, balbutia la baronne. Ils suaient la haine... tu as vu? Ils me font bien plus peur que cet étrangleur à la main tordue dont ils ne cessaient de parler.

Marion lui ôta sa chemise. La maigreur de Constance lui fit serrer les dents. Cette femme avait dû être fort belle, jadis, avant de prendre la route du pèlerinage; aujourd'hui, cependant, elle offrait au regard un corps efflanqué à la peau marbrée de cicatrices.

— Qui vous a fait cela? s'enquit Marion en effleurant une plaie rougeâtre qui s'étirait sous l'omoplate gauche.

— Les cilices, soupira Constance. J'en portais tous les jours, pour me punir. Des ceintures ou des jarretières munies de pointes sur leur face interne. À une époque, mon confesseur m'a même suggéré de me faire coudre sur la peau des reliques de tissu prélevées sur la robe de je ne sais quelle sainte.

— Et vous avez obéi? hoqueta Marion.

— Oui, avoua la baronne. Touche, là, sur la hanche, les points laissés par l'aiguille y ont imprimé leurs traces.

L'ymagière grimaça et s'empressa de jeter une chemise sèche sur le corps supplicié.

— Pourquoi vous torturiez-vous ainsi? demanda-t-elle.

— Pour souffrir autant que mon époux, murmura Constance. Je lui devais bien cela.

— Essayons de dormir, décida Marion. Vous êtes dans un tel état que vous n'arriverez jamais au bout de la route. Vous ne mangez pas assez. Personne, dans la colonne, ne se torture avec autant d'application que vous.

— C'est que personne n'est aussi fautif que moi, conclut Constance de Hurault en fermant les yeux.

Au milieu de la nuit, ils furent réveillés par des hurlements lointains. Ce n'étaient pas des loups qui criaient de la sorte, mais bel et bien des hommes. Des hommes qu'on assassinait. Constance et Marion se dressèrent, haletantes, le cœur affolé d'avoir été si brutalement tirées du sommeil. Tout le campement se trouvait en émoi. Même Malestrazza s'était levé, la dague à la main, la chemise défaite. Andrésis cherchait son arc. Le vent changea de direction et les cris s'éteignirent.

— Les loups, dit Jehan le verrier pour se rassurer.

— Sûrement pas, balbutia Mahaut, les cheveux défaits. Les loups n'invoquent pas le nom du Christ au moment de mourir.

— Alors ce sont les moines, grogna le vieil archer. Les moines de cet après-midi.

— Oui, observa Malestrazza en rengainant sa lame. On dirait bien qu'ils s'en sont allés au-devant de leur mort.

À travers les reflets du feu de camp, Marion crut voir passer un sourire sur ses lèvres. Il ajouta :

— Ne vous inquiétez pas pour eux, compagnons, ils étaient tellement pétris de sainteté qu'ils sont déjà au paradis à l'heure qu'il est.

Personne n'osa relever l'insolence du propos. Marion, quant à elle, se surprit à lorgner la poitrine nue du guide dans l'échancrure de sa chemise défaite. Comme elle aurait aimé poser sa bouche sur cette peau brunie !

« Des moines viennent d'être assassinés et je ne songe qu'à me coucher sur cet homme, pensa-t-elle. Vrai, je dois être ensorcelée. »

On resta aux aguets toute la nuit, dormant par à-coups. Constance fit un cauchemar et se débattit dans son sommeil. Quand Marion la secoua, elle dit :

— Je rêvais que mon époux me poursuivait à travers la montagne, il essayait de m'étrangler pour me punir... j'étais trop lâche pour accepter mon châtiment, je m'enfuyais à travers les roches.

— Ce n'est pas lui qui a tué les moines, souffla la jeune fille. Ne craignez rien.

— Je sais, fit la baronne. Il ne le pourrait pas. À l'heure qu'il est, la lèpre a dû lui enlever jusqu'à son dernier doigt.

Les pérégrins furent soulagés de voir se lever l'aurore. Toutefois, ils avaient peur de ce qui les attendait sur la route. Denunzio et ses moines-soldats les avaient précédés sur ce même chemin, et ils y avaient trouvé la mort. Qu'adviendrait-il de ceux qui les suivraient ? La moitié de la colonne hésitait. Certains proclamèrent leur intention de revenir sur leurs pas.

— Vous allez vous perdre, leur prédit Malestrazza. Le terrain est instable. Il suffit de s'engager sur le mauvais chemin pour déclencher une avalanche de caillasse. Vous n'avez pas conscience des mille pièges que je vous ai fait éviter pour parvenir jusqu'ici.

Mais les révoltés s'entêtèrent. Ramassant leurs baluchons, ils firent demi-tour, refusant, proclamèrent-ils, d'aller se jeter dans les bras de la mort.

Malestrazza haussa les épaules et acheva de se préparer sans trahir la moindre nervosité, mais Marion eut le sentiment que c'était là une façade. Sa nonchalance était inversement proportionnelle à l'inquiétude qu'il éprouvait en secret.

« Je commence à le deviner, se dit-elle. Quelque chose est en train de se tisser entre nous, sans que nous échangions une parole, sans que nous nous touchions... Il met trop d'application à ne pas me regarder pour que je lui sois complètement indifférente. »

L'instant d'après, elle se convainquit qu'elle déraisonnait.

— Allons-y, lança le guide. À moins qu'il n'y ait d'autres lâches qui ne désirent courir se mettre à l'abri ? Quand nous avons quitté la ville, je ne vous ai pas caché que vous auriez à affronter les épreuves les plus rudes. En employant le mot « épreuves » je ne faisais pas référence aux courbatures et aux pieds couverts d'ampoules, ç'aurait été insulter le saint que vous comptez prier. Je vous sens hésitants, croyez-vous donc si peu en lui ?

Fouettés par cette diatribe, les pérégrins se cramponnèrent à leur bourdon et, la *pera* [1] en bandoulière, s'élancèrent sur la route des crêtes.

Le ciel se dégagea, un soleil mordant se mit à cuire les chairs. L'ampleur du paysage avait quelque chose d'écrasant, d'inhumain. À cet endroit, la montagne évoquait plus que jamais l'échine d'une bête colossale dont la tête et la queue se perdaient quelque part à l'autre bout du monde. On marcha une heure avant d'atteindre le lieu du carnage. Denunzio gisait en travers de la route, la bure troussée sur les cuisses, dans une pose honteuse. Il tirait une langue énorme et les yeux lui sortaient de la tête. Sur son cou, s'étalait la marque bleuâtre laissée par la main de son assassin. Les autres moines avaient eu la nuque cassée. Certains étaient morts en faisant face à l'ennemi, d'autres en lui tournant le dos, comme si la frayeur avait eu raison de leur détermination et qu'ils avaient tenté de trouver le salut dans la fuite.

1. Besace.

Il n'y avait aucun survivant. Au milieu du chemin, on trouva le grand sac de cuir, éventré. Les mains de bois étaient éparpillées aux quatre coins, comme si on les avait jetées avec fureur, dans la déception de ne rien trouver de plus important à voler dans ce sac cadenassé si tentant pour un brigand.

Mahaut poussa un glapissement qui fit sursauter Marion.

— Regardez ! haleta la grosse femme. Le moine avait raison. Ce sont les mains de bois qui ont fait le coup ! Vous ne voyez pas ? Elles ont crevé le sac pour s'échapper... et puis elles se sont jetées sur les frères pour les étrangler. C'est clair comme de l'eau de roche ! Ils ont eu beau se défendre, rien n'y a fait. On ne peut pas lutter contre des mains de bois.

Les pèlerins se signèrent, les pupilles dilatées par la frayeur.

Alors, avec un mauvais sourire, Mahaut se retourna vers Marion, la désignant du doigt.

— Ce qu'elle ne vous dit pas, cette traînée, cria-t-elle, *c'est qu'elle a taillé elle-même ces ex-voto du diable !* Je le sais, vous pouvez me croire. C'est elle la responsable. C'est une sorcière ! Une sorcière ! Il faut finir le travail des moines ! Il faut la lapider ! Tant qu'elle sera en vie, elle commandera aux mains de bois par le pouvoir de son esprit.

Et se baissant, elle se saisit d'un caillou. Aussitôt, les autres l'imitèrent.

# CHAPITRE ONZE

Alors que la première pierre sifflait, Malestrazza s'interposa entre Marion et le groupe haineux des pérégrins. Il reçut le projectile en pleine tête, mais les boucles épaisses de sa chevelure amortirent le choc. Il ne fit pas un geste pour s'essuyer quand un filet de sang coula en travers de son front jusque dans son sourcil. Les marcheurs se figèrent, la main levée, les doigts serrés sur le caillou qu'ils n'osaient plus lancer. Malestrazza s'était collé contre Marion, pour la dissimuler aux autres, et la jeune fille sentait bouger contre sa poitrine les muscles dorsaux de l'homme. Elle percevait son odeur, la moiteur de ses vêtements, les mouvements de son corps. Elle crut qu'elle allait défaillir et s'effraya de la puissance de son désir. Elle se méprisa, également, de se découvrir si prête à la soumission, elle qui s'était toujours considérée comme une rebelle. Elle voulut s'écarter, mais Malestrazza, devinant son mouvement, l'obligea à demeurer plaquée contre lui. Le ventre de Marion s'incrusta dans les reins du guide.

— Laisse-nous la tuer, cria Mahaut, c'est une sorcière. Elle commande aux mains de bois.

— Ça suffit ! gronda le routier. Marion n'est pas responsable de ce qui s'est passé. Croyez-vous que les moines de saint Gaudémon lui auraient confié la responsabilité de tailler la statue du martyr s'ils l'avaient suspectée de sorcellerie ? Ne perdez pas la tête. Je ne sais pas ce qui a causé ce carnage, mais les ex-voto n'y sont pour rien.

Les poings levés s'abaissèrent et Mahaut resta bientôt la seule à s'obstiner encore, les doigts crispés sur le projectile qu'elle brandissait.

— Ça va, cracha-t-elle en capitulant. Tu es beau parleur, mais l'avenir dira qui de nous deux avait raison.

Elle laissa tomber son caillou et se détourna, la mine boudeuse, frustrée de sa vengeance.

— Puisque vous vouliez ramasser des pierres, siffla Malestrazza, ne vous arrêtez pas en si bon chemin. Amassez-en assez pour ensevelir ces pauvres moines. Et faites vite, ou bien nous devrons encore dormir à la belle étoile.

Les pèlerins obéirent, soulagés de pouvoir dissimuler leur gêne derrière une débauche d'activité.

— Merci, murmura Marion lorsque le guide lui fit face. Sans toi j'étais perdue.

— Ce n'est guère mon genre de jouer les sauveurs, ricana Malestrazza, mais les pères de la congrégation m'en auraient voulu à mort si tu n'avais pu livrer la statue. Quoi qu'il en soit, tiens-toi sur tes gardes, cette femme te hait. Elle est plus stupide qu'une truie, et pétrie de superstitions. Elle reviendra à la charge. À la première occasion.

Il s'éloigna aussitôt pour surveiller la corvée d'ensevelissement et montrer aux marcheurs comment constituer des cairns qui ne s'ébouleraient pas à la première averse.

— C'est à cause de moi, murmura Constance de Hurault.

— Comment ? s'étonna Marion.

— Oui, souffla la baronne. Mahaut agit par dépit,

par jalousie. Elle voulait devenir ton amie, mais tu as préféré t'occuper de moi. Elle ne te le pardonnera jamais. Malestrazza a raison. Elle peut devenir dangereuse. Je crois que tu fais partie de ces gens qui ne savent pas choisir leurs compagnons.

On aligna les corps sur le bas-côté de la route puis l'on commença à les recouvrir de pierres. « C'est une bien curieuse fin pour des gens qui faisaient profession de lapider les démons », songea Marion en vidant son tablier rempli de cailloux sur les pieds de Denunzio. Comme les autres, elle ne pouvait s'empêcher de laisser son regard errer sur le cou noirci du moine. On avait essayé de lui fermer les yeux mais les paupières s'étaient relevées. Quant à la langue bleuâtre qui lui pendait sur le menton, personne n'avait osé la repousser au fond de sa bouche.

— Si ce ne sont pas les mains de bois qui ont fait le coup, chuchotait Mahaut, alors ce pourraient bien être les mains de pierre du saint... Elles sont grosses, rugueuses, tout à fait capables de broyer la gorge d'un homme. Qui nous dit qu'elles n'ont pas sauté du chariot pour ramper dans l'herbe et se lancer à la poursuite des moines, hein ? Vous y avez pensé, compagnons ?

— Malestrazza a dit que la fille n'y était pour rien, objecta Jehan le verrier.

— Par Dieu ! hoqueta Mahaut, que pourrait-il dire d'autre puisqu'elle l'a envoûté ! Vous ne comprenez pas qu'elle le tient en son pouvoir. J'ai vu la statue, *moi*. Elle avait les traits de Malestrazza... Vous trouvez ça normal pour l'effigie d'un saint ? Cette fille ne se sert pas de poupées de cire, elle les sculpte dans la pierre. C'est pourquoi ses enchantements sont si puissants.

Les hommes hochèrent la tête, impressionnés par la logique sans faille d'une telle argumentation.

Marion ne cessait de se débattre contre la peur et les mouches qui l'assaillaient. Le soleil chauffait les roches comme s'il voulait les liquéfier. Mahaut, ostensiblement, poussa les mains de bois jusqu'au bord du précipice à l'aide d'un bâton. Là, elle les fit basculer dans le vide. Tout le monde se figea, l'oreille tendue, pour écouter ricocher les ex-voto sur les pierres du gouffre.

— Si elles n'étaient pas ensorcelées, souffla Jehan le verrier, ça va nous porter malheur.

Plusieurs hochèrent la tête, pensant eux aussi que c'était là une grande offense faite à saint Gaudémon. Une offense qu'il faudrait payer, d'une manière ou d'une autre.

Marion sentait que la peur, la jalousie, la lassitude de cette marche sans fin, étaient en train de disloquer la colonne. Le bel enthousiasme du départ n'était plus qu'un souvenir.

Les cairns achevés, on réalisa qu'on mourait de soif. Dans les gourdes, l'eau avait tourné. Elle puait.

— Il y a un torrent, plus loin, indiqua Malestrazza. Si vous daignez vous mettre en marche, on peut l'atteindre avant midi.

Le cheval souffrait lui aussi de la chaleur. Peu habitué aux courses en montagne, il commençait à donner des signes d'épuisement.

« Que se passera-t-il s'il meurt ? se demanda Marion. Il faudra s'atteler à la statue et la tirer derrière nous. »

Andrésis l'aiderait, bien sûr, mais ce serait insuffisant. Certes, le bloc n'était pas énorme, mais sur une pente aussi abrupte il constituerait un danger certain.

« S'il nous échappe, songea encore Marion, si les cordes nous filent entre les doigts, la statue fauchera les marcheurs dans sa chute, les bousculant comme des quilles. »

Malgré tout elle devait grimper dans la charrette et continuer son ouvrage sinon l'effigie votive ne serait jamais achevée. Alors qu'elle saisissait ses outils, elle entendit Mahaut siffler entre ses dents :

— C'est sûr que celle-là ne s'usera pas beaucoup les pieds aujourd'hui. Facile de faire un pèlerinage quand on se laisse promener comme une reine sur son char.

On atteignit le torrent dans un grand état d'épuisement. Le vent n'avait pas soufflé de toute la matinée et le soleil avait cuit la peau des marcheurs. Le cheval perçut le premier l'odeur de l'eau, il pressa le pas. Le ruisseau dévalait la pente dans un grondement mouillé amplifié par l'écho. Le flot qui coulait droit depuis le sommet se révéla glacé, néanmoins les pérégrins se dépouillèrent de leurs hardes pour s'y tremper. On décida de faire halte pour profiter de la fraîcheur. Le soleil était à son zénith ; on ne trouvait nulle part la moindre tache d'ombre où se reposer à l'abri de sa morsure. Pour s'en consoler, on s'aspergeait, on se lavait les pieds, laissant l'eau glacée engourdir les plaies vives dont beaucoup souffraient. Marion s'écarta des autres pour faire sa toilette. Agenouillée au bord du torrent, elle se bassina le visage, les épaules et les seins. Elle se mit à claquer des dents mais eut l'impression de recouvrer ses esprits. Elle avait vécu les dernières heures dans une tension extrême. Les menaces s'amoncelaient autour d'elle : la haine de Mahaut, la méfiance de ses compagnons de route, la présence invisible de l'étrangleur qui rôdait probablement dans le dédale des roches, attendant le moment de s'abattre sur une nouvelle victime.

Elle relaçait son corsage quand elle entendit un gloussement féminin derrière elle. Craignant un mauvais tour, elle se releva et s'aplatit contre un rocher.

Elle ne tenait pas à se laisser noyer dans le torrent sans avoir au préalable défendu chèrement sa vie.

Le gloussement s'amplifia, sourd, profond, devint râle. Marion fit trois pas. Ce qu'elle vit la fit suffoquer de stupeur. Mahaut était là, en chemise, renversée dans la caillasse, ses grosses cuisses roses nouées sur les reins de l'homme qui la besognait avec ardeur. Elle était en train de jouir, la bouche ouverte, la tête ballante... et celui qui lui donnait tant de plaisir, c'était Malestrazza.

L'espace d'une seconde, Marion fut sur le point de ramasser une pierre pour leur fracasser le crâne, à tous deux. Une haine absolue déferla sur elle, obscurcissant son esprit. *Malestrazza baisait Mahaut...* Il baisait celle qui avait voulu lapider Marion trois heures plus tôt, alors même qu'il avait déclaré voir dans cette commère haineuse « une truie frappée d'idiotie »!

La souffrance épingla la jeune fille contre la roche. Marion ouvrit la bouche, cherchant vainement à reprendre son souffle.

Mahaut... La grosse Mahaut tressautant sous les coups de reins du guide. Cet homme, si beau, et cette femelle, si vulgaire. Comment était-ce possible? Était-elle en train de devenir folle?

Une main froide lui saisit le poignet, la tira en arrière. C'était Constance de Hurault. Un doigt en travers des lèvres, elle signifia à Marion de ne pas provoquer d'esclandre.

Lentement, en évitant de faire crisser les graviers, les deux femmes s'éloignèrent. Quand la distance leur eut dérobé les gémissements de la commère, Constance se jeta dans les bras de la baronne. Elle souffrait tant qu'elle ne pouvait prononcer un mot.

— Je sais ce que tu ressens, chuchota Constance. Mais je crois que tu interprètes mal la scène que tu viens de surprendre. Malestrazza est en train de te sauver la vie. Ce qu'il fait, il le fait pour toi.

— Quoi ? balbutia Marion.

— Oui, insista Constance de Hurault. Il a compris qu'il devait pactiser avec cette truie, désamorcer la haine qu'elle éprouve envers toi. Ainsi, elle aura l'illusion de s'être vengée et ne cherchera plus à attiser la colère des autres contre toi. C'est assez bien manœuvré, je l'avoue.

Marion la dévisagea comme si elle avait perdu l'esprit.

— Je t'assure qu'il n'a pas d'autre motivation, martela la baronne en la secouant par les épaules. C'est une ruse.

La jeune fille baissa la tête.

— Vous avez sûrement raison, dit-elle d'une voix sans timbre. Il fait son travail, consciencieusement. Il l'a dit, du reste : il tient à ce que la statue soit livrée à bon port. Ce n'est pas la femme qu'il protège, c'est l'ymagière. Si j'avais déjà terminé cette sculpture, il se ficherait pas mal que Mahaut m'arrache les yeux.

Constance sourit tristement.

— Peut-être dis-tu vrai, admit-elle. J'ai toujours été trop romantique. Les contes courtois ont nourri ma jeunesse, on ne se débarrasse jamais tout à fait de ces choses-là.

Elles rejoignirent les autres. Marion essayait de ne rien laisser paraître de la souffrance qui la déchirait.

« C'est à moi, maintenant, d'être jalouse, se répétait-elle. Tout cela parce que je n'ai pas laissé cette grosse catin grimper dans la charrette. »

Elle se savait stupide mais n'y pouvait rien. Jamais Malestrazza ne lui avait adressé le moindre signe de connivence ou d'encouragement. Peut-être la trouvait-il trop jeune ? Sans doute n'aimait-il que les paysannes grasses, charnues, expertes aux travaux du lit ? De ces rudes cantinières qui suivent les grandes compagnies et que ne parviennent nullement à épuiser les assauts répétés des soudards.

On reprit la route, mais Marion demeura en état second, sans plus prêter attention à ce qui l'entourait. Soudain, elle se moquait des étrangleurs, des démons et des pièges de la montagne. Elle s'appliqua à rester penchée sur son ouvrage pour cacher à ses compagnons qu'elle pleurait. Mahaut, elle, allait d'un pas triomphant. Parfois, elle se caressait les reins et esquissait une grimace langoureuse dans le but de montrer qu'elle était rompue, gavée. Les hommes lui jetaient des regards étonnés. Ainsi cette grosse garce avait réussi à traire la bonne semence de ce guide si hautain ? Elle l'avait fait gémir et se vider, comme n'importe quel escholier en rut hantant les bordels de la basse ville. D'un seul coup, Mahaut, la paysanne aux cheveux filasse, s'enveloppait d'un prestige étrange... et tous la désiraient.

Au milieu de l'après-midi, l'on atteignit la maison-Dieu de Paragon. Les moines distribuèrent du vin coupé d'eau, des miches de pain, de minces tranches d'un jambon de montagne qu'ils fumaient eux-mêmes.

— Il faut te forcer à manger, lança Constance à Marion qui demeurait à l'écart, les bras ballants. Viens. Pour une fois qu'il ne faut pas se contenter de soupe claire !

Paragon n'avait rien d'une belle église. C'était une masure faite de pierres entassées au petit bonheur. Dans les ouvertures des fenêtres, on avait tendu des peintures sur papier huilé qui tenaient lieu de vitraux.

Marion se laissa ballotter avec indifférence. Sa souffrance l'occupait toute. Les moines, aimables, leur proposèrent des baumes contre les ampoules, les courbatures. Ils offrirent également de petites médailles de plomb à coudre sur les vêtements, les chapeaux. Il n'émanait pas d'eux ce relent d'austérité fiévreuse que Marion avait reniflé sur frère Gilbert. Beaucoup, pourtant, portaient la capuche rabattue sur les yeux, comme c'était la règle, ce qui les faisait ressembler à des bourreaux. Ils compensaient cet abord effrayant par une affabilité ayant pour fonction de rassurer les pèlerins.

Marion cherchait en vain à croiser le regard de Malestrazza, mais le guide avait recouvré sa nonchalance hautaine. À l'écart, assis au bord de la fontaine, il aiguisait son bâton de marche avec sa dague.

Rien qu'à le voir, la jeune fille éprouva une douleur au creux du ventre. Elle fut sur le point d'aller supplier l'un des religieux de l'entendre en confession, puis se rappela avoir déjà crié ses péchés à la face du monde... sans s'en trouver soulagée pour autant.

Il fallait repartir. Malestrazza ne voulait pas dormir la nuit à la maison-Dieu.

— Cela vous donnerait des habitudes de paresse, lança-t-il aux marcheurs. Vous n'êtes pas là pour qu'on vous dorlote comme à l'auberge.

On grommela. Passer la nuit dans la montagne n'enthousiasmait personne. Tous gardaient à l'esprit l'image de Denunzio, tirant une langue noire déjà pleine de mouches.

— Allez ! ordonna le guide d'un ton plus vif. Je ne changerai pas d'idée. Il faut atteindre le col du Blandier avant le crépuscule. Une belle caverne nous attend là-haut. Vous pourrez y faire vos dévotions.

Quand il parlait ainsi on ne savait jamais s'il se moquait. Ses paroles frôlaient constamment l'irrévérence.

— Le cheval n'en peut plus, protesta Andrésis. Il aurait mieux valu le laisser souffler jusqu'à l'aube.

Hélas, Malestrazza s'en allait déjà sans même tourner la tête.

Mahaut fut la première à courir sur ses talons. Les autres suivirent en grommelant.

La charrette s'ébranla en dernier, car le roncin renâclait à la besogne. L'écume lui souillait le poitrail et il conservait la tête basse.

— À ce train, grogna le vieil archer, il sera mort avant deux jours.

— Allons doucement, soupira Marion. Tant pis si les autres nous dépassent.

Elle supplia Constance de grimper à ses côtés, mais la baronne refusa.

— Je t'ai déjà suffisamment porté préjudice, dit-elle. Si Mahaut a l'impression que je me détourne de toi, elle te laissera peut-être en paix. Et puis je ne suis pas là pour tricher. Chaque fois que tu veux m'aider, tu m'enfonces un peu plus dans le péché.

Cramponnant courageusement son *baculum* [1], elle prit la direction du sommet.

Dès le départ, les choses s'engagèrent mal. Au premier tiers de la côte la carriole s'arrêta, l'une des roues refusant de tourner. Andrésis dut descendre tandis que la colonne des marcheurs s'éloignait.

— Alors ? s'inquiéta Marion.

— Je ne sais pas, grogna l'archer. Il y aurait du coup monté là-dessous que ça ne m'étonnerait guère. On dirait que quelqu'un a profité de la halte pour saboter l'essieu.

« Mahaut ! songea aussitôt la jeune fille. Elle a décidé de m'écarter, définitivement. Elle sait qu'en nous isolant de la colonne nous constituerons des proies faciles pour l'étrangleur. »

— Sacré bon sang, grommela Andrésis, la nuit ne va pas tarder à tomber et nous voilà isolés en pleine nature. Que peut-on faire ?

1. Bourdon, bâton de marche.

Marion hésita. Elle ne pouvait abandonner la pierre taillée, toutefois, elle n'avait — pas plus qu'Andrésis — envie de rester isolée dans le labyrinthe des roches. Le cheval hennit, comme à l'approche d'un prédateur.

— C'est mauvais, gémit l'archer. Il y a de la manigance là-dessous. On nous a jetés en pâture à la Bête, c'est sûr. Ça n'ose pas encore attaquer mais c'est là, quelque part derrière les blocs.

— Détache le cheval, décida Marion. Grimpons dessus et retournons sur nos pas, à la maison-Dieu. Les moines de Paragon nous abriteront pour la nuit.

— Oui, approuva le vieux soldat. C'est une bonne idée.

Il dételа rapidement l'animal, prit son carquois, son arc, et aida Marion à se hisser sur l'échine de la monture. La jeune fille frissonnait d'angoisse. Il lui semblait que le vent apportait une odeur bizarre, non humaine. Une odeur qu'elle n'avait jamais sentie auparavant. « *Les portes de l'enfer*, songea-t-elle. C'est ce que disait frère Guillaume : les portes de l'enfer en train de s'entrebâiller. »

Andrésis éperonna le cheval ; hélas, la pauvre bête n'était plus en mesure de galoper, et seule la peur la poussait à hâter le pas.

« Nous allons nous perdre, se dit Marion. Ou bien rouler au fond d'un précipice. Dans un moment on n'y verra plus à dix pas. »

Avec le soir, la brume sortait de terre, cachant le tracé du chemin. Bientôt elle monterait jusqu'au ventre du cheval, et l'on en serait réduit aux suppositions. L'ymagière tendit l'oreille, essayant de se guider sur le son de la cloche du moutier. Les vêpres étaient déjà passées, on ne sonnerait plus avant complies. À ce moment-là, les ténèbres auraient recouvert la montagne.

Le cheval trottinait.

« Je n'aurais jamais cru que nous étions si loin de Paragon », pensa Marion.

Elle réalisa qu'abîmée dans son désespoir amoureux, elle avait perdu la notion du temps.

Enfin, la silhouette bancale de la maison-Dieu sortit de la brume. Une faible lueur vacillait derrière le papier huilé obturant les fenêtres. Les abords de la bâtisse étaient déserts ; cela n'avait rien de surprenant, toutefois, car personne ne s'attardait jamais à l'extérieur dès que le soleil se couchait.

Andrésis et Marion mirent pied à terre. La jeune fille s'attendait à trouver porte close, il n'en fut rien. Le battant menant à la grande salle commune pivota dès qu'elle posa la paume sur le heurtoir.

Intimidée, elle appela. Les moines étaient peut-être en prière ? Seuls les cierges plantés sur l'autel, tout au fond de la crypte, éclairaient la voûte. C'est cette lueur qui dansait au travers du papier graisseux des meurtrières. Un mauvais pressentiment s'empara de Marion. Son instinct lui soufflait que la maison n'était plus habitée. Elle fit quelques pas à l'intérieur. Sur la grande table à tréteaux du réfectoire traînaient des écuelles de brouet à moitié pleines. Un gobelet renversé avait formé une flaque entre les plats.

— Il n'y a plus personne, murmura Andrésis. Où sont-ils passés ? Il y a trois heures ils étaient tous là, et maintenant...

— Il s'est produit quelque chose, répondit la jeune fille. Ce n'est pas normal. On dirait... On dirait qu'ils se sont enfuis.

Le vieil archer s'empressa de rallumer l'une des torches fichée dans la muraille et la brandit au-dessus de sa tête. L'obscurité recula. Cependant, ils eurent beau explorer le bâtiment, ils ne trouvèrent nulle part trace de ses occupants.

Marion sortit de la bâtisse pour examiner le sol.

— Regarde, souffla-t-elle à son compagnon. Des marques de pas, on dirait qu'elles se dirigent vers le précipice.

Elle s'agenouilla pour mieux voir les marques. Il lui sembla que s'inscrivait là le souvenir d'un piétinement confus. Une fuite, une bousculade... Une bataille, peut-être. Les empreintes se chevauchaient, s'effaçaient. Les moines avaient fui... Ou bien on les avait chassés de la maison-Dieu pour...

*Pour les jeter dans le vide ?*

Andrésis était parvenu à la même conclusion et s'avança au bord de l'abîme, le flambeau levé.

— C'est trop profond, haleta-t-il, si on les a fait plonger, ils ont dû s'écraser deux cents coudées plus bas.

Marion songea aux hérétiques cathares qu'on avait souvent punis de cette manière, en les expédiant, du haut des remparts, se fracasser la tête dans les douves des cités rebelles. Cramponnée aux branches, elle s'approcha au bord du précipice. La brume, montant de la vallée, ne permettait pas de voir au-delà d'un jet de pierre.

« Ils sont tous là, c'est sûr, songea-t-elle. La chose qui marche dans nos pas depuis le début du pèlerinage est entrée dans la maison-Dieu sitôt que nous l'avons quittée... et elle a tué les moines. »

Elle imagina la scène : l'ennemi inconnu forçait les portes qu'on s'apprêtait à clore pour la nuit, s'emparait des frères et les poussait vers l'abîme. Les religieux avaient dû être si surpris qu'ils n'avaient pas eu le temps de se défendre. De toute manière, qu'auraient-ils pu faire ? Ce n'étaient point des gens de guerre prompts à réagir en cas d'embuscade.

Elle s'agenouilla.

— Là, dit-elle, la gorge serrée. Regarde.

Il y avait un lambeau de bure accroché à une branche d'épines. La preuve indéniable qu'on avait jeté les moines dans le vide.

« Quelqu'un nous suit, songea Marion. Une bête... une bande d'illuminés, je ne sais au juste, mais une chose est sûre : ces assassins font le ménage derrière nous. Sitôt que nous avons quitté une maison-Dieu, ils s'y ruent pour tuer les moines qui nous ont accueillis. Si ça se trouve... »

— Si ça se trouve, compléta-t-elle à voix haute, tous les abris où nous avons trouvé refuge ont été pareillement attaqués.

— C'était ce que je pensais justement, marmonna Andrésis. Partout où nous allons, nous amenons la mort avec nous. La garce se déplace dans notre sillage, et elle fait le vide sur nos pas. Tous ceux qui nous accordent l'hospitalité sont condamnés à périr dès que nous leur disons adieu.

— C'est affreux, souffla la jeune fille. Mais pourquoi ?

L'archer ne répondit pas.

— Viens, se contenta-t-il de grogner. Il ne faut pas rester là. Rentrons le cheval dans la bâtisse et barricadons-nous pour la nuit.

Mais Marion avait du mal à s'arracher à la contemplation du précipice. Une vision la hantait, celle des moines tombant dans le vide pour s'écraser sur les rochers, cent mètres plus bas. Qui avait décidé de cette tuerie ? Et pourquoi ? Voulait-on dégoûter à jamais les gens d'entreprendre le pèlerinage de saint Gaudémon ?

« Mon Dieu ! pensa-t-elle, ce pourrait être l'œuvre de mercenaires payés par l'Inquisition. Des soldats agissant sur l'ordre de Jôme le Noir. Ils travaillent clandestinement à saper la raison d'être de la congrégation. Lorsque les gens auront trop peur de ce qui les attend dans la montagne, il n'y aura plus personne pour se rendre au sanctuaire. »

Elle savait les inquisiteurs capables de machinations tortueuses, et Jôme avait bien mauvaise réputation. Pour combattre le démon, il était tout à fait capable d'user d'un stratagème accréditant la présence du Malin dans les collines.

Un soir, alors que le bivouac s'éteignait, Constance de Hurault avait chuchoté : « Les gens d'église prétendent combattre le diable, mais ils n'existent que par lui. S'il était effectivement vaincu, ils perdraient du même coup toute raison d'exister. Ils feignent de le détester, alors qu'en réalité, c'est lui qui leur assure le boire, le manger, et tous les privilèges dont ils usent et abusent. On peut parfois se demander s'il ne serait pas, en fait, leur véritable employeur. »

Marion se signa pour se protéger des mauvaises pensées qu'elle sentait grouiller en elle.

Andrésis prit le cheval par la bride, le fit entrer dans le bâtiment. La jeune fille le suivit.

Au moment où ils se préparaient à fermer les portes, un bruit de cailloux retentit à peu de distance. Ils se figèrent.

« C'est là, pensa Marion. *Ça* revient pour nous assassiner. »

Et soudain, entre les rochers, apparut une licorne.

Une licorne blanche, qui regardait en direction du moutier, la crinière au vent.

— Sainte Vierge ! hoqueta Andrésis. Je croyais que de telles bestioles n'existaient que dans les contes...

Marion resta sans voix, pétrifiée. L'animal était incroyablement gracieux avec sa longue corne torsadée qui lui jaillissait du front. Comme l'archer, elle avait toujours cru que les licornes relevaient de la pure légende, car personne n'en avait jamais vu.

— Il faut que j'aille voir ça de plus près, gronda Andrésis en saisissant son arc. On ne peut pas laisser passer une telle occasion.

— Non, cria la jeune fille. N'y va pas, c'est un piège pour nous attirer dehors.

Elle tenta d'agripper le bras du vieux soldat, mais celui-ci se dégagea et se mit à courir vers l'entrée du labyrinthe rocheux. La licorne, se sentant menacée, fit volte-face. Ses sabots sonnaient clair sur la caillasse. Blanche, dans la brume qui montait, elle avait l'air d'un fantôme.

— Andrésis ! appela Marion. Reviens !

Hélas, l'archer s'était lancé à la poursuite de l'animal fabuleux et n'entendait plus rien.

La jeune fille décida de refermer la porte à double battant et de mettre en place la barre de sécurité, qu'elle eut d'ailleurs le plus grand mal à soulever.

Elle était bouleversée par ce qui venait de se passer. Elle avait l'impression de rêver éveillée. Sans plus réfléchir, elle courut vers l'autel, ralluma les cierges qui s'éteignaient, et s'agenouilla pour prier.

Elle tenta d'ordonner ses pensées pour dompter sa peur. Elle se rappela avoir lu une traduction en langue profane du fameux bestiaire divin de Guillaume le Clerc de Normandie. Ouvrage en grande partie inspiré par le très classique *Physiologus*. L'animal, originellement appelé *monocheros*, y était désigné comme le prédateur le plus féroce qui existât sur terre. Il était capable, disait le Clerc, d'attaquer et de tuer un éléphant. Ses sabots étaient si durs qu'ils pouvaient fendre les pierres en les frappant d'une seule ruade. Pour le capturer, on devait faire s'asseoir une jeune vierge à l'entrée de sa caverne. La bête, aussitôt, venait poser sa tête sur les genoux de la fille et s'endormait. Les héraldistes voyaient dans l'unicorne le symbole de l'unité divine, Dieu et le Christ ne faisant qu'un.

Le cheval hennit. Marion se releva. Où était passé Andrésis ? Quelle folie l'avait pris de courir derrière la bête fabuleuse alors que la nuit tombait ? C'était bien là une réaction masculine ! Sans doute n'avait-il vu que le profit qu'il pourrait tirer de la corne magique vissée sur le front du monstre ? On la prétendait capable d'annuler les effets de n'importe quel poison. Il suffisait pour cela de la râper au fond d'un gobelet. Elle passait également pour redonner leur virilité aux vieillards. Toutes ces raisons la faisaient se vendre fort cher sur le marché de l'alchimie. Andrésis n'avait pas pensé à autre chose. S'il parvenait à tuer la licorne, il deviendrait riche !

Marion arpentait le réfectoire, nerveuse. Le cheval s'agitait, cognant du sabot sur le pavé. Andrésis allait-il se décider à revenir ? Elle était certaine d'avoir eu raison en refusant de l'accompagner. Si les licornes existaient réellement, elles ne craignaient pas les flèches, et l'archer risquait fort de se retrouver en mauvaise posture.

« L'idiot ! » souffla la jeune fille en s'emmitouflant dans son manteau. Comme toujours, elle cultivait sa colère pour chasser la peur.

Elle finit par s'asseoir sur l'un des bancs du réfectoire. Dehors il faisait nuit noire. Des animaux hurlaient dans le lointain, témoignant des mille petits meurtres de la nature.

« Il va revenir, se dit-elle. Il va revenir, penaud d'avoir laissé échapper la bête, et il inventera une de ces fables dont les hommes sont si prodigues dès lors qu'il s'agit d'excuser leurs échecs. »

Elle posa la tête sur ses bras repliés et s'endormit.

Une crampe la réveilla peu avant l'aube. Le silence de l'église déserte la terrifia. Il lui semblait que les fantômes des moines assassinés rôdaient au long des cryptes, ombres livides pleines d'une infinie tristesse. Les chandelles s'étaient éteintes et elle n'osait bouger de peur de se rompre les os contre les obstacles dressés sur le chemin qui menait à l'autel. « Ici il ne peut rien m'arriver, se répétait-elle, c'est un lieu sanctifié. » Mais elle ne parvenait pas à s'en convaincre. Ce qui rôdait à l'extérieur lui semblait plus puissant que la volonté du Christ. D'une force remontant à la nuit des temps.

S'il y avait des licornes, alors pourquoi pas des cyclopes, des ogres, des géants, tous ces monstres jadis recensés par les voyageurs grecs de l'Antiquité ?

Elle attendit que la lumière traverse le papier huilé des fenêtres et inonde la crypte de son halo grisâtre pour se lever. Alors, elle se dirigea vers la porte, enleva la barre de sécurité, et repoussa les deux battants. Il faisait froid, humide. La brume stagnait à hauteur de genou.

Le cheval, qui avait faim, la poussa pour sortir brouter l'herbe. Marion le suivit et fit le tour de la demeure. Andrésis demeura introuvable. Après l'avoir appelé à dix reprises, la jeune fille se décida à s'engager dans le labyrinthe de pierraille. Chacun de ses mouvements agitait le brouillard et le faisait s'élever un peu plus. Elle tourna en rond, longtemps, explorant les failles, les redoutes naturelles du champ de pierre. Enfin, elle buta sur quelque chose. Un corps étendu en travers du passage. Elle dut se baisser pour voir de quoi il s'agissait.

C'était le vieil archer. Il reposait sur le dos, la bouche béante, les yeux grands ouverts. La moitié supérieure d'une corne brisée était fichée dans sa poitrine, à la hauteur du cœur.

# CHAPITRE DOUZE

Marion ne pouvait rien faire pour le pauvre homme. La vue de la corne brisée par la violence du choc l'emplit de terreur. Elle supposa que l'animal fabuleux, las d'être poursuivi, avait fait brutalement volte-face pour éperonner le chasseur. Andrésis s'était retrouvé cloué contre un rocher, le dard d'ivoire fiché dans la poitrine. Malestrazza, avec son ironie habituelle, aurait sans doute dit que c'était là une juste mort pour un archer qui avait passé sa vie à flécher les pauvres gens.

La jeune fille recula sans attendre. Elle ne voulait pas risquer d'encourir à son tour la colère de la licorne qui devait, à cette heure, enrager d'avoir ainsi laissé son unique défense dans le corps d'un malotru [1].

Elle regagna la maison-Dieu avec l'intention d'en partir au plus vite. Se rappelant que la charrette était échouée sur le bord de la route, elle se mit en quête d'outils pour la réparer.

« C'est stupide, se dit-elle au bout d'un moment. Tu n'y arriveras pas toute seule. »

Jamais elle ne parviendrait à changer un essieu sans l'aide d'Andrésis. Le seul moyen de continuer était

1. Malotru vient du latin *mal astru*, qui signifie né sous un mauvais astre. Infortuné.

d'attacher la statue à une corde et de la faire tirer par le cheval. Certes, le frottement continuel sur la caillasse risquait d'endommager le travail de sculpture, mais elle voyait mal comment procéder d'une autre manière.

Elle se hissa sur le dos du roncin et lui bourra les flancs de coups de talons pour le décider à presser le pas. Elle ne voulait pas s'attarder dans cet endroit qui suait la malédiction, le traquenard. L'angoisse avait fait lever la chair de poule sur ses bras. Elle n'avait qu'une envie : courir vers le soleil qui dissiperait ses peurs. Pendant que sa monture s'élançait à l'assaut du sentier, elle s'obligea à ne pas tourner la tête. Si elle commettait l'erreur de regarder par-dessus son épaule — lui semblait-il — elle surprendrait une vision cauchemardesque qui lui ferait les cheveux blancs en l'espace d'une seconde.

— Va, va..., supplia-t-elle en tapotant l'encolure de la bourrique.

Peu à peu, la panique la quitta. Le silence de la montagne avait quelque chose d'inhumain. Dans la plaine on entendait toujours sonner une cloche, bruire une carriole ou battre le marteau d'un forgeron. Les chiens aboyaient, les marmots pleuraient, les coqs chantaient. Ici, on avait beau tendre l'oreille, on ne percevait que le son du vent se déchirant aux arêtes des aiguilles rocheuses. Un ululement qui finissait par vous scier les nerfs.

La carriole immobilisée sur le bas-côté apparut enfin. Marion sauta à terre, rassembla ses affaires et outils dans une besace, puis, à l'aide d'une corde, attacha la statue par le cou. Les bras et les jambes amovibles lui posèrent problème, car ils étaient trop lourds pour qu'elle les porte elle-même. Elle les lia sur le ventre du saint, en espérant que les chaos n'éparpilleraient pas le paquet.

Quand elle jugea la charge suffisamment arrimée, elle

noua le filin aux harnais de sa monture et lui claqua la croupe. Le cheval s'élança, traînant la statue qui se mit à labourer le sol, ouvrant un sillon au milieu du gravier.

Marion consulta le codex des routes, mais elle s'embrouilla dans les enluminures de la carte et se demanda si elle serait capable de parvenir à la prochaine maison-Dieu par ses propres moyens.

Elle erra tout le jour. Le vacarme de la statue malmenée, heurtant les roches, courait en échos de cime en cime. À plusieurs reprises, des éboulements caillouteux firent craindre à la jeune fille le déferlement soudain d'une avalanche.

Elle avait beau se reporter au codex, elle ne s'y retrouvait pas, mais cela n'avait rien de surprenant puisque Malestrazza avait l'habitude de ne point emprunter la route officielle. Les chemins de traverse sur lesquels il entraînait les pèlerins ne figuraient pas sur les plans recopiés dans le livre.

Elle se croyait définitivement perdue quand surgit, au détour d'un éboulis, le clocher de la maison-Dieu de Venzôme. D'après le codex, c'était la plus belle halte du parcours. La plus grande aussi. Les moines y abritaient une bibliothèque recensant la totalité des écrits relatifs à saint Gaudémon. C'était plus qu'un réfectoire doublé d'un dortoir; on pouvait parler à son propos de centre spirituel sans craindre d'exagérer l'importance du lieu.

Marion descendit du cheval qui n'en pouvait plus et fit la dernière partie du chemin en le tenant par la bride. Le tintamarre de la statue raclant le sol fit sortir les moines de l'abbaye. À la différence de ceux que Marion avait côtoyés jusqu'à présent, ils portaient le capuchon rabattu en cagoule sur le visage, observant strictement les préceptes de la congrégation. Seuls leurs yeux restaient visibles par les trous découpés dans la bure, et cet accoutrement leur conférait une allure sinistre qui impressionnait le visiteur. Ils allèrent à la rencontre de la voyageuse et lui intimèrent de cesser son tohu-bohu, car elle se trouvait à présent dans un lieu de prière. Ils parlaient avec sécheresse, sans se soucier de paraître désagréables. L'un d'eux arracha la bride des mains de Marion et força le cheval à s'arrêter. Les autres allèrent examiner la pierre taillée que les rebonds avaient abîmée. La jeune fille leur expliqua de quoi il s'agissait.

— Et c'est ainsi que tu traites notre saint patron ? siffla l'un des capuchons noirs. Crois-tu que c'est lui témoigner respect que de lui mettre la corde au cou et de le tirer dans la poussière des chemins ?

Marion protesta et tenta de s'expliquer mais les frères ne l'écoutaient pas. Elle dut hausser le ton pour se faire entendre.

— Il y a plus grave, lança-t-elle. Là d'où je viens, à Paragon, tous les moines ont été assassinés. Un danger vous menace, il va vous falloir prendre des précautions. Quelque chose me suit. Quelque chose ou quelqu'un. Mon charretier a été tué, lui aussi.

— Allons, coupa celui qui semblait diriger le groupe. Que nous racontes-tu là ma fille ? Tu délires. Le soleil t'a cuit la cervelle. Viens boire un gobelet d'eau fraîche au réfectoire.

Marion eut beau insister, au cours de l'heure qui suivit elle ne parvint pas à les faire se départir du ton goguenard avec lequel ils avaient d'emblée accueilli ses révélations. Elle multiplia les détails sans obtenir plus d'attention. Elle les voyait hausser les épaules dans l'ombre.

— Tu t'échauffes, ma fille, trancha le supérieur avec une pointe d'agacement. Je crois qu'on t'a trop abreuvée de fables durant le cheminement, et tu es sans doute de ces esprits crédules qui engrangent les fariboles sans s'interroger plus avant. Je suis certain qu'il y a une explication toute simple à la « disparition » des frères. Si l'église était vide c'est qu'ils effectuaient quelque corvée à l'extérieur, ou bien faisaient retraite. Peut-être ont-ils escaladé une crête pour se rapprocher du ciel et prier plus près de Notre Seigneur Jésus ? Il n'y a pas là matière à inquiétude.

À bout de patience Marion parla de la licorne. Ce fut une erreur. En une seconde, elle perdit toute crédibilité. Elle entendit les moines étouffer un gloussement sous leurs cagoules. Quand le supérieur reprit la parole, ce fut sur le ton qu'on emploie pour s'adresser aux simples d'esprit. Il la remercia de les avoir prévenus et lui assura que la congrégation réfléchirait à tout cela, puis il se leva, la prit par le bras et la conduisit dans le jardin.

— Les frères vont s'occuper de ta monture, dit-il. Ne t'inquiète de rien. Va plutôt contempler le coucher du soleil. Tu retrouveras l'un de tes compagnons de route, et lui tiendras compagnie.

Sur ce, il la planta à l'entrée d'une allée et tourna les talons, en homme qui n'a guère de temps à perdre avec les demeurées.

Furieuse, Marion fut sur le point de l'invectiver. Cet imbécile ne se rendait pas compte du danger qu'il faisait courir à ceux qui l'entouraient. Ce soir — demain ?— les criminels qui avaient jeté dans le vide les moines de Paragon récidiveraient ici même.

Une voix familière la tira de ses pensées. C'était Jehan le verrier, le petit apprenti lancé sur les routes par son patron. Il travaillait dans le jardin, penché sur une table à tréteaux sur laquelle il avait étalé les morceaux de verre composant le vitrail transporté dans sa caisse pendant le cheminement.

— Alors tu as décidé de poser ton sac ? fit la jeune

fille en caressant du bout des doigts les fragments colorés qui accrochaient les reflets du soleil couchant.

— Fallait bien, dit le garçon. C'est ici que je devais livrer ma marchandise. Maintenant il me faut grimper tout là-haut, dans le clocher, pour remplacer le vitrail brisé par la tempête l'automne dernier.

Marion leva la tête pour suivre la direction indiquée par son doigt. Elle vit le trou noir ouvert dans la pierre. Les filaments de plomb vidés de leurs précieux carreaux.

— Paraît que c'est un aigle, rendu fou par l'ouragan, qui s'est écrasé sur le vitrail, grommela Jehan. Il a tout cassé.

Marion nota qu'il paraissait inquiet. Elle lui en demanda la raison.

— C'est que ça ne m'enchante guère de me hisser tout là-haut sur une balancelle, souffla-t-il. Les moines ne veulent pas que je travaille de l'intérieur. Il paraît que ça troublerait la concentration des copistes officiant dans la bibliothèque. Il y aussi des livres sacrés que le profane ne doit pas voir... Résultat, il va falloir que je me pendouille à une escarpolette pour mettre en place ma fenêtre du dehors, accroché à la façade comme une araignée au bout de son fil.

Mécontent, il désigna la potence et la poulie plantées au sommet de la tour. La nacelle dans laquelle il devrait grimper pour travailler attendait dans l'herbe, reliée à une interminable corde lovée tel un serpent.

— Les moines me hisseront, conclut-il en essayant de plaisanter. À force de sonner les cloches ils se sont fabriqué de bons muscles. N'empêche, je n'ai jamais fait ça de ma vie.

Marion partageait la révolte du garçon et jugeait l'obstination du père supérieur stupide. Pourquoi imposer un tel risque à un apprenti alors qu'il aurait pu travailler en sécurité à l'intérieur du bâtiment ? La tranquillité des copistes était-elle plus importante à ses yeux que la vie d'un homme ?

Pour alléger l'atmosphère, elle décida de lui demander des nouvelles de leurs compagnons de route. Jehan haussa les épaules.

— Ils ont continué, éluda-t-il en baissant les yeux. La grosse Mahaut était comme une chienne en chaleur. Elle se frottait aux hommes et racontait à qui voulait l'entendre qu'elle avait eu Malestrazza et qu'il l'avait fait jouir comme personne. Une foutue catin, oui ! J'ai été content de m'arrêter. J'ai un mauvais pressentiment. J'ai l'impression qu'aucun d'entre eux n'arrivera au bout du voyage. Je sais que je ne devrais pas dire ça, mais c'est ce que je ressens.

Marion se demanda si elle devait le mettre au courant de ses dernières aventures. Elle n'en eut pas le temps, un moine encagoulé vint les chercher pour l'office du soir.

— Ils me font peur, ceux-là, avec leur déguisement de bourreau, chuchota le jeune homme en couvrant sa table de travail au moyen d'une bâche. Les autres étaient plus gentils.

« Oui, songea Marion. Mais ils sont sûrement tous morts à l'heure qu'il est. »

On dit vêpres, puis complies. Le repas fut muet, austère. Les moines mangeaient sans ôter leur cagoule et glissaient les boulettes de nourriture sous la capuche. Aucun n'usait de ce langage par signes auquel les religieux avaient souvent recours pour tourner la règle du silence, et qui transformait les réfectoires en un théâtre de grimaces et de pantomimes des plus grotesques [1].

Marion se sentait déplacée au milieu de tous ces

1. Cet usage fut d'ailleurs condamné par l'Église qui finit par y voir une manière de blasphème.

hommes. La venue de la nuit lui faisait peur. Elle songeait à la dépouille du pauvre Andrésis abandonnée dans les rochers. Sans le tronçon de corne fiché dans la poitrine de l'archer, elle douterait à présent d'avoir bien vu le *monocheros*.

Le repas expédié, on la conduisit dans une cellule basse où elle dut se déplacer courbée pour ne pas se cogner la tête contre le plafond.

Elle s'allongea sans se dévêtir, persuadée qu'elle aurait à prendre la fuite au milieu de la nuit pour échapper aux assassins fantômes.

Elle entendit sonner matines, laudes et prime [1], et chaque fois elle perçut le bruit des sandales remontant les couloirs. Les sonneries la surprenaient à l'instant même où elle commençait à s'assoupir, si bien qu'elle vit se lever le jour sans avoir pu fermer l'œil.

Le père supérieur, qui se nommait Mazolas de Caradoz, lui ordonna d'aller prêter main forte au verrier qui lui semblait « un peu empoté ». Quand la jeune fille fit valoir que l'apprenti serait sûrement plus assuré si on le laissait poser son vitrail de l'intérieur, comme c'était l'usage, le moine lui répliqua que la tranquillité des copistes ne devait en aucun cas être troublée. Marion fit la moue, peu convaincue. Elle n'ignorait pas, en effet, que certaines congrégations, par souci de prudence, employaient des copistes ne sachant point lire, et qui se contentaient de « dessiner » les mots s'étalant sous leurs yeux.

Avant d'aller retrouver Jehan, elle examina les sculptures en ronde bosse de la galerie supérieure, cette mezzanine qui faisait le tour du bâtiment en serpentant à mi-muraille. Le codex des routes vantait leur délicatesse. D'en bas, on ne pouvait réellement s'en rendre compte, mais quand elle voulut se diriger vers

1. Respectivement minuit, 3 heures et 6 heures du matin.

l'escalier menant à l'étage, un moine encagoulé lui barra le passage et lui signifia qu'elle n'avait rien à faire en ces lieux. La jeune fille recula, l'œil toujours fixé sur les linteaux, les marbres, les niches où dormaient les reliquaires, les statues saintes. C'est surtout ces dernières qu'elle aurait voulu observer pour s'en inspirer dans son propre travail. Le codex affirmait qu'elles étaient d'une rare beauté.

La maison-Dieu de Venzôme était décidément un haut lieu de culture, et Marion enrageait d'être éloignée de ces trésors. Sans doute lui reprochait-on d'être une femme ? Les femmes, trop empreintes d'animalité, ne savaient apprécier les choses de l'art, c'était connu.

Maussade, elle gagna le jardin. Jehan besognait déjà en haut de la tour, se balançant le long de la façade dans son étrange panier. La peur lui faisait le visage livide. Quatre frères aux larges épaules tiraient de concert sur la corde reliée à la potence, élevant la nacelle par tractions successives. Les ongles fichés dans l'osier de son véhicule, Jehan semblait souffrir du mal de mer et près de rendre son repas.

Quand la nacelle se trouva devant le trou béant de la fenêtre, les moines fixèrent la corde à un anneau et s'en allèrent.

— Préviens-nous quand il lui faudra descendre, lança l'un d'eux à Marion avant de disparaître dans la galerie basse.

Jehan travailla un long moment, quand on le redescendit, il semblait encore plus soucieux que la veille.

— Tu as le vertige ? demanda Marion. Ce n'est pas un crime, tu sais. Si je devais prendre ta place je crois que je hurlerais de terreur.

— C'est pas ça, grommela l'apprenti. Il y a quelque chose qui ne va pas. Je me suis trompé dans les mesures.

Sans plus s'occuper de la jeune fille, il se pencha sur la table de travail et gribouilla des calculs compliqués avec un charbon de bois. Il comptait lentement, en s'aidant de ses doigts. Marion aurait pu l'aider mais elle craignit de l'humilier en le lui proposant.

Elle s'absorba dans la contemplation des morceaux de verre. On les avait peints, de manière à représenter le supplice de saint Gaudémon dans l'arène. Ils s'emboîtaient très exactement les uns dans les autres. C'était du verre teinté dans la masse, irrégulièrement, par adjonction de rouille, et dont la couleur s'était diffusée en pluie de paillettes. Cette technique, à première vue grossière, permettait des jeux de reflets exceptionnels lorsque le soleil s'en mêlait. Elle entendit Jehan grommeler entre ses dents : « Ça ne va pas, ça ne va pas... »

— Où est le problème ? s'enquit-elle.

— Le vitrail est trop grand ! balbutia le garçon, mon patron s'est trompé. Il n'entre pas dans l'ouverture. Encore une fois, il n'a pas tenu compte de ce qu'on lui disait, il a voulu impressionner les moines, et voilà ! C'est moi qui me retrouve dans la panade. Je vais avoir l'air de quoi, maintenant ?

— Tu ne peux pas procéder à des réajustements ?

— Je vais essayer, mais c'est risqué. Si je casse un morceau de verre en essayant de le rogner, tout sera fichu, je n'aurai plus qu'à rentrer au pays en chercher un autre.

Il était sur le point de fondre en larmes. Marion le trouva attendrissant et le serra contre elle. Le garçon se dégagea d'un bond.

— Tu es folle ! haleta-t-il, qu'est-ce que tu fais ? Tu veux que les moines nous condamnent à nous flageller à genoux sur les marches du parvis ? Ça ne rigole pas ici, tu as dû t'en rendre compte. C'est normal, c'est la dernière maison-Dieu avant le sanctuaire, alors ils serrent la vis aux pèlerins.

Penaude, Marion essaya de changer de conversation.

— Pendant que tu étais là-haut, improvisa-t-elle, tu as pu jeter un coup d'œil dans leur fichue bibliothèque ?

— Ouais, grogna Jehan. Y'a des milliers de bouquins entassés sur les étagères, mais il fait si sombre dans la salle que je me demande comment ils peuvent les lire. Peut-être qu'ils ne les ouvrent jamais ? C'est comme un cimetière, en somme. Un cimetière de livres.

« Ou bien une prison, songea aussitôt la jeune fille. Une prison pour ouvrages interdits, pour manuscrits hérétiques. *Et si c'était pour cette raison que les moines nous empêchaient d'accéder à la galerie supérieure ?* Et s'ils avaient peur que nous puissions déchiffrer un titre compromettant ? »

Elle sentait qu'elle était sur le point de découvrir la vérité. Ce qu'on disait sur saint Gaudémon n'était peut-être pas sans fondement, dans ce cas la méfiance de Jôme le Noir ne s'exerçait pas en vain. Il y avait, réellement, au sein de l'ordre, des éléments pervers qui travaillaient en secret à établir des contacts avec le Malin.

« Mon Dieu ! se dit-elle. Quand je pense que Diodore-le-Vieil m'a envoyée ici pour que je le rassure quant à l'orthodoxie des prêtres officiant dans les maisons d'accueil... »

Elle ne devait parler à personne de ses soupçons, du moins si elle voulait revenir en vie du pèlerinage. Bien des choses s'éclairaient tout à coup.

« Si l'on a jeté les moines dans le vide, c'est qu'ils s'apprêtaient à dénoncer l'hérésie de leurs frères de Venzôme, pensa-t-elle. Le diable n'a rien à voir là-dedans. »

Une querelle, oui. Une querelle entre factions rivales. Orthodoxes et hérétiques. Les schismatiques avaient choisi l'action brutale pour préserver leur clandestinité. Elle devait rester sur ses gardes et ne pas faire preuve d'une curiosité déplacée.

Elle s'efforça au calme. On l'observait peut-être. Jehan continuait à peiner sur ses calculs. Il examinait les plaques de verre pour déterminer l'importance du travail de rognure à effectuer.

— Il me manque deux pouces, maugréa-t-il. C'est rien à dire ; à faire c'est une autre paire de manches. (Se retournant vers elle, il l'apostropha : ) Oh ! et toi, ne reste pas dans mes jambes. Tu n'as donc rien pour t'occuper ? Tu devais tailler une statue ce me semble ?

Vexée, Marion s'en fut. Une fois seule elle comprit que la rudesse dont témoignait le jeune homme était le fruit de ses angoisses, et elle faillit faire demi-tour, mais il avait néanmoins raison, officiellement elle était là pour sculpter un saint Gaudémon destiné à trôner dans le sanctuaire, au-dessus des reliques. Elle ne pouvait décemment traiter cette tâche à la légère.

À genoux devant l'effigie de pierre maltraitée par les cahots de la route, elle s'appliqua à trouver des moyens de lui redonner visage humain.

Elle martela le bloc jusqu'à midi. Pendant que ses doigts maniaient marteau et ciseau, elle pensait à Malestrazza. C'était plus fort qu'elle. Il lui manquait. Elle avait besoin de le voir, de le côtoyer, même après ce qu'il avait fait avec Mahaut. Sans lui, elle se sentait privée d'air. C'était absurde, mais elle n'y pouvait rien. Pendant qu'elle s'acharnait sur la pierre, des pensées honteuses lui traversaient l'esprit. Elle s'imaginait à la place de la commère, les jambes ouvertes, avec le poids de l'homme sur son corps et la dureté du rocher sous ses reins. La chaleur lui venait aux joues, au ventre, et ses yeux se brouillaient...

Soudain, alors qu'elle s'abandonnait à ces rêveries lascives, un hurlement retentit dans son dos, la faisant sursauter. Un choc sourd courut dans le sol, résonnant dans les genoux de la jeune fille. Lorsqu'elle se retourna, ce fut pour voir Jehan, étendu dans l'herbe, à demi sorti de la nacelle d'osier dont la corde s'était rompue. Pendant quelques secondes, elle fut incapable de bouger et resta stupide, les outils dans les mains. En haut de la tour, le filin se balançait à la poulie rouillée. Sans doute était-ce cette roue qui avait haché le chanvre au rythme des oscillations imposées par le travail du verrier ?

Marion jeta son marteau pour courir vers le garçon. Elle s'agenouilla près de lui sans oser le toucher. Était-il mort ? On disait que le cœur se décrochait lorsqu'on tombait de trop haut.

Jehan fixait le ciel, les yeux écarquillés, un peu de sang au coin des lèvres. Il était toujours vivant, et l'ymagière poussa un soupir de soulagement. Elle comprit que le gros panier d'osier rigide avait en partie amorti le choc de l'impact.

— Comment te sens-tu ? lui demanda-t-elle en lui effleurant le front. As-tu mal ?

Le garçon tourna son regard vers elle. Ses yeux étaient remplis d'une stupeur effrayante, et il avait l'air de quelqu'un qui contemple un spectacle auxquels les pauvres mortels n'ont d'ordinaire pas accès.

— Tu m'entends ? insista Marion. Peux-tu parler ?

Jehan entrouvrit les lèvres. Du sang lui coula sur le côté du visage.

— Ivre... Porte..., bredouilla-t-il.

— Quoi ? insista la jeune fille. Que dis-tu ?

— Por... Porte... ivre..., répéta l'apprenti.

Il ne put en dire plus, car les moines s'interposèrent, repoussant Marion.

— Attendez, protesta celle-ci. Il essaye de dire quelque chose.

— J'ai entendu, trancha le supérieur. Il vient d'avouer qu'il était ivre quand l'accident s'est produit. Cela ne m'étonne pas, ces artisans sont intempérants par nature. Sûrement a-t-il apporté du vin dans son paquetage. En tout cas cela lui a fait perdre l'équilibre.

Sans plus s'occuper de la tailleuse de pierre, il donna l'ordre aux frères de soulever le malheureux et de le porter dans le réfectoire, pour l'étendre sur une table. Quand Marion voulut proposer ses services, il fit valoir qu'elle n'était point qualifiée pour ce travail, et l'ymagière dut se résoudre à voir le cortège disparaître à l'intérieur de la bâtisse.

Elle bouillait de rage contenue. Jehan n'était pas ivre, elle en avait la certitude. Quand elle s'était penchée sur lui, aucune odeur de vin ne s'exhalait de ses lèvres. Il n'avait nullement eu l'intention de confesser son ivresse, non ! Le prieur faisait fausse route... ou bien cherchait à dissimuler quelque chose.

« Mais oui ! réalisa Marion. Il avait la bouche pleine de sang, il articulait avec difficulté. Il a voulu dire *livres !* Il parlait des livres de la bibliothèque. Il a dû jeter un coup d'œil sur eux en se penchant par la fenêtre. »

Bien sûr ! Alors qu'il travaillait à maçonner le pourtour du châssis, son regard était probablement tombé sur un codex ouvert, un ouvrage oublié par un copiste sur une table du *scriptorium*. Les enluminures lui avaient paru blasphématoires, hérétiques. Que s'était-il passé alors ? Avait-il fait un faux mouvement en se rejetant en arrière... ou bien le calligraphe, surprenant son coup d'œil, l'avait-il poussé dans le vide ?

Marion serra les poings. Elle était de plus en plus persuadée que la bibliothèque de Venzôme abritait une collection d'écrits démoniaques sur laquelle les moines veillaient jalousement. Voilà pourquoi ils en interdisaient l'accès aux pèlerins. La plupart des marcheurs ne savaient pas lire, mais les enluminures, les vignettes auraient pu leur faire deviner le caractère satanique des volumes sur lesquels s'acharnaient les frères copistes.

Elle leva la tête pour observer la corde rompue qui se balançait toujours dans le vent. Une peur brutale l'assaillit : et si les moines décidaient d'achever l'apprenti, pour le faire taire ? La chute ne l'avait pas tué, c'était fâcheux, on pouvait encore y remédier en l'étouffant avec un coussin, une boule de chiffon.

C'est dans cette intention qu'on l'avait écartée des soins ! Elle se précipita vers le bâtiment mais trouva porte close. Elle dut faire le tour de la maison-Dieu pour dénicher un autre accès. Alors qu'elle courait dans la galerie, les moines lui barrèrent le chemin, et l'invitèrent à plus de retenue. Une porte s'ouvrit et le supérieur parut. D'une voix sèche il ordonna qu'on mette fin à ce vacarme, car un homme venait de rendre son âme à Dieu.

— Oui, ajouta-t-il en se tournant vers Marion. Il est mort ivre, sans avoir pu se repentir. C'est fâcheux. Si encore il avait eu le temps de mettre le vitrail en place, cette besogne lui aurait valu l'indulgence de Notre Seigneur.

— Il a parlé d'une porte..., lâcha la jeune fille, malgré elle.

— Oui, c'est vrai, admit le prieur. Je pense qu'il parlait de la porte du paradis. Il a dû l'entrevoir au moment du trépas, mais je doute que saint Pierre l'y accueille sans lui imposer au préalable un séjour au purgatoire.

Marion sentit qu'il serait maladroit d'insister. Trop de curiosité pouvait se révéler dangereux et elle avait au contraire tout intérêt à jouer les idiotes. Elle se cacha le visage dans les mains et feignit de pleurer à chaudes larmes. Le prieur émit un claquement de langue agacé.

— Allons, allons, lança-t-il. Il ne sert à rien de sangloter à présent. Tu aurais dû l'empêcher de boire quand il en était encore temps. (Il fit une brève pause avant d'ajouter :) Tu devrais penser à rassembler ton paquetage et te préparer à reprendre la route. Plus tu t'attardes ici, moins tu as de chance de pouvoir rattraper tes compagnons de marche, et il n'est pas bon qu'une fille se promène seule dans la montagne. Nous te prêterons une carriole sur laquelle tu pourras charger ta statue, tu nous la rendras au retour. Je vais donner des ordres en ce sens. Ne crains rien, nous nous occuperons des funérailles de ce garçon.

« On se débarrasse de moi, constata Marion. Si je m'incruste, il m'arrivera un accident malencontreux, à moi aussi. Mieux vaut ne pas insister. »

Elle s'inclina. Elle ne cherchait pas à se dissimuler qu'elle avait peur. Il émanait des moines encagoulés une hostilité aisément perceptible. Tant qu'elle resterait ici, elle serait en danger. Il lui fallait lever le camp sans attendre.

On ne tarda pas à lui amener le cheval attelé à une vieille charrette. Les frères soulevèrent la statue inachevée et l'arrimèrent sur le plateau. Le cellérier vint ensuite lui remettre un panier contenant des provisions. Sur ce, on la congédia.

Marion prit les rênes et lança le roncin sur la route des cols. Elle avait décidé de jouer le jeu — du moins en apparence — mais de revenir à la nuit tombée pour tirer les choses au clair. N'était-ce pas ce que Diodore-le-Vieil attendait d'elle ? Un rapport fiable sur ce qui se tramait dans la montagne. Elle ferait ce rapport, elle leur prouverait qu'une femme pouvait avoir assez d'entendement pour ne point se laisser berner par une poignée de moines hérétiques.

# CHAPITRE TREIZE

Dès qu'elle fut hors de vue, elle quitta la route et engagea le cheval dans le dédale des roches. Là, elle s'arrêta pour dresser un campement et attendre le soir. La montagne faisant écran, on ne pouvait la repérer du haut de la tour. Elle se cacherait là jusqu'à ce que se présente une occasion de se glisser dans la maison-Dieu. Elle espérait pouvoir s'emparer d'un froc et dissimuler son visage sous la cagoule rabattue. La règle du silence la préserverait des rencontres embarrassantes. Ainsi équipée, elle réussirait peut-être à grimper jusqu'à la bibliothèque et à voler l'un des grimoires hérétiques repérés par le petit verrier?

Elle grignota les vivres enfermés dans la besace. De minces galettes de farine et des lanières de viande boucanée. En prévision de la nuit, elle s'allongea à l'arrière de la carriole et essaya de dormir. Hélas, elle était trop nerveuse pour trouver le sommeil. Le cri de Jehan continuait à résonner dans ses oreilles. Elle s'interrogea sur le sens du premier mot qu'il avait prononcé : *porte...* Avait-elle bien entendu? Ne s'agissait-il pas plutôt de *morte* ou *grotte*?

Dans la position qu'il occupait, juste avant l'accident, il avait pu, du haut de la tour, voir quelque chose dont on ne pouvait soupçonner la présence lorsqu'on se tenait au ras du sol.

« Et si c'était cela ? s'interrogea Marion. S'il avait distingué un ennemi en train de s'approcher... un groupe d'assassins tapis dans les rochers et attendant la nuit pour passer à l'action ? »

*Ou encore...* s'il avait vu la bête étrangleuse ? Le monstre qui tordait le cou aux pèlerins et aux moines.

« Mon Dieu ! songea-t-elle avec un frisson. Il a peut-être dit *torte...* La bête torte [1] ; du haut de son perchoir, il l'a vue ramper vers l'abbaye. Il en a éprouvé un tel saisissement qu'il a perdu l'équilibre et est tombé dans le vide. Oui, il est bien possible que personne ne l'ait poussé. C'est la frayeur qui l'a fait basculer. La frayeur éprouvée à la vue de ce monstre. »

Elle se redressa, les tempes moites, des picotements au creux des paumes. Elle prenait conscience qu'elle avait probablement commis une grave erreur d'interprétation. Ce n'était pas *livre*, qu'avait dit Jehan, mais *vouivre* [2]... En fait, le petit verrier avait probablement murmuré : *Torte... vouivre...*, signifiant de cette manière qu'il avait vu une créature monstrueuse conduite par une sorcière.

« Yolande ! songea-t-elle aussitôt. C'est elle qui tient en laisse la bête étrangleuse. Comme une montreuse d'animaux dans les foires. Elle l'a domptée. Elle sait s'en faire obéir. Elle l'utilise comme une arme pour tuer moines et pèlerins. »

Marion sauta de la charrette, aux aguets. Quelque chose lui soufflait qu'elle touchait la vérité du doigt. Yolande, sa sœur, avait perdu l'esprit, elle hantait les crêtes, dont elle avait fini par se croire la reine maudite, et y faisait régner la terreur.

1. Contrefaite, monstrueuse.

2. Vouivre, qui commet des actes de vouerie, c'est-à-dire de sorcellerie. Sorcière. Jeteuse de sorts.

« Elle n'est peut-être même plus capable de me reconnaître, se dit la tailleuse de pierre. Elle n'hésiterait pas une seconde à lancer sa bête sur moi, et à lui ordonner de m'étrangler. »

D'ailleurs s'agissait-il réellement d'un animal ? Plus elle y pensait, plus Marion penchait pour l'hypothèse d'un idiot de village bâti en hercule, comme les charlatans en exhibaient dans les fêtes. Les incestes donnaient souvent naissance à des individus débiles, contrefaits, portant sur leur physionomie la marque du péché dont ils étaient issus. Yolande avait pu apprivoiser l'une de ces créatures honnies par les prêtres, et la dresser à appliquer ses lois.

« Elle est devenue folle, pensa l'ymagière. Elle croit qu'elle a droit de haute et basse justice sur la montagne, comme un seigneur. »

Cette idée l'empêcha de trouver le repos, et c'est dans un état de grande fatigue qu'elle attendit la nuit.

Elle remarqua bientôt que le cheval devenait nerveux. Pour étouffer ses hennissements, elle lui lia le museau avec un chiffon. Elle ne voulait pas courir le risque d'être repérée par le tueur qui marchait en ce moment même vers la maison-Dieu.

Quand le brouillard monta de la vallée, l'atmosphère se fit encore plus oppressante et Marion sentit son courage s'effriter. C'était une chose de s'infiltrer dans une abbaye remplie de moines endormis, c'en était une autre d'affronter un crétin habitué à tuer de sang-froid ceux qui se dressaient sur sa route.

Seule, à pied, elle n'aurait aucune chance de lui échapper. Elle devait se servir du cheval, lui seul pourrait, en battant l'air de ses sabots, tenir le tueur à distance.

« Mais s'il se cabre, songea-t-elle, il te jettera à terre. Jamais tu ne seras capable de tenir sur son dos sans selle ni étriers. Tu n'es pas une cavalière émérite, loin de là. »

Ne restait plus, dès lors, que la solution de la charrette. Grimpée sur la carriole, elle pourrait repousser le meurtrier à coups de fouet, puis lancer le roncin au galop pour se mettre hors de portée.

Elle hésita. La manœuvre serait dangereuse, mais il fallait qu'elle sache si Yolande errait sur la route des cols, vouivre sans pitié massacrant ceux qui avaient le malheur de violer les frontières de son domaine.

Elle caressa l'encolure du cheval, pour le calmer, puis grimpa dans la carriole, la main serrée sur le manche du nerf de bœuf. Le moment de vérité approchait.

Lentement, attentive à faire le moins de bruit possible, elle engagea le véhicule sur le sentier et prit, à petit pas, le chemin de la maison-Dieu.

Le brouillard s'épaississait, effaçant le paysage. Marion tira sur les rênes à mi-chemin et tendit l'oreille. Le vent lui apporta des bruits étouffés de cavalcade... Arrivait-elle déjà trop tard ? Elle crut entendre des cris, des appels. On courait, on se bousculait comme si la panique venait de s'emparer de l'abbaye. Puis le silence revint, d'un coup. Marion ne savait plus si elle devait continuer ou faire demi-tour. L'angoisse la tenait clouée sur le banc de la carriole, les mains glacées, les tempes moites.

Elle arriva enfin devant la bâtisse enveloppée de brume. Nul bruit, nul chant n'en émanait. La jeune fille eut d'emblée la conviction que l'édifice ne recelait plus âme qui vive. Les doigts crispés sur le fouet, elle mit pied à terre et s'avança vers l'entrée principale. Elle s'attendait au pire. Parvenue devant le lourd battant, elle faillit tourner les talons. Elle craignait, en poussant la porte, de se retrouver nez à nez avec l'étrangleur qui la saisirait à la gorge pour lui casser la nuque.

Était-il réellement judicieux de s'entêter ?

Les dents serrées, elle entrebâilla le vantail. La grande salle était plongée dans l'obscurité. Seul un lumignon scintillait au fond, sur l'autel. À tâtons, la jeune femme s'empara d'une lampe à huile, et l'alluma à la flamme qui veillait sur l'hostie consacrée enfermée dans le tabernacle. Équipée de ce photophore, elle entreprit l'exploration des lieux. La maison-Dieu se révéla déserte. Comme à Paragon, les moines avaient disparu. Marion en conclut qu'on les avait jetés dans le vide.

Elle parcourut néanmoins les galeries avec l'espoir de découvrir un survivant, un frère qui aurait eu le réflexe de se cacher. Toutefois, elle ne se faisait pas d'illusion, ces hommes de prière, voués à la méditation, coupés du monde, n'avaient guère l'habitude de la violence. L'intrusion furieuse du meurtrier avait dû les frapper de stupeur. Se défendre n'entrait pas dans le cadre de leur formation, et si l'on avait décidé de les tuer, ils s'étaient à coup sûr laissés faire !

Marion s'immobilisa au détour d'un corridor, oppressée. Elle tendit l'oreille pour sonder le silence. L'assassin était-il encore là ? Attendait-il qu'elle se jette dans ses bras ?

À force d'écouter les ténèbres, elle croyait y surprendre des respirations, des frôlements. Elle s'ébroua et revint au centre du bâtiment. Là, le nez levé, la lampe à huile brandie, elle examina la galerie supérieure ; cette longue mezzanine faisant le tour de la salle, et que les moines lui avaient interdit d'explorer. La bibliothèque se trouvait là-haut, au bout de ces arcades de marbre où des niches abritaient des statues précieuses. Elle avait assez relu le codex des routes pour connaître par cœur les merveilles artistiques qu'abritait Venzôme. Les sculptures l'intéressaient, plus que tout. Elle avait toujours eu envie de les prendre au creux de ses paumes pour étudier le travail leur ayant donné naissance. En Asie, en Afrique, on ne taillait pas la pierre comme ici, dans le Royaume de France. Les autres races avaient des secrets qu'on feignait de mépriser mais qui donnaient aux choses un fini exceptionnel. Contrairement à ce que pensaient son père et Antonin, Marion restait persuadée qu'il était capital de se frotter aux peuples qualifiés de « barbares ». Le travail des Maures hérétiques dans le domaine de la miniature était réellement stupéfiant et personne, en Occident, ne leur arrivait à la cheville.

L'émotion artistique avait étouffé la peur dans le cœur de la jeune femme. Sans plus réfléchir, elle s'engagea dans l'escalier à vis menant à la galerie ouverte. Il y avait trop longtemps qu'elle lorgnait ces merveilles depuis la salle commune du rez-de-chaussée, le nez levé, essayant de couler ses regards entre les colonnades de la mezzanine interdite.

Les marches craquèrent sous ses semelles, éveillant un écho disproportionné dans le silence du bâtiment. La respiration courte, Marion s'avança dans la galerie. En tailleuse de pierre convaincue, son premier réflexe fut de caresser le marbre des murs pour en éprouver le poli, mais ses doigts lui renvoyèrent un message inattendu. Elle n'était pas en train de toucher du marbre. *La paroi était en bois.* En bois peint. Le marbre n'était qu'un trompe-l'œil.

Marion retint sa respiration. Maintenant qu'elle se trouvait sur la mezzanine, elle réalisait qu'elle avait été victime d'un mirage, un mirage entretenu par la mauvaise lumière et la distance. Elle tendit la main pour tenter d'ouvrir une porte, mais cette porte était peinte, elle aussi... Elle n'avait d'autre existence que celle donnée par le pinceau de l'artisan.

Il en allait de même pour les statues placées dans les niches. Elles n'avaient en fait aucune épaisseur. Ce n'étaient que des images habiles, conçues pour duper le regard. Une rouerie née du travail des peintres. D'en bas, lorsqu'on se tenait au niveau du réfectoire, on n'avait pas conscience de la tromperie, et les objets, les textures semblaient réelles.

Marion se déplaça le long de la galerie. Tout était pareillement faux : les tentures, les portes, les sculptures antiques. Rien n'existait.

Perplexe, elle essaya de se remémorer les mots du codex. Le chapitre consacré à la description de Venzôme était-il mensonger de bout en bout, ou bien le scripteur avait-il, lui aussi, été victime du subterfuge des moines ?

Elle savait que les pèlerins avaient tendance à embellir ; l'exaltation déformait leurs souvenirs, les poussant à magnifier faits et paysages.

« C'est peut-être ce qui s'est passé ici », se dit-elle pour se rassurer. Les moines avaient voulu paraître riches pour impressionner les pérégrins fatigués et leur insuffler, par l'étalage de ces merveilles, la conviction d'avoir fait le bon choix. Ce faux-semblant n'avait d'autre fonction que de redonner du lustre à une congrégation en voie d'effritement. On avait voulu faire croire que l'ordre de saint Gaudémon était puissant, glorieux afin de rassurer ceux qui doutaient.

Et l'on avait laissé les témoins glorifier cette richesse imaginaire à travers de naïfs comptes rendus colportés dans les tavernes et sur les places publiques.

*Porte...*, avait balbutié Jehan le verrier avant d'être emporté par les moines. Faisait-il allusion à ces battants peints en trompe-l'œil ? Avait-il commis l'erreur de vouloir ouvrir l'un d'entre eux ?

« Il était préoccupé, se rappela Marion. J'ai bien vu que quelque chose le tarabustait, quelque chose dont il n'osait parler. »

Mais Jehan avait aussi prononcé le mot *livre*...

« J'ai pensé *torte* et *vouivre*, songea la jeune femme. C'était une erreur. Il n'a rien dit d'autre que ce que j'ai entendu. »

Une goutte d'huile chaude projetée par la mèche qui grésillait lui brûla la main, la tirant de ses réflexions. Elle s'orienta, cherchant l'entrée de la bibliothèque. Elle hâta le pas, pressée d'en finir. Cette fois le battant était bien réel et elle put en faire jouer la poignée. Il ne lui fallut pas longtemps pour comprendre de quoi il retournait. Sur les étagères, les livres étaient factices, en bois sculpté, peint. Les vrais codices coûtaient trop cher, on les avait remplacés par des simulacres taillés à coups de hache et barbouillés de couleurs. Dans les coins les plus sombres, on avait eu recours au trompe-l'œil pour dessiner, à même la muraille, des empilements qui faisaient illusion dès lors qu'on les contemplait de loin.

« C'est cela qu'a vu Jehan pendant qu'il travaillait sur le vitrail, pensa Marion. Voilà pourquoi il fait si sombre ici. C'est également pour cette raison que les moines lui ont imposé de réparer la fenêtre de l'extérieur. Ils craignaient, en faisant entrer un ouvrier ici, de voir leur supercherie découverte. »

Elle s'était monté la tête, il n'y avait nul livre maudit, nul parchemin démoniaque. Rien que des volumes factices, des morceaux de bois rectangulaires sur le dos desquels on avait peint des titres en latin et des reliures à cinq nerfs.

Tout était faux, aussi faux que les accessoires d'une troupe de baladins portant tréteaux de ville en ville pour donner spectacle sur la place du marché.

Une supercherie à l'usage des pèlerins. Probablement leur permettait-on de jeter un coup d'œil rapide à la bibliothèque, depuis une fenêtre, pour les convaincre qu'ils se tenaient au seuil d'un réceptacle du savoir spirituel ? Avait-on disposé d'autres rayonnages factices au rez-de-chaussée ? Sans doute.

En faisant courir la lueur de sa lampe autour d'elle, Marion réalisait à quel point le codex mentait. Même les proportions de la salle de lecture étaient fausses. On les avait truquées au moyen d'un trompe-l'œil et d'un grand panneau de cuivre poli faisant office de miroir. Le reflet démultipliait la surface du lieu.

Paradoxalement, au lieu de la rassurer, cette habileté dans l'exécution, cette volonté de rouerie, la troubla et lui fit peur. Ne disait-on pas le diable prince du mensonge ? Or la maison-Dieu de Venzôme n'était rien d'autre qu'un mensonge de pierre. Un mensonge en trois dimensions.

Elle n'entrevoyait pas très bien les tenants et les aboutissants de cette mise en scène. La mort — l'assassinat ? — du petit Jehan compliquait tout.

Elle éprouva le besoin de quitter la bibliothèque au plus vite. Le brouillard entrait par le vitrail brisé et le tronçon de corde toujours suspendu à la poulie rouillée continuait à battre contre la façade, faisant sursauter Marion à chaque nouveau claquement.

Elle décida de regagner le rez-de-chaussée, de faire entrer le cheval dans le réfectoire et de se barricader pour la nuit.

Alors qu'elle posait le pied sur le dallage de la salle commune, elle entendit hennir sa monture. C'était un cri de frayeur d'une telle évidence que la jeune femme en fut glacée.

Elle ne prit pas le temps de réfléchir et se rua sur la porte pour la verrouiller. Après quoi, elle fit tomber la barre de sécurité sur ses appuis. La chair de poule hérissait ses bras. Son corps percevait la proximité de la menace avec cet instinct animal que possède toute femme. *Il y avait quelque chose dehors...* et ce quelque chose en voulait à sa vie. Elle entendit grincer la charrette, hennir le roncin. Il y eut un vacarme, comme si l'on malmenait la carriole. À présent, le cheval hurlait sa frayeur de manière continue. Marion l'imagina, cabré, battant l'air de ses sabots. Elle entendait les bruits sourds qu'il produisait en retombant sur ses antérieurs. Quelqu'un l'attaquait et il essayait de se défendre. Au grincement des roues, la jeune femme devina que la bourrique s'éloignait au galop, emmenant la carriole dans son sillage. Si elle versait au prochain virage, il basculerait dans l'abîme à sa suite.

Un choc terrible ébranla la porte, et Marion ne put étouffer son cri. Elle se rejeta en arrière, la lampe à huile tremblait dans sa main et les gouttes d'huile ne cessaient de lui ébouillanter le bras.

Elle se demanda si le vantail résisterait aux assauts furieux de l'agresseur qui en martelait les planches. Puis elle pensa aux fenêtres du rez-de-chaussée. Étaient-elles assez larges pour que l'assassin puisse s'y glisser?

Non, probablement pas, c'étaient des meurtrières fort étroites. Jamais le monstre n'y pourrait faire entrer ses épaules.

Les heures passèrent sans que la chose ne se décide à lever le siège. Elle tournait au-dehors, frappant, s'acharnant sur les objets à sa portée avec une rage aveugle. Chaque fois qu'elle passait devant la porte, elle la heurtait avec une violence surhumaine. Marion s'était recroquevillée sous l'autel et se bouchait les oreilles. Elle craignait de devenir folle de terreur avant le lever du soleil. Ce fut une nuit affreuse. Enfin, peu avant l'aube, le monstre cessa de se manifester et le silence se réinstalla.

La jeune femme attendit longtemps, ne se décidant pas à sortir. Il fallait pourtant qu'elle prenne une décision, elle ne pouvait pas rester là, à attendre que la créature démoniaque revienne l'assiéger la nuit prochaine.

Rassemblant son courage, elle enleva la barre de sécurité et déverrouilla la serrure. Quand elle ouvrit la porte, elle crut mourir de frayeur. Un corps démembré, couvert de boue, gisait sur le parvis. Ses bras arrachés avaient été jetés sur le seuil. Le spectacle était atroce, pourtant il n'y avait pas la moindre trace de sang aux alentours.

Et soudain, Marion prit conscience qu'elle ne contemplait pas un corps humain mais la statue inachevée de saint Gaudémon, la statue tombée de la charrette lorsque le cheval avait pris la fuite.

Le cœur battant, elle la contourna. Quelque chose la chiffonnait cependant... Si elle avait glissé de la carriole, l'effigie du saint martyr n'aurait pas dû se trouver ici mais plutôt de l'autre côté du bâtiment.

La jeune fille se retourna et laissa échapper un gémissement en découvrant les profondes entailles qui marquaient le bois de la porte. Alors seulement elle comprit ce qui s'était réellement passé.

La statue... la statue s'était animée sous l'effet d'un maléfice. Elle avait sauté de la carriole pour essayer d'entrer dans l'église. Voilà pourquoi les sabots du cheval ne l'avaient pas blessée. L'effigie de pierre avait tourné autour du bâtiment, frappant la porte de ses poings granitiques, essayant de s'ouvrir un passage pour punir cette fille qui l'avait humiliée en lui donnant les traits d'un homme dont elle désirait faire son amant. Oui, saint Gaudémon, mécontent, avait insufflé à son image le pouvoir de se mouvoir et de tuer. Et la statue avait clopiné toute la nuit sur ses jambes torses. L'aube avait eu raison de l'enchantement, alors ses membres s'étaient disloqués, la rendant à sa vraie nature.

Marion titubait, les yeux dilatés par la terreur. Mahaut

avait vu juste. Depuis le début. C'était la statue qui tuait. Et les marques noires autour du cou des victimes étaient les empreintes de ses mains de granit.

Ne pouvant en supporter davantage, la jeune femme s'enfuit. Au premier lacet, elle trébucha sur l'une des roues de la charrette. Fou de peur, le cheval avait abordé le tournant trop vite, le véhicule auquel il était attelé avait versé, l'entraînant au fond du précipice.

## CHAPITRE QUATORZE

Elle courait, comme un mois plus tôt frère Guillaume avait couru dans la montagne, l'esprit détraqué par la peur et l'incompréhensible. L'épuisement nerveux, les visions impossibles, la sensation d'être tombée dans un piège ourdi par Satan lui-même, la poussaient aux frontières de la folie. Elle courait au milieu des roches sans même savoir où elle allait. Elle avait tout abandonné derrière elle : vivres et réserve d'eau, livre des routes et couverture pour la nuit. Elle se déchirait les pieds aux cailloux, se meurtrissait les épaules lorsqu'elle perdait l'équilibre et heurtait la paroi. Elle finit par tomber à genoux, à bout de souffle, la gorge sèche. Alors seulement, elle prit conscience qu'elle avait galopé toute la matinée et qu'elle s'était perdue. Elle savait qu'on peut facilement mourir en l'espace d'une nuit, dès lors qu'on est livré au froid des hauteurs, sans possibilité de trouver un abri. Pour l'heure, le soleil lui brûlait la peau, mais il n'en irait plus de même lorsque l'obscurité s'installerait. Partout, le paysage offrait une perspective dépourvue de repères. Pour qui n'était pas né ici, toutes les crêtes, tous les cols se ressemblaient. La brume n'arrangeait rien. Le vent la poussait de-ci, de-là, telle une marée impalpable dont les vagues successives assiégeaient les pics.

Marion décida de se hisser sur un bloc, pour tenter de s'orienter. Peut-être distinguerait-elle le sanctuaire dans le lointain ? Elle s'écorcha les genoux en escaladant le rocher. Comme elle parvenait au sommet, elle vit bouger une silhouette dans la brume. Une forme massive qui se déplaçait dans une coulée de brouillard. C'était trop grand pour être un homme, et elle pensa immédiatement à un ours, car la chose semblait couverte de fourrure sombre. Le vent lui apporta une odeur de suint, incommodante, et elle perçut l'écho d'une lourde respiration.

Il ne s'agissait pas d'un fantôme. Pas davantage de la statue ensorcelée. C'était vivant. Énorme et vivant.

Elle se recroquevilla tout en haut du rocher en espérant que la brume la dissimulerait et que le vent soufflerait dans la bonne direction, emportant son odeur loin de la bête.

Il y eut un éboulement de cailloux, puis, brusquement, la chose apparut en pleine lumière. C'était un géant à la poitrine incroyablement développée et dont les bras touchaient le sol. Une créature d'une épouvantable laideur, au faciès aplati, à la peau noire et couverte de poils. Elle grondait d'une voix sourde en se dandinant, ses petits yeux noirs fixés sur la jeune femme.

Un démon ? Un démon jailli des enfers ?

Un géant ? Un ogre ?

C'est ce qu'avait dû penser frère Guillaume en l'apercevant, mais Marion se rappela avoir entrevu un animal analogue sur les tréteaux d'une baraque foraine, lorsque des baladins s'étaient arrêtés en ville, l'année passée.

Cela avait un nom... cela s'appelait *un... singe.* Oui, on disait que les nobles seigneurs en faisaient venir d'au-delà des mers pour se monter des ménageries dans lesquelles ils promenaient les gentes dames en s'amusant de les entendre pousser de petits cris effarouchés.

Celui-ci était beaucoup plus gros ; sans doute appartenait-il à une race supérieure. En tout cas il était plus grand qu'un homme, mais comme lui, équipé de mains à cinq doigts. Des mains courtaudes et puissantes. Des mains d'étrangleur.

« C'est l'assassin, pensa Marion transie de peur. Il a étranglé les moutons, les bergers et les inquisiteurs. C'est lui également, qui a jeté les moines au fond du précipice. »

Que faisait cette bête des rivages africains, ici, sur une montagne du royaume de France ?

La jeune femme se ratatina, espérant se faire invisible, mais c'était absurde. Le monstre l'avait déjà vue. Il reniflait, de mauvaise humeur, décidé à en découdre.

Il gronda, se mit à ramasser des cailloux et à les jeter avec une force prodigieuse en direction du rocher.

« Mon Dieu ! se dit Marion. C'est lui qui tournait autour de la maison-Dieu, cette nuit. Il a volé la statue de saint Gaudémon dans la charrette et l'a projetée contre la porte, dans l'espoir de l'enfoncer ! J'ai cru à un maléfice alors que j'étais assiégée par un singe. »

L'animal avait commencé à tourner autour du rocher, hésitant à s'y hisser. Marion aurait voulu lui faire peur, le bombarder de pierres, mais elle ne put dénicher aucun projectile. Elle sentait que la bête n'allait pas tarder à monter à l'assaut. Pour l'heure, elle se frappait la poitrine à coups de poings comme si elle voulait se défoncer la cage thoracique.

Cette démonstration de fureur était véritablement effrayante, et la jeune femme réalisa soudain qu'elle était en train d'uriner sous elle sans pouvoir se retenir. Elle craignait de perdre connaissance et de rouler au bas du rocher, se jetant ainsi dans les bras du singe.

La bête entreprit d'escalader le bloc. Elle progressait avec prudence mais tous ses mouvements témoignaient d'une incroyable agilité. C'était comme si ce tas de muscles n'avait rien pesé. Marion voyait avec angoisse se rétrécir la distance la séparant du monstre. Elle était incapable d'imaginer une quelconque stratégie. Les grognements la paralysaient.

Tout à coup, au détour d'une aiguille rocheuse, elle vit Malestrazza. Il brandissait un arc, une flèche encochée, et jaugeait la scène, comme s'il hésitait à tirer.

« Il y a du vent, pensa Marion, il a peur de m'atteindre. »

Puis elle se demanda s'il ne désirait pas, en fait, épargner le monstre...

Peut-être la maudissait-il d'avoir fait sortir le singe de sa cachette ? Peut-être cette bête avait-elle plus de valeur pour lui qu'une tailleuse de pierre trop curieuse ? Il en voulait à Marion de s'être mise dans une telle situation, une situation qui l'obligeait, lui, Malestrazza, à sacrifier le monstre de la montagne.

Pendant quelques secondes, elle crut qu'il ne se déciderait pas à tirer et préférerait laisser le singe l'étrangler. Puis il ramena la corde sur sa poitrine, bandant la baguette en bois d'if, et lâcha son trait. L'animal perçut l'infime sifflement, se retourna, et reçut la flèche en plein cœur. Il se cabra, ses ongles raclèrent la pierre avec un crissement insupportable, puis il roula en arrière, provoquant une avalanche de cailloux.

Malestrazza avait déjà encoché un nouveau trait sur sa corde. Il sortit de sa cachette d'un pas prudent. Son visage trahissait la mauvaise humeur. Cette fois, Marion ne douta plus qu'il regrettait d'avoir été contraint de tuer l'animal. Elle en fut meurtrie. Parvenu à quinze pas de la bête, il lâcha sur elle une seconde flèche. Le monstre ne broncha pas, le premier trait l'avait foudroyé.

Marion se sentait incapable de faire un mouvement. La terreur l'avait vidée de toute énergie. Elle s'était souillée et empestait l'urine. La honte l'accabla, l'arrachant à la stupeur.

— Qu'attends-tu pour descendre ? grogna le guide. Tu veux peut-être que j'aille te chercher une échelle ?

Ne lui prêtant aucune attention, il examinait le singe et lui expédiait des coups de pied. La jeune femme se laissa choir du rocher en s'écorchant la peau des reins. Au moment où elle allait ouvrir la bouche, une troupe d'hommes émergea du dédale de pierre. À leur tête venait frère Gilbert qui l'avait poussée à se confesser publiquement. Il ne portait plus la bure mais des vêtements ordinaires. Parmi ceux qui le suivaient, Marion reconnut plusieurs moines entrevus dans les différentes maisons-Dieu où la colonne avait fait halte. Elle identifia notamment, le cellérier de Paragon. Que faisaient-ils là ? La bête ne les avait donc pas jetés dans le vide ? Son instinct lui souffla que les moines de Venzôme étaient également présents. L'incompréhension la rendit muette.

— Emparez-vous d'elle ! clama une voix qui était celle de Mazolas de Caradoz, le prieur de Venzôme. Elle nous a causé assez d'ennuis comme ça.

Avant que la jeune femme ait eu le temps d'esquisser un mouvement de fuite, les ex-moines s'étaient abattus sur elle pour la garrotter. Elle n'eut pas la force de se défendre. Mazolas de Caradoz s'approcha du singe et hocha la tête avec contrariété.

— C'est vraiment dommage, maugréa-t-il. Une bête qui nous a coûté si cher. À quoi servira la femelle à présent ? Tu sais bien que notre maître ne veut que des couples. Était-il nécessaire de la tuer pour sauver cette fille sans valeur ? Tu aurais dû laisser le singe l'étrangler. C'était lui le plus important. Nous aurions pu le piéger.

— Il y a un mois que vous vous y essayez en vain ! lâcha sèchement Malestrazza. Depuis qu'il a brisé sa cage, il ravage la contrée. Il a mis en pièces tous vos prétendus pièges. C'est un miracle qu'il n'ait pas réussi à nous assassiner. Il avait déjà attiré sur nous l'attention des inquisiteurs, ça ne pouvait pas continuer. Tôt ou tard il serait descendu dans la vallée, les autorités auraient ordonné une battue. Ni vous ni moi n'avons intérêt à ce que l'armée passe la montagne au peigne fin, *n'est-ce pas ?*

Caradoz baissa la tête. Avant de s'éloigner, il se baissa pour caresser la fourrure du singe, comme s'il regrettait d'abandonner un tel monstre sans sépulture.

— N'empêche, marmonna-t-il. Sans le mâle il n'y a plus de couple. Le maître sera mécontent. Il tenait à ces gorilles.

Malestrazza haussa les épaules. Les « moines » entraînèrent Marion sans la ménager. Ils avaient perdu leur masque d'urbanité et se comportaient comme des soudards. Dans un creux de roche, les pérégrins attendaient, accroupis, tous enchaînés par le col, à la façon des prisonniers de guerre. Mahaut et Constance de Hurault étaient là, elles aussi. Et tous ceux qui avaient suivi Malestrazza en quittant Paragon. Marion s'abattit dans la poussière à leurs côtés sans rien comprendre à ce qui lui arrivait. La grosse Mahaut faisait piteuse figure. Constance, elle, semblait résignée.

Profitant de ce que les hommes s'en allaient rejoindre Mazolas de Caradoz, Marion rampa vers les deux femmes.

— Que signifie tout ceci ? chuchota-t-elle. Que font les moines ? Pourquoi se conduisent-ils de cette façon ?

— Ma pauvre petite, murmura Constance. Je crois que nous sommes tombés dans un piège. Ce passeur est une canaille, je pense qu'il a l'intention de nous vendre aux Barbaresques. L'autre versant de cette crête descend en pente douce vers la mer. C'est là qu'on nous emmène. Les bateaux des Maures nous attendront dans une crique et l'on nous y fera grimper pour être vendus comme esclaves en Orient.

« Voilà pourquoi les pèlerins disparaissent, songea Marion. À mi-route, on les livre aux marchands d'esclaves. C'est également la raison pour laquelle Malestrazza choisit les plus résistants. Il veut qu'ils survivent à la traversée. »

Elle se tortilla pour s'asseoir. Mahaut pleurait silencieusement. Les larmes avaient laissé des traces blanches dans la poussière qui lui maculait les joues. Plus bas, sur le sentier, Marion distingua un curieux alignement de mules remorquant des cages posées sur des charrettes. Ces cages contenaient des animaux bizarres qu'elle n'avait jamais vus auparavant.

— Qu'est-ce là ? demanda-t-elle à la baronne.

— Des bêtes de ménagerie, sans doute, soupira Constance. C'est la grande mode en ce moment. Chaque seigneur veut pouvoir s'enorgueillir de posséder un jardin naturel peuplé d'animaux lointains, inconnus chez nous. D'après ce que j'ai compris, plusieurs cages ont versé en franchissant un col. Les barreaux se sont brisés et certaines bêtes ont pris la fuite. Le singe qui a failli te tuer faisait partie de ces évadés.

Marion hocha la tête. C'était de là que provenait la licorne. Un convoi... Un convoi de bêtes sauvages comme en exhibent parfois les forains.

« Tout de même, songea-t-elle, quelque chose ne fonctionne pas... Ces animaux viennent d'Orient. Pourquoi les mènerait-on en France si le but de toute cette machination est de nous faire voguer vers Alger ? Il aurait été plus simple de les laisser là-bas. »

C'était illogique.

— Tout s'est passé très vite, continua Constance de Hurault. La nuit qui a suivi notre départ de Venzôme,

Malestrazza nous a fait camper à la belle étoile. Nous étions à peine endormis que les faux moines nous sont tombés dessus pour nous ligoter.

— Ils sont donc tous complices ? s'étonna Marion. Tous les moines de toutes les maisons-Dieu ?

— Je crois qu'il n'y a que ceux-là, murmura la baronne en désignant le groupe d'hommes d'un coup de menton. Nous avons toujours eu affaire aux mêmes personnes, d'une abbaye à l'autre. Tu ne comprends pas ? Ils se déplaçaient au fur et à mesure que nous avancions. Dès que nous quittions une maison-Dieu, ils vidaient également les lieux et se précipitaient par des raccourcis vers la prochaine bâtisse où nous devions faire halte. C'est pour cette raison que Malestrazza nous imposait tous ces détours, ces nuits dehors, pour leur donner le temps de s'installer dans les lieux et de se grimer pour nous donner la comédie.

— *Toujours les mêmes ?* balbutia Marion.

— Oui, voilà pourquoi, à la fin, ils ne quittaient plus leurs cagoules et restaient muets. Ils ne voulaient pas courir le risque d'être reconnus. Ils ne sont qu'une poignée, alors il leur a fallu se montrer rusés et jouer tous les rôles. Les bergers bossus de la première halte, c'étaient eux, également. Ils se déplacent rapidement, et se déguisent à merveille.

— Mais pourquoi ?

— Je ne sais pas. Une chose est sûre : ils tenaient à nous faire croire que nous empruntions la route officielle du pèlerinage. J'ignore ce qu'ils ont fait des vrais moines. Car il a bien fallu qu'ils s'en débarrassent pour s'emparer des maisons-Dieu, n'est-ce pas ?

Marion songea aux bizarreries de Venzôme, à la galerie en trompe-l'œil, aux livres factices... Une autre explication lui vint à l'esprit.

— Ils nous ont dupés, siffla-t-elle. Nous ne nous sommes jamais arrêtés dans les vraies maisons-Dieu décrites dans le codex des routes.

— Comment cela ?

— Dès le début nous nous sommes éloignés de la route officielle, rappelez-vous, sous prétexte de nous endurcir et de mériter les bienfaits de saint Gaudémon. En réalité, Malestrazza s'appliquait à nous faire perdre le sens de l'orientation. La fatigue l'y a aidé. Quand il nous faisait redescendre, le soir venu, vers la route officielle pour nous reposer à l'abri des maisons-Dieu, il nous menait en réalité vers d'autres bâtisses, construites à l'image des vrais refuges. Des doubles ! Des copies approximatives ! Nous n'avons jamais cessé de nous éloigner de la route officielle du pèlerinage. À aucun moment nous n'avons pris la direction du sanctuaire de saint Gaudémon. Nous lui tournons probablement le dos. Le chemin qu'on nous a fait suivre est un leurre, un mirage. Les maisons-Dieu étaient de fausses maisons-Dieu, les moines de faux moines grimés pour ressembler aux frères recensés et décrits dans le codex des routes.

Elle s'animait, et Constance la supplia de baisser la voix.

« Oui, songea-t-elle, c'est ainsi que les choses se sont passées. Voilà pourquoi je trouvais les bâtiments déserts lorsque je revenais sur mes pas. Les moines n'avaient pas été tués, ils étaient simplement partis en hâte, oubliant d'éteindre les chandelles. J'ai cru qu'on les avait jetés dans le vide alors qu'ils se laissaient probablement glisser du surplomb pour rejoindre un chemin de muletier qu'on ne pouvait voir d'où je me tenais. La brume m'a confortée dans mon erreur. J'ai vu un précipice là où serpentait en fait une corniche... »

Elle essayait de s'adapter aux nouvelles données du problème. Les événements avaient pris un tour imprévu et elle aurait voulu deviner ce qui allait maintenant leur arriver. Mahaut reniflait dans son coin, le visage bouffi par les larmes. Constance de Hurault restait digne et lointaine, comme à son habitude.

— Vous ne semblez guère inquiète, lui lança Marion, peut-on connaître la raison de votre sérénité ?

— Oh ! C'est simple, soupira la baronne. Je me dis que je ne pouvais rêver meilleur châtiment. Les souffrances du pèlerinage étaient trop douces pour moi, il me fallait expier plus durement. Être vendue comme esclave est sans doute la plus belle punition qu'on puisse imaginer pour une fille de la noblesse habituée à vivre entourée de servantes.

Marion haussa les épaules. Elle n'avait aucune envie de capituler. Le chemin était long jusqu'à la mer, elle trouverait bien d'ici là l'occasion de s'échapper.

Les « moines » abrégèrent leur conciliabule et reformèrent la colonne. On commanda aux prisonniers de se relever. Marion dut prendre sa place dans la file. On lui avait passé au cou un collier de fer qu'une chaîne reliait à celui de Constance. Il fallait soigneusement calquer son pas sur celui des voisins si l'on ne voulait pas se retrouver étranglé par le cercle de métal. Quand l'un tombait, il entraînait les autres à sa suite. On pouvait aisément se briser la nuque à ce petit jeu, ou du moins se retrouver la gorge à vif, sciée par la morsure du collier.

Les mules tiraient les cages, provoquant l'angoisse et la colère des bêtes enfermées derrière les barreaux. Parfois, l'un des fauves lançait la patte à l'extérieur, essayant de griffer le moine qui conduisait l'attelage. Marion ne cessait de se demander si cette mascarade avait un sens ou si elle était tombée entre les mains d'une bande de fous ?

« J'ai été idiote, se répétait-elle. J'aurais dû me douter de quelque chose lorsque Denunzio a parlé des chemins qui se déplaçaient pendant la nuit. Des maisons-Dieu qui changeaient de place... Il avait perçu les anomalies du parcours. Instinctivement, il avait senti que la route que nous suivions n'était pas la bonne même si la présence des gîtes d'accueil semblait prouver le contraire. »

Le brouillard persistant avait aidé à la supercherie, empêchant les marcheurs de prendre des repères.

« De toute manière, songea la jeune femme, nous étions tous trop épuisés pour nous permettre d'être méfiants. Nous avons suivi Malestrazza comme des moutons. »

La présence des fausses maisons-Dieu avait rassuré tout le monde. Si elles étaient là, à chaque halte, c'est qu'on ne déviait pas du bon chemin. Marion elle-même, bien qu'elle eût souvent consulté les codex des routes, avait été dupe, comme les autres, de ces décors approximatifs. Sa méfiance ne s'était éveillée qu'à Venzôme, avec l'affaire de la galerie interdite.

C'est la raison pour laquelle le vitrail amené par le petit Jehan n'entrait pas dans la découpe de la fenêtre ! réalisa-t-elle. En construisant cette réplique de la vraie abbaye, les moines ont été contraints de réduire les proportions. La fausse fenêtre était donc plus étroite que la vraie ! »

Était-ce pour cette raison qu'on avait poussé l'apprenti dans le vide ? Parce qu'il avait découvert la supercherie ? Probablement.

« Il a dû commettre l'erreur de déclarer à Mazolas de Caradoz que les dimensions ne correspondaient pas au plan, pensa Marion. Ou bien il a enjambé le rebord de la fenêtre pour examiner la bibliothèque de plus près, et il a constaté que tout était faux, même les perspectives. »

Quoi qu'il en soit, le prieur avait jugé trop dangereux de le laisser en vie et avait tranché la corde soutenant la nacelle dès que le verrier avait repris sa besogne.

Elle explora le paysage du regard. Où se trouvait-on ? Sûrement fort loin de la vraie route menant au sanctuaire de saint Gaudémon. Personne n'irait jamais les chercher en un tel endroit. C'était ainsi que les pèlerins s'évanouissaient dans la nature. Malestrazza était cependant assez malin pour ne pas livrer chacune des colonnes placées sous sa responsabilité aux Barbaresques. La plupart du temps, il faisait scrupuleusement son travail de guide, et ne s'éloignait guère de la route officielle. Mais parfois, lorsque les Maures lui passaient commande, il détournait un groupe de pérégrins soigneusement choisis et l'amenait aux marchands d'esclaves. La proportion de disparus restait donc faible en comparaison des centaines de pèlerins qu'il menait chaque année jusqu'au sanctuaire de saint Gaudémon et qui, en cas de nécessité, pouvaient témoigner de son honnêteté. Combien en « perdait-il » ? Cinq pour cent ? C'était acceptable compte tenu de la difficulté du chemin et des dangers d'un tel voyage. Personne ne pouvait réellement lui en faire grief.

À cause de cette fourberie Yolande n'était jamais rentrée à la maison... On l'avait vendue à un seigneur africain. Depuis deux ans, elle était prisonnière de quelque harem perdu au cœur des sables. Marion avait entendu dire que les Maures raffolaient des filles blondes aux yeux clairs. Elle allait connaître le même sort. Jamais elle ne reverrait le royaume de France.

On fit halte au sommet d'un col, car les mules renâclaient. Dans leurs cages, les bêtes fauves avaient froid. Elles frissonnaient en regardant peureusement autour d'elles. Mazolas de Caradoz donna l'ordre de couvrir les barreaux avec des draps de laine afin que les animaux n'attrapent point mal. Il semblait plus préoccupé de leur santé que de celle des humains. Marion en profita pour arracher des lambeaux de tissu à sa robe et en garnir le collier de fer qui lui blessait la gorge. Caradoz s'approcha des captifs et déclara :

— Je comprends ce que vous éprouvez, de la peur, de l'angoisse. Mais vous êtes dans l'erreur. Nous ne vous voulons aucun mal. En réalité, bien que vous ne vous en rendiez pas compte, nous sommes vos sauveurs. Oui, je le répète, nous venons de vous sauver la vie. La mort vous menaçait. Une mort terrible, affreuse. Grâce à nous, vous allez survivre. Vous allez faire partie des élus. Si vous vous montrez digne de notre confiance, si vous vous appliquez à ne point démériter, vous prendrez place dans la légion des survivants. Ne nous considérez pas comme des ennemis. Dans quelque temps, vos yeux se dessilleront, les croûtes vous tomberont des paupières et vous comprendrez. Pour le moment, je ne puis vous en dire plus. Il ne m'appartient pas de vous dévoiler les destinées du monde. Notre maître s'en chargera. Ayez confiance. Vous êtes sur la bonne voie. Soyez fiers d'avoir été choisis.

Les captifs s'entre-regardèrent, frappés d'incompréhension. Cet homme était-il fou ? Il vous chargeait de chaîne, vous convoyait comme un esclave et vous suppliait de le remercier ?

Marion ne s'en étonna guère. Elle savait les hérésies fort courantes. Le massacre des cathares du Languedoc avait conduit les schismatiques à opter pour la clandestinité. Des cultes mystérieux fleurissaient çà et là, des églises inspirées par des cultes orientaux, Isis, Mithra... des idoles dont on connaissait mal les exigences et les coutumes.

Quand Mazolas de Caradoz fut descendu de son rocher, les « moines » passèrent parmi les prisonniers pour distribuer de la nourriture. Ils avaient mis de côté leurs manières de soudards et souriaient benoîtement en invitant tout le monde à la sérénité. Marion eut la surprise de voir Malestrazza s'avancer vers elle. Il s'agenouilla dans les cailloux et lui tendit une boîte en corne qui contenait une pommade.

— Mets-en sur ton cou, dit-il, ça calmera l'irritation du collier.

La jeune femme fut sur le point de le remercier, et se mordit la langue en se traitant d'idiote. Elle cueillit une noisette de crème, s'en massa la gorge, puis tendit le récipient à Constance de Hurault qui, sans l'utiliser, le passa à Mahaut.

— Ah, c'est vrai, ricana le guide, j'oubliais que notre amie la baronne ne veut s'épargner aucune souffrance.

Se retournant vers Marion, il s'adressa à elle comme si les autres n'existaient pas, ce qui mit la jeune femme dans une position fort gênante. Elle détestait qu'il la distinguât ainsi, faisant d'elle une interlocutrice privilégiée. Tous les regards s'étaient posés sur elle. Bientôt on allait s'imaginer qu'elle allait succéder à Mahaut dans la couche du beau guide. On la mépriserait d'obtenir ainsi de menues faveurs, de monnayer son ventre pour alléger sa condition de prisonnière.

— J'ai cru plus d'une fois que tu avais tout compris, dit Malestrazza. Tu avais le regard trop fureteur. Et puis tu consultais sans arrêt le codex des routes. Je ne cessais pas de me répéter que tu avais remarqué quelque chose. (Il fit une pause et ajouta :) Je ne voulais pas t'emmener avec moi. C'est Mazolas qui a insisté. Nous savions que tu étais une espionne de la congrégation, mais t'écarter aurait attiré l'attention sur nous.

— Pourquoi avoir choisi les pèlerins de saint Gaudémon ? demanda Marion.

Malestrazza haussa les épaules.

— Pour une raison toute bête, répondit-il. À cause

des cagoules dont s'affublent les moines de l'ordre. Pour nous, elles représentent un accessoire commode. Nous ne sommes pas nombreux et elles permettent aux frères de jouer plusieurs rôles sans courir le risque d'être découverts. Nous essayons de reproduire le plus possible ce qui se passe dans les vraies maisons-Dieu. Si un prieur est assez célèbre pour que son effigie figure dans le codex, nous grimons l'un des nôtres de manière qu'il lui ressemble. Tu as compris tout cela.

— Oui, siffla Marion. Mais à Venzôme, vous avez commis une erreur. La taille de la fenêtre.

— C'est vrai, avoua Malestrazza. Venzôme est notre point faible. L'abbaye est trop riche, nous n'avions pas les moyens d'en bâtir une copie fidèle. Il a fallu truquer, rapetisser, avoir recours aux illusions de la peinture. Quand une tempête a brisé le maître vitrail de la vraie maison-Dieu, il a bien fallu nous résoudre à casser celui de la copie. Surtout lorsque nous avons appris qu'un verrier s'était joint à la colonne pour le réparer. Comme pour toi, l'écarter du pèlerinage aurait paru suspect. Il fallait le laisser venir.

— Vous l'avez assassiné, cracha la jeune femme.

— Pas moi, corrigea doucement le guide. Mazolas. Moi, je ne tue jamais personne, je me contente de guider les élus. Je suis un sauveur. Et puis tout cela a peu d'importance. Dans quelque temps des millions de gens vont mourir. Alors un de plus ou un de moins...

— Et le singe, la licorne? lança Marion. Que comptez-vous en faire?

— Tu l'apprendras bientôt, dit Malestrazza. Toutefois, la licorne était fausse. Ce n'était qu'une jeune jument sur le front de laquelle on avait fixé une corne de narval au moyen d'un artifice... Le trafiquant qui nous l'a vendue a essayé de nous berner.

— Est-ce vous qui avez tué Andrésis?

— Les moines de Mazolas s'en sont chargés. Ton

charretier les a surpris au moment où ils capturaient l'animal. La fausse corne leur était restée dans les mains au cours de la manœuvre. Ils ont agi sans réfléchir, parce qu'ils se croyaient découverts et qu'ils ne voulaient pas laisser de témoin. Ils ont poignardé Andrésis avec la défense de narval, qui s'est brisée. C'est tout. Ces animaux échappés nous ont causé bien du souci. Le gorille, surtout. La solitude le rendait fou, il s'en prenait à tous ceux qui croisaient son chemin. C'est lui qui effrayait ton cheval quand le vent amenait son odeur jusqu'au campement.

Ayant vu Mazolas de Caradoz regarder dans sa direction, le guide se redressa.

— Ayez confiance, fit-il avant de s'éloigner. Votre salut est au bout du chemin. C'est une grande chance qui vous est offerte. Beaucoup voudraient être à votre place.

Le prieur ayant donné le signal du départ, on se remit en marche. Marion remarqua qu'on ne redescendait pas vers la mer. Bien au contraire, on ne cessait de monter vers les sommets. L'hypothèse des Barbaresques semblait désormais peu crédible. Si on ne comptait pas les vendre comme esclaves pourquoi les emmenait-on tout en haut du monde ?

Plus ils avançaient, plus la température descendait. À travers la brume, la jeune femme distinguait déjà la neige dont les versants étaient couverts.

« Bientôt nous y enfoncerons jusqu'aux chevilles, pensa-t-elle. Ces fous vont nous faire périr de froid. »

# CHAPITRE QUINZE

C'était un autre monde dont, jamais, Marion n'avait soupçonné l'existence. Un paysage dont la beauté n'avait d'égale que l'hostilité. La neige parait les choses d'une enveloppe irréelle. D'un seul coup, les arêtes, les saillies, les crêtes, toutes les aspérités du chemin disparaissaient sous une couche moelleuse qui donnait envie de se laisser aller, de se blottir dans un nid de blancheur. Il ne fallait pas longtemps, hélas, pour se rendre compte que cette même beauté vous mordait les pieds, que le vent vous pénétrait la chair jusqu'aux os. C'était une beauté mortelle, qui n'admettait pas la présence de l'homme et s'appliquait à le tuer s'il commettait l'erreur de pénétrer sur son territoire.

Soudain, la jeune femme crut qu'elle perdait l'esprit. Devant elle, coincé entre deux crêtes rocheuses, elle venait d'apercevoir un bateau... Une grosse coque de bois, une épave échouée au sommet du monde, comme si le Déluge l'avait drossée là, contre d'anciens récifs qui, au fil des siècles, les eaux se retirant, s'étaient changés en montagne. Elle se frotta les yeux, mais l'hallucination persistait. Des cris de stupeur éclatèrent dans son dos. Elle en fut rassurée, ils impliquaient que ses compagnons de chaîne avaient, eux aussi, perçu l'étrange spectacle.

Pendant quelques minutes Marion cessa d'éprouver les effets du froid. La curiosité, l'étonnement, abolirent ce qui l'entourait. Tout, sauf l'incompréhensible navire échoué, empalé sur la cime qui lui faisait face. Se pouvait-il qu'un jour, en des temps reculés, le niveau de la mer soit monté à une telle hauteur? Était-ce la dépouille de l'Arche de Noé elle-même?

Elle se mit à claquer des dents, saisie d'une terreur mystique. Le bateau dominait l'abîme, coincé entre deux crêtes, bravant le vent et la neige qui s'engouffraient dans sa coque crevée. Sous sa quille s'ouvraient les précipices constituant la vallée. Était-ce bien la nef grâce à laquelle l'humanité, la faune et la flore avaient survécu au déluge? La jeune femme avançait, les yeux plissés, scrutant la carcasse à travers le tourbillon des flocons. Elle imaginait les survivants du désastre quittant lentement les flancs de l'épave pour regagner la vallée une fois les eaux retirées. Elle les voyait, sortant par couples, elle...

Brusquement, les paroles prononcées par Mazolas de Caradoz fusèrent dans sa mémoire. Qu'avait-il dit en contemplant la dépouille du gorille? « Tu sais bien que le maître ne veut que des couples... » Oui! c'était cela même. Elle prit soudain conscience que les bêtes véhiculées par la caravane de mulets allaient toutes par deux.

« Mon Dieu! pensa-t-elle. Ce n'est pas l'épave d'une arche que tu es en train de contempler, *c'est une arche en construction!* Elle n'est pas terminée, voilà pourquoi il y a des trous dans la coque. »

Mais oui! Mazolas de Caradoz et ses complices construisaient dans la montagne, à l'insu du reste du monde, une réplique de l'Arche de Noé, en prévision d'un nouveau déluge. Ils la remplissaient, d'hommes, de femmes et d'animaux, comme leur illustre prédécesseur l'avait fait bien avant eux. Voilà pourquoi ils veillaient à ce que les bêtes allassent par couples : elles devraient se reproduire et repeupler la terre après le raz-de-marée.

Au fur et à mesure que la colonne se rapprochait du pic, il devenait évident que le navire n'était point échoué mais calé au centre d'un réseau d'échafaudages et d'étrésillons. En dépit des flocons, des hommes travaillaient sur la charpente, emmitouflés dans des peaux de bique, encordés pour ne pas tomber dans le vide. C'était un chantier malcommode, dangereux, qu'une avalanche pouvait à tout moment balayer.

Les dimensions de l'arche paraissaient considérables. Un tel projet avait dû amener les bûcherons à raser bien des forêts.

La tempête grossissant, Marion dut baisser la tête. Elle grelottait dans le vent glacé et ne parvenait plus à empêcher ses dents de claquer.

On les poussa soudain vers ce qu'elle prit pour une caverne, mais qui se révéla une maison sans fenêtres engloutie par la neige. L'abri se composait d'une immense salle commune que des toiles tendues sur des châssis divisaient en quartiers. Il y régnait une chaleur alourdie par les remugles de la crasse et du sommeil. Trois enclos y avaient été ménagés pour parquer les chèvres, les mules, ainsi qu'une demi-douzaine de vaches. L'absence d'ouverture sur l'extérieur maintenait une chaleur constante. Marion se rappela que les Vikings procédaient de cette manière : ils recouvraient de terre le toit de leur demeure avant d'y faire pousser de l'herbe, ainsi, de loin, l'ennemi ne pouvait les repérer.

Elle fut si heureuse de se réchauffer qu'elle oublia vite les odeurs. Les moines, redevenus aimables, délestèrent les prisonniers de leurs chaînes. Du charbon de terre brûlait dans la grosse cheminée centrale. Les marcheurs se bousculèrent pour s'en approcher. Quand ils furent assis dans le halo des flammes, les moines distribuèrent de la soupe, du pain. Marion examina les lieux. Des couchettes de planches superposées se dressaient contre les murs, à la manière d'un échafaudage. Des paillasses remplies d'herbe séchée tenaient lieu de matelas. Les paravents de toile séparaient le quartier des hommes de celui des femmes. Le plafond était fort bas, la lumière rare. Les occupants qui dormaient lorsque les captifs avaient fait leur entrée, s'étaient relevés et se tenaient assis au bord des couchettes, les jambes dans le vide.

Quand il jugea que les marcheurs avaient suffisamment recouvré leurs esprits, Mazolas de Caradoz prit la parole.

— Ici, vous ne porterez pas de chaînes, annonça-t-il. Jamais plus vous ne serez entravés. Il est temps de dire les choses telles qu'elles sont. Vous n'êtes point nos prisonniers. En vous forçant à venir jusqu'ici nous vous avons sauvé la vie. En résistant aux épreuves que vous a infligées Malestrazza, notre recruteur, vous avez prouvé que vous êtes du bois dont on fait les survivants. Vous avez gagné le droit d'être avec nous, et, peut-être, de faire partie de notre équipage.

— Le bateau ! cria quelqu'un. À quoi sert-il ? Quelle est cette diablerie ?

Mazolas leva les mains pour réclamer le silence.

— Il n'y a pas la moindre diablerie là-dedans, dit-il. Certains d'entre vous l'ont sûrement déjà compris : nous construisons une arche pour nous préparer au prochain déluge. Des signes sont apparus dans le ciel, annonçant que la catastrophe est imminente. Notre maître à tous, Noctus, a été prévenu en songe de ce péril qui coûtera la vie aux deux tiers de l'humanité. Grâce à lui, quelques-uns survivront, vous serez de ceux-là si vous travaillez avec diligence à la construction de l'arche. C'est une chance inespérée qui vous est offerte. En bas, les vallées seront noyées, et les plaines, et les basses collines. Grâce aux rêves dont notre maître a bénéficié, nous avons pu déterminer à quelle altitude bâtir précisément l'arche. Car les fleuves déborderont, et les océans. Il pleuvra des mois durant, jusqu'à ce que toutes les eaux mêlées montent jusqu'ici pour venir caresser la quille du vaisseau. Alors l'arche se mettra à flotter, d'elle-même, permettant aux élus de survivre.

Il murmurait maintenant, le regard perdu, fixant un spectacle invisible qui le remplissait de béatitude. Agenouillés près du feu, les marcheurs l'écoutaient, les yeux écarquillés tandis qu'en séchant, leurs vêtements libéraient une vapeur nauséabonde.

— Nous ne retiendrons personne de force, reprit Mazolas. Ceux qui refuseront d'être sauvés pourront repartir librement la veille du déluge. Je ne les empêcherai pas de regagner la vallée pour s'y noyer, s'ils le désirent. Mais je vous demande de bien réfléchir avant de prendre cette décision. Le péril est proche. Noctus, lui-même, vous l'expliquera. Vous n'aurez pas de seconde chance. Cette neige qui tombe au-dehors est l'annonce des averses diluviennes qui suivront. Il pleuvra tellement que les poissons sortiront des rivières pour nager dans les airs sans être incommodés. Les hommes se noieront dans les rues des villages, à force d'ouvrir vainement la bouche pour tenter de respirer. Le niveau des fleuves ne cessera plus de grimper, les puits, les sources, les mares bouillonneront, la moindre flaque deviendra océan.

Il continua ainsi un long moment, tantôt rugissant, tantôt chuchotant. Il parlait bien, et les pèlerins se laissaient prendre à ses visions. Dans la semi-obscurité de la maison sans fenêtres, ses évocations prenaient un relief saisissant qui poussait les moins crédules à se signer ou à se cacher le visage dans les mains. Les moines, qui avaient pourtant dû entendre ces prophéties des milliers de fois, hochaient la tête en l'écoutant. Même Mahaut semblait touchée par la révélation, les mains serrées sur la poitrine, elle marmonnait d'inaudibles prières.

Mazolas de Caradoz finit par s'éveiller de sa transe. La fatigue lui tirait les traits.

— Reposez-vous, lâcha-t-il. Demain je procéderai à la répartition des tâches, le temps presse et l'arche n'est pas encore terminée. Il y va de notre survie à tous. Mangez, dormez, dès l'aube il vous sera beaucoup demandé.

Il esquissa une rapide bénédiction et sortit, suivi des frères. Un long silence s'installa, personne n'osant parler le premier. Enfin, un homme barbu, aux cheveux gris, se laissa glisser de son lit de planches. Il s'appelait Matthieu, il était charpentier de marine. Il était là depuis trois ans, lui aussi victime des pièges du pèlerinage truqué. Alors les questions fusèrent, formant un effrayant brouhaha que l'artisan fit cesser en levant le poing.

— Je vais vous dire ce que je dis à tous ceux qui arrivent, fit-il avec lassitude. Le travail est dur. Il faut descendre sur les pentes abattre les arbres, puis remonter les troncs jusqu'ici. C'est dangereux, épuisant. Il y a beaucoup d'accidents. Voilà pourquoi il leur faut toujours de nouveaux travailleurs. Ensuite, on débite les planches et l'on s'attaque à la coque. Là, il faut besogner au-dessus du vide, sur des échafaudages branlants. Un faux pas, et c'est la chute dans le précipice. Certains y arrivent, d'autres pas. Ça, c'est le travail des hommes. Les femmes, elles, auront à s'occuper des animaux, car la ménagerie est installée à l'intérieur du bateau, à la hauteur du deuxième pont divisé en stalles et en cages. Ça aussi, c'est dangereux.

La plupart des bêtes sont sauvages, elles supportent mal d'être enfermées, et elles ont le coup de patte facile. On se fait vite arracher un bras à ce jeu-là.

Il parlait les yeux baissés, avec une hargne sourde qu'il s'évertuait à dissimuler.

— Je ne suis pas moine, grommela-t-il. Alors je ne sais que dire au sujet du prétendu déluge qui nous guette. Ici, certains y croient, d'autres pas. On ne cesse de nous raconter que nous sommes les futurs survivants du monde englouti, mais, en attendant, beaucoup seront morts avant d'être grimpés sur ce foutu navire.

— Ne blasphème pas ! cria une grosse femme la tête ceinte d'un fichu gris. Moi j'ai confiance, je sais que Noctus nous sauvera tous.

D'autres voix retentirent, approuvant l'intervention de la matrone. Le charpentier haussa les épaules. Il avait les mains noueuses, couturées de cicatrices, avec des ongles plus épais que les griffes d'un ours.

— Est-ce vrai qu'on nous laissera libres de partir si nous ne voulons pas monter dans l'arche ? demanda Constance de Hurault.

— Peut-être, si vous êtes encore en vie à ce moment-là, soupira Matthieu. Faut pas vous faire d'illusion, ma petite dame. Sans guide, c'est presque impossible de retrouver le chemin de la vallée. Quand la neige recouvre tout, les sentiers disparaissent, on se met à tourner en rond. Ceux qui ont essayé de s'enfuir sont morts de froid, ou bien une avalanche les a emportés. Et puis il y a les crevasses, les ours, les loups. Les moines n'ont pas besoin de poster des sentinelles, les bêtes sauvages sont tout aussi efficaces. Vous les entendrez gratter à la porte, la nuit, quand l'odeur de la nourriture les attire.

— Ne l'écoutez pas, intervint une nouvelle fois la matrone. C'est un défaitiste, un mécréant. Si nous n'avions pas besoin de ses lumières, il y a belle lurette que Noctus l'aurait renvoyé d'où il vient !

En guise de réponse, le charpentier cracha dans le feu.

— Encore une chose, marmonna-t-il. Comme vous avez pu vous en rendre compte, hommes et femmes dorment ici côte à côte. Les moines ne montent pas la garde, et je sais que certains gaillards se frottent déjà les mains en songeant aux belles parties de bête à deux dos qu'ils vont s'offrir. Je leur dis : ne vous réjouissez pas trop vite. Lurons et luronnes doivent savoir la règle qui nous gouverne avant de se glisser dans le même lit pour forniquer à leur aise. Le nombre des survivants a été déterminé, fixé, par Noctus lui-même. Il ne variera pas. Le vaisseau ne peut être surchargé si l'on veut qu'il flotte. De plus, il y a la question des vivres. Tout cela a été scrupuleusement calculé une fois pour toutes. Il est donc admis qu'on n'emmènera que les plus jeunes, et que chaque nouvelle naissance condamnera un adulte à rester à quai, si je puis m'exprimer ainsi. Un bébé qui naît, c'est donc un ancien qu'on prive de sa chance de survie. Tout cela pour vous recommander de ne pas copuler comme des lapins.

— Il appartient à Noctus de former les couples de survivants, lança la matrone. C'est lui qui décide d'apparier mâles et femelles selon les qualités et les défauts qu'il repère en eux. Personnellement je veillerai à ce qu'on ne couchaille point à tort et à travers dans cette maison, et je n'hésiterai pas à frictionner à la neige les dévergondées qui auront le feu au derrière !

— Tout ça, c'est parler pour ne rien dire, coupa Matthieu. Le soir vous serez si fatigués que vous n'aurez plus qu'une envie : dormir.

La discussion continua sur le même ton, le charpentier et la matrone se querellant. La mégère, qui s'appelait Perrine, reprochait à Matthieu sa tiédeur. Elle était, elle, convaincue du bien-fondé des prophéties du mystérieux Noctus. Quand Marion essaya d'en savoir plus au sujet de ce personnage, Perrine murmura d'une voix étrange :

— Il n'est pas de notre monde. C'est un ange. Un ange à qui l'on a coupé les ailes. Il est venu pour nous sauver, mais il est fragile. Si fragile.

Sur ce, on décida de dormir.

Marion, Mahaut et Constance gagnèrent le quartier des femmes, derrière la frontière des paravents, et se virent attribuer des couchettes grinçantes qui sentaient la sueur. Des peaux de biques tenaient lieu de couvertures. Perrine expliqua que le travail des filles consistait également à fabriquer des vêtements chauds à partir des fourrures ramenées par les chasseurs.

— On piège de tout, souffla-t-elle. Du loup, du renard, mais aussi de l'ours, parfois. Tout autour du campement il y a des fosses avec des pieux pointus plantés dans le fond. Faut connaître leur emplacement, sinon on est bon pour s'empaler dessus.

Marion comprit l'avertissement. « Celle-là ne tient pas à favoriser notre évasion, songea-t-elle. Il faudra se le rappeler. »

La fatigue ne lui laissa pas le temps d'y réfléchir, et, sitôt dépouillée de ses vêtements humides, elle sombra dans le sommeil, indifférente aux ours qui frappaient à la porte, aux loups en maraude et aux apocalypses imminentes.

Le lendemain, Matthieu le charpentier donna le signal du réveil alors qu'il faisait encore nuit noire. La grande Perrine distribua des bols de soupe et des morceaux de pain tranchet dur comme la pierre. On s'habilla pour affronter le froid. Des gambisons bourrés d'étoupes, des gilets en peau de lapin, firent office de carapace. Tous ces habits puaient la crasse et la misère des corps poussés à leur dernière extrémité. En les enfilant, Marion se demanda combien de « survivants » avaient déjà péri sur le chantier de l'arche. Perrine rassembla son monde devant la longue maison enterrée pour dire une prière de remerciement à Noctus. Elle apprit aux nouveaux les mots à retenir, puis l'on se sépara. Les hommes d'un côté, les femmes de l'autre.

Mahaut, Constance et Marion s'essoufflaient, les poumons brûlés par le froid des hauteurs. Le gel, en leur insensibilisant les pommettes, leur donnait l'impression de porter un masque de bois.

— Faut pas trop s'éloigner, radota Perrine. Les fosses à ours ne sont pas loin. Apprenez à repérer votre chemin. D'abord on va relever les pièges. Ensuite on videra les bêtes, et puis...

Elle énuméra une liste de corvées allant de la préparation de la soupe au tannage des peaux.

— Ne lambinez pas, damoiselles, siffla-t-elle, la besogne est copieuse et les journées sont courtes.

Marion essaya de s'orienter, en vain. Le brouillard et la neige réduisaient tout espoir de fuite à néant.

Alors qu'elle aidait Perrine à écarter les mâchoires d'un piège, elle céda à une impulsion et demanda :

— Ma sœur Yolande est peut-être passée par ici. T'en souviens-tu ? Une grande fille blonde, jolie. Je lui ressemble un peu. Elle a disparu au cours du pèlerinage.

Le visage de la matrone se ferma. Pour la première fois depuis le lever du jour, elle laissa paraître un réel mécontentement.

— Ho ! *Celle-là !* dit-elle entre ses dents.

Et quand Marion insista, elle grogna :

— Tu n'auras qu'à demander à Noctus. C'est lui notre maître à présent, c'est lui qui détient les réponses.

Les pièges réamorcés, elles firent une pause sur le plateau, face au vide. Perrine évoqua encore une fois le bouillonnement des eaux lancées à l'assaut des versants. Elle pointait le doigt pour montrer les niveaux successifs de l'inondation. Elle haletait et son regard avait pris une fixité inquiétante. Mahaut buvait ses paroles.

— Noctus l'a vu en songe, répéta la matrone. Il est le messager de l'Apocalypse. *Ira Melanox*, la Colère des ténèbres !

Marion tressaillit. *Ira Melanox*... Ce mélange bâtard de grec et de latin de cuisine éveillait en elle de lointains souvenirs. Elle avait déjà entendu cette expression dans la bouche d'un colporteur. C'était... C'était bien avant la disparition de Yolande. Elle revoyait son père et le colporteur, évoquant le scandale de ce faux messie qui hantait les campagnes. Il exhibait, disait-on, un dos sabré de longues plaies à la hauteur des omoplates. Ses disciples affirmaient que l'Inquisition lui avait tranché les ailes, et qu'il était un ange tombé du ciel une nuit de tempête. Un ange abattu par la foudre. Noctus... oui ! on l'avait pourchassé à travers trois provinces sans jamais pouvoir lui mettre la main dessus. On avait fini par l'oublier, mais certains prétendaient qu'il avait semé derrière lui cent miracles dignes des Saintes Écritures. Un ange mutilé.

— Un poulet, oui, avait ricané le père de Marion, un poulet auquel on a coupé les ailerons !

C'était donc ici qu'il avait trouvé refuge. Au sommet de cette montagne, la plus haute de la région.

La jeune femme se tourna pour contempler le navire coincé entre deux éminences rocheuses. En plissant les yeux, elle distinguait le travail de fourmis des charpentiers accrochés à la coque bombée. Plus bas encore, elle repéra les bûcherons, rampant le long des pentes pour tracter les troncs abattus. Leurs efforts paraissaient dérisoires en comparaison du but à atteindre. Elle aurait voulu être certaine que toute cette souffrance servait réellement à quelque chose.

— Parfois, murmura Perrine, les cordes cassent, les troncs dévalent la pente en fauchant les hommes. La glissade déclenche une avalanche, et c'est tout un groupe de bons travailleurs qui disparaît dans l'abîme. C'est pour ça que nous avons pris du retard. La nef devrait être terminée au jour d'aujourd'hui. Je ne sais pas combien de temps il nous faudra encore attendre avant d'embarquer. Six mois, un an ? Il est possible également que les choses se précipitent. Certains murmurent que tout pourrait se dégrader très vite, en l'espace de quelques semaines.

Elles rentrèrent, les bras chargés de gibier. Pendant qu'elles dépouillaient les bêtes, Perrine abreuva les nouvelles recrues de conseils : elles ne devaient pas avoir de rapports charnels avant que Noctus ne leur ait attribué un compagnon. Lui seul était capable de voir au fond des âmes et de décider qui allait avec qui... S'il n'y avait plus assez d'hommes, on accorderait une dispense aux moines afin qu'ils puissent prendre femme. Dame ! C'était un cas de force majeure puisqu'il s'agissait de repeupler le monde ! Il ne faudrait pas se montrer paresseuse et s'appliquer à faire son devoir de femelle. Elle-même, dame Perrine, toute vieillissante qu'elle fût, espérait bien donner naissance à une quinzaine de bons enfants avant de rendre l'âme. Noctus avait tout prévu. Les dispenses, les indulgences, tout... Il n'y aurait point péché mortel même si, pour croître et multiplier, les mères devaient s'unir à leurs fils, faute d'autres procréateurs disponibles.

— Les mères à leurs fils, répéta-t-elle doctement en hochant la tête, et les sœurs à leurs frères.

Cela durerait un moment, il fallait se faire à cette idée, renchérit-elle. Quand les différents clans auraient produit assez d'êtres humains en âge de s'unir, on pourrait retourner aux traditionnelles pratiques exogamiques, et tout rentrerait dans l'ordre. En attendant, les femmes ne devraient pas faire les difficiles et s'appliquer au travail du lit sans rechigner. Accepter d'être des ventres qu'on remplit d'une année sur l'autre, et cela dès qu'elles auraient vu leur premier sang.

— C'est une responsabilité terrible, marmonna-t-elle, le regard fixe. Je voudrais être plus jeune pour avoir la force de mettre au monde le plus de bébés possible. (Se tournant vers Mahaut, Constance et Marion, elle les jaugea avant de déclarer :) Vous avez de la chance, vous êtes toutes fraîches. Vos entrailles produiront bien vingt-cinq ou trente enfants avant de se dessécher. Comme j'aimerais être à votre place !

Son expression exaltée n'admettait pas de réplique. Les trois captives se gardèrent d'émettre une observation.

— Nous, les femmes, nous ferons notre part du travail, reprit Perrine, ça je n'en doute pas. Pour les hommes, c'est une autre histoire. Nous manquons de sang jeune. Le Matthieu et les autres n'ont plus guère de sève dans les reins. L'année dernière, nous avions quelques jeunes coqs prompts à couvrir la femelle, mais une avalanche nous les a pris. Baste ! Il faudra faire avec ce qu'on a. Toutefois, je me méfie des prêtres, je doute qu'ils aient dans le ventre une semence assez épaisse pour engrosser une armée de filles en bonne santé.

Dès lors, Marion cessa de s'intéresser aux délires de la matrone. Elle la savait acquise aux idées de Noctus et la comptait d'ores et déjà comme une ennemie potentielle.

— La viande n'est pas pour nous, expliqua encore Perrine. Nous devons d'abord nourrir les fauves de l'arche. Ensuite, s'il reste quelque chose, nous avons le droit de nous servir, mais c'est plutôt rare, les bêtes de la ménagerie ont bon appétit. Venez, maintenant je vais vous apprendre à leur donner la becquée. Là aussi, il y a des règles à suivre si l'on ne veut pas y laisser un bras.

Elles sortirent, portant les paniers remplis de chair crue. Marcher dans la neige se révélait fatigant. On piétinait sans jamais avoir l'impression d'avancer. Perrine prit la direction du vaisseau. Plus on se rapprochait de la paroi de granit, plus la nef coincée dans le carcan des échafaudages devenait impressionnante. C'était un vaisseau pansu, sans mâts, une sorte de grosse coquille renversée, une carapace de tortue ayant roulé sur le dos. Il évoquait pour la jeune femme une conque pleine d'échos bizarres. Des passerelles permettaient d'y accéder. Elles longèrent les courbes de la carène qu'on était en train de calfater sur tribord avec de l'étoupe et de la poix. Les hommes travaillaient sans mot dire, la face ravinée de fatigue. Il restait, çà et là, de grandes brèches à colmater.

— Le bois de construction maritime, c'est pas comme le bois dont on fait les maisons, grogna Perrine. C'est compliqué. Faut qu'il trempe, puis faut le faire bouillir pour le courber, ensuite on le laisse sécher sur des formes. Ça prend du temps, et justement, le temps c'est ce qui nous fait défaut.

Elles entrèrent dans le vaisseau par un sabord latéral s'ouvrant à hauteur du troisième pont. L'air sentait la résine, le bitume et l'étable. Marion fut surprise par les dimensions du lieu qui lui parut trop grand. Était-il possible qu'un tel navire puisse flotter ? N'allait-il pas au contraire couler à pic sous son propre poids ?

De part et d'autre de la travée s'ouvraient les cages, les stalles. Tous les animaux de la création s'y trouvaient parqués par couples. Moutons, chevaux, cochons, côtoyaient singes, panthères, lions, chameaux. Des cloisons de bois les isolaient les uns des autres, empêchant les fauves d'attaquer leurs voisins. Tout cela bêlait, blatérait, rugissait, grondait dans un vacarme de fin du monde, la peur des uns excitant la convoitise des autres. De temps à autre, les chevaux devenaient fous et expédiaient des ruades contre les cloisons, ajoutant au tintamarre. Le vaisseau amplifiait ces grondements à la manière d'une cloche.

— Ils ont du mal à entretenir des relations de bon voisinage, commenta Perrine. Il faut s'assurer que les cages sont bien fermées. L'avenir du monde repose sur eux. Si la jument meurt, il n'y aura plus jamais de chevaux sur terre. Il en va de même pour chaque couple. C'est une grande responsabilité que de les maintenir en vie.

Elle feignait d'être écrasée par le poids de cette tâche surhumaine, mais l'on sentait bien qu'en réalité elle en était fière et n'aurait pour rien au monde renoncé à ce privilège.

Elle montra à ses apprenties comment nourrir les animaux, plus précisément les fauves qu'il convenait de ne pas approcher. La claustration prolongée avait aigri le caractère des félins. À la moindre sollicitation, ils lançaient une patte entre les barreaux. Leurs griffes arrachaient des copeaux au bois du pont.

— Où trouvez-vous assez de viande pour les alimenter ? demanda Dame Constance. Il me semble que ces bêtes doivent avoir un appétit infernal.

— Les accidents y pourvoient, lâcha Perrine. Quand l'un des ouvriers se tue en tombant d'un échafaudage, on ne l'enterre pas. On le découpe en morceaux et on donne sa dépouille aux fauves. C'est un grand honneur de finir ainsi. Les bêtes qui nous entourent seront dans quelques semaines les dernières représentantes de leur espèce. Elles sont plus précieuses que des escarboucles.

Marion sentit la tête lui tourner. Un brasero entretenait une chaleur lourde dans l'espace du troisième pont. Les sabords avaient été verrouillés pour éviter que les animaux ne s'enrhument, il en résultait une atmosphère de miasmes qui finissait par donner le vertige. La jeune femme imagina les corps humains, débités en quartiers, jetés en pâture aux fauves. Devrait-elle, un jour, venir ici, en portant un panier rempli de mains et de pieds tranchés par la grande Perrine ? Elle se crut sur le point de défaillir et chercha de l'air. Elle dut sortir sur la passerelle branlante et se cramponner au-dessus du vide, dans la bourrasque qui lui cinglait le visage. Une main se glissa autour de sa taille pour la soutenir. C'était Matthieu le charpentier.

— Faut faire attention, petite, souffla-t-il. Quand on n'est pas habitué, on peut basculer comme un rien. Ce sont les histoires de la Perrine qui t'ont mise dans cet état ?

— Oui, avoua Marion.

— À elle aussi, faut faire attention, murmura l'ouvrier. Elle a la fièvre religieuse dans le sang. Si ces chères bestioles venaient à manquer de nourriture, elle n'hésiterait pas à pousser l'un de mes gars du haut d'une échelle pour pouvoir remplir leurs écuelles. D'ailleurs, je ne jurerais point qu'elle ne l'ait pas déjà fait. Et à plusieurs reprises. C'est qu'il est plus facile de se procurer des êtres humains que des animaux venus du bout du monde.

Il ricana tristement, puis, ayant forcé Marion à s'asseoir, s'élança sur une passerelle en direction du pont supérieur.

La voix de la matrone résonna sur un ton aigre, rappelant la jeune femme à ses devoirs. Marion dut rentrer dans la ménagerie pour faire sa part du travail. Perrine lui jeta un regard mauvais.

— Ne vous faites pas d'illusions, mes filles,

gronda-t-elle. Vous n'êtes pas encore sauvées. J'ai mon mot à dire. Lorsqu'il faudra établir la liste des élus, Noctus me demandera mon avis, et je n'hésiterai pas à lui désigner les paresseuses, les bonnes à rien, toutes celles dont la nouvelle humanité devra éviter de s'encombrer. C'est maintenant qu'il faut choisir, comprenez-vous ? C'est aujourd'hui qu'il nous faut séparer le bon grain de l'ivraie afin de repeupler la terre dans de meilleures conditions. Gare à celles qui feront la mauvaise tête, celles-là resteront à quai tandis que l'arche s'éloignera. Et les eaux montantes les engloutiront.

Mahaut, Constance et Marion travaillèrent sans échanger un mot jusqu'à ce que la matrone donne le signal du départ. Il fallait maintenant aller chercher la soupe et la distribuer aux ouvriers.

L'ymagière fut soulagée de quitter la ménagerie qui l'effrayait. Un instant plus tôt, en plantant sa fourche dans une botte de paille pourrie, Mahaut avait mis à jour des ossements humains imparfaitement rongés.

« C'est ainsi que nous risquons de finir si nous déplaisons à Perrine, songea Marion. Matthieu a raison. Un accident est si vite arrivé. »

# CHAPITRE SEIZE

Trois jours s'écoulèrent ainsi, rythmés par l'enchaînement de tâches qui commençaient à l'aube et s'arrêtaient à la nuit tombée quand l'obscurité et le manque d'éclairage empêchaient d'y voir. Marion, malgré sa fatigue, continuait d'observer le petit monde des « élus ». Matthieu le charpentier regroupait autour de lui les suspicieux, ceux qui refusaient de s'acoquiner avec des hérétiques. Dans la partie adverse on trouvait les effrayés, les pèlerins que la perspective du déluge poussait à se convertir aux étranges théories professées par Noctus. À la moindre chute de neige, ils tombaient en prière, persuadés que des averses diluviennes étaient en train de noyer la vallée. Ceux-là étaient prêts à tout accepter pour survivre, même la perspective de s'unir à leurs fils, à leurs filles pour procréer sans relâche et repeupler la nouvelle terre. Marion n'en était guère surprise. Les Cathares avaient eux aussi professé de curieux dogmes fondés sur la transmigration des âmes, des théories fumeuses sur lesquelles quelques-uns s'étaient appuyés pour légitimer la pratique de l'inceste [1].

1. La sévère doctrine des Parfaits eut en effet à souffrir de dérives laxistes autorisant les pires aberrations.

La tailleuse de pierre s'appliquait à feindre la docilité. Mahaut, elle, avait rejoint le clan de Perrine. Quant à Constance de Hurault, elle demeurait lointaine, étrangère à tous les débats. Lorsque Marion l'interrogea, elle se contenta de répondre :

— De quoi me plaindrais-je ? Je ne pouvais rêver mieux en matière d'épreuve. Je voulais être punie, voilà qu'on m'impose le Déluge. Je ne ferai rien pour être choisie, j'attendrai paisiblement. Si Dieu décide de me noyer, je me conformerai à ses désirs. Finalement, cette catastrophe me délivre de tous mes tourments, et je bénis Malestrazza de m'avoir conduite ici. J'attends d'être jugée, un point c'est tout.

Depuis qu'on avait atteint le campement, ledit Malestrazza était devenu invisible. Marion finit par comprendre qu'il existait une espèce de fortin maçonné à flanc de montagne, plus haut. Un abri troglodyte bâti à l'entrée d'une caverne. C'est là que résidaient le guide, les moines... *et Noctus*, l'ange mutilé qui, chaque nuit, rêvait des dernières heures du monde ancien.

— Ses cauchemars sont affreux, murmurait Perrine. On l'entend hurler dans les ténèbres, et quand le vent souffle dans notre direction, je perçois ses sanglots. Vous tous, vous dormez, bien sûr, mais moi, moi je l'entends.

Dans la grande habitation on parlait peu. Tous s'observaient, ne sachant quel parti prendre. Fallait-il choisir l'hérésie et survivre à la catastrophe ? Fallait-il au contraire rester fidèle à la vraie foi et accepter la sanction divine de l'engloutissement ?

On n'osait confier ses doutes, argumenter. Le regard de la grande matrone pesait sur les captifs. On savait qu'elle dresserait la liste finale, oubliant volontairement de coucher sur ses tablettes ceux dont elle ne voudrait pas encombrer le nouveau monde. Il fallait lui plaire, la flatter, la courtiser, mendier son approbation. La grosse Mahaut était de ceux-là. Par-dessus tout, l'épuisement physique usait les volontés. Peu à peu on capitulait, on se laissait grignoter.

Marion se savait « mal vue », trop rebelle, trop critique. Souvent, quand elle travaillait penchée au bord du précipice, elle tremblait que Perrine ne surgisse dans son dos pour lui imprimer une vigoureuse poussée qui l'expédierait dans le vide. Heureusement, elle était jeune, promise à engendrer une innombrable progéniture, et la matrone ne pouvait se permettre de gâcher une telle reproductrice.

Au matin du quatrième jour, Mazolas de Caradoz réapparut ; il venait chercher Marion pour l'emmener chez Noctus. Les entretiens commençaient. Tous les nouveaux arrivants devraient s'y soumettre. C'est ainsi que l'ange mutilé sonderait leur âme et déciderait de les apparier.

Marion se garda bien de protester. Sous ses pas, la neige craquait avec un bruit amplifié par l'écho. Au pied de l'aiguille rocheuse, un système de passerelles permettait de grimper jusqu'à un curieux fortin enchâssé dans la paroi. Ces escaliers de planches abattus, il devenait impossible de descendre du perchoir à moins de se jeter dans le vide. Mazolas s'engagea dans l'escalier branlant. Des rampes de corde tenaient lieu de garde-fou. Le vent furieux secouait cet échafaudage comme s'il était impatient de l'arracher. Mal équipée, Marion sentait le froid lui geler le corps comme si elle avait commis la folie de se promener nue dans le blizzard.

Le prieur l'aida à franchir les derniers mètres. Quand elle passa le seuil du fortin, les larmes l'aveuglaient. La construction, sans élégance, avait été maçonnée en dépit des normes. Les couloirs ressemblaient à des boyaux, le sol n'y était point plat, et l'on avait collé sur les murs des milliers de plumes blanches. Sans doute avait-on voulu reconstituer une certaine image du paradis, mais Marion trouva que l'ensemble sentait surtout la basse-cour. Qu'importe ! Ici, au moins, il faisait chaud.

— Tu vas le rencontrer, murmura Mazolas. Tu ne dois pas avoir peur. Il n'y a aucune méchanceté en lui. C'est là le problème, d'ailleurs, car il ne cherche nullement à se protéger de ses ennemis. Si je n'avais pas été là, il y aurait longtemps que les gens de l'Inquisition l'auraient assassiné de la pire façon.

Les corridors se ramifiaient en une géographie complexe. Le duvet voletait dans l'air. Partout, il suffisait de tendre la main pour toucher les plumes blanches dont les murs étaient tapissés.

Le prieur s'immobilisa au seuil d'une rotonde.

— Tu vas continuer seule, annonça-t-il. Dépouille-toi de tes vêtements, mets-toi nue, sans honte. Tu dois paraître devant lui dans l'état de nature, telle qu'au moment de ta naissance. Va, c'est au bout de cette galerie. Je t'attendrai.

Marion dut se baisser pour continuer sa route. Le fortin ressemblait de plus en plus à une taupinière. N'osant contrarier le maître des lieux, elle se dévêtit, ne conservant rien sur elle. Il faisait assez chaud pour supporter cet état. Plus l'on se rapprochait du centre de la bâtisse, plus la température s'élevait. Bientôt, elle fut en sueur. Au détour d'un nouveau couloir, elle LE vit.

Une créature sans âge ni sexe, la tête rasée, la peau d'une blancheur de cierge. Un albinos peut-être ? Ç'aurait pu être un garçonnet, un vieillard, une nonnette... Chacune de ses expressions remodelait de fond en comble sa physionomie. Il était nu, lui aussi, à demi enfoui dans un monceau de plumes. Il rampait, se lovait, se recroquevillait, comme si son corps ne disposait pas des armatures nécessaires à la station verticale. Il souriait avec une naïveté désarmante et ses gestes étaient d'une lenteur étrange. On eût dit qu'il se mouvait dans une eau épaisse, un sirop visqueux.

Il y avait tant de candeur dans son regard que Marion n'éprouva aucune gêne à se tenir nue devant lui.

— Viens, souffla-t-il, approche.

Il tendait vers elle une main qui semblait celle d'un bébé tant la peau en était fine. La jeune femme s'agenouilla dans le tapis de duvet. Noctus s'assit. Son sexe était minuscule, dépourvu de la moindre pilosité.

— Il ne faut pas avoir peur, dit-il d'une voix douce. Ce déluge est une chance pour l'humanité. Le monde était devenu trop vieux, c'est évident. Nous sentions tous au fond de nos âmes le besoin de le casser, de le réduire en miettes. Dieu va s'en charger. Dieu va noyer les vilaines bêtes, celles qui transmettaient la rage. L'eau va laver la terre. Il faut s'en réjouir. C'est un grand moment, un bonheur immense.

Du bout des doigts, il effleura le visage de Marion et força les lèvres de la jeune femme à esquisser un sourire.

— La création avait pourri, continua-t-il. Il était temps de l'effacer. Rien ne pouvait mieux convenir pour cela qu'un déluge. Des trombes d'eau lustrale. Une purification par la noyade. Je sais très exactement ce qui se passera, j'en rêve toutes les nuits. Dieu me foudroie de ses images pour me guider. Il me montre les visages de ceux que je dois faire monter sur le bateau. Il me dit : « prends celle-ci, écarte celui-là » et j'obéis. Je compose mon équipage. L'équipage des survivants, de ceux qui auront l'immense responsabilité de repeupler le monde.

D'un seul coup ses mains se posèrent sur le ventre nu de Marion qui tressaillit.

— Tu n'es plus vierge, annonça-t-il, mais ce n'est pas important, ton cœur est resté pur. Et tu es jeune, tu pourras donner naissance à des dizaines d'enfants. Tu passeras ta vie enceinte pour le bien de la nouvelle humanité. Peut-être même Dieu t'accordera-t-il le privilège d'accoucher d'une paire de jumeaux chaque année ? Tu devras l'en remercier. Ah ! comme je voudrais être une femme pour connaître ce bonheur. Vous allez fabriquer une race neuve. Vous peuplerez la terre.

Il pleurait à présent. Des larmes coulaient sur ses joues imberbes. Sa physionomie restait traversée de changements saisissants. Tantôt Marion avait l'impression de contempler une jeune fille, tantôt un nourrisson au berceau. Elle aurait voulu se relever et prendre la fuite, mais Noctus la tenait en son pouvoir. Il la caressait, lui touchait les épaules, le front, le ventre... Ses effleurements n'avaient rien de concupiscent, on eût dit ceux d'un aveugle cherchant à déchiffrer le monde à l'aide de ses seuls doigts.

— Cela te fait-il peur ? insista-t-il. Crains-tu de devenir la mère du monde ?

— Non, bredouilla Marion.

Mais elle commençait à penser qu'il était impossible de tromper l'étrange personnage. Elle réalisa qu'elle était en train de succomber à son emprise, comme tous ceux, toutes celles, qui l'avaient précédée dans ce nid de plumes.

— Tu ne dois pas avoir peur, répéta Noctus. Nous sommes les élus, ceux du Recommencement. De nous dépend la nouvelle humanité. Le monde était trop chargé de péchés, plus rien ne pouvait l'absoudre, aucune pénitence n'était en mesure de le racheter. Il fallait le détruire. Les prêtres corrompus s'étaient faits les complices du Malin. C'est pour cette raison qu'ils ont mille fois essayé de me faire taire. Je suis l'ange tombé du ciel de la nuit pour apporter la vérité aux humains, je suis la bouche par laquelle gronde la colère des ténèbres. *Ira Melanox.* Ceux que j'accueille entre mes bras seront les parents de l'homme nouveau, ceux que j'écarte de mon giron boiront l'eau de la Condamnation divine et flotteront au milieu des chiens crevés, la panse pleine de poissons et de grenouilles. Dans peu de temps, Dieu pleurera et pissera sur la terre 666 jours durant. Seul le sommet des plus hautes montagnes émergera de ce raz-de-marée. Il faudra alors 666 années pour que l'inondation se résorbe et batte en retraite, rendant les terres confisquées à la nouvelle race humaine engendrée par les élus sur les îles du salut. Alors tout pourra recommencer. Et si la graine a été bien semée, l'âge d'or s'installera.

Il débitait ces horreurs du ton qu'on emploie pour chanter une berceuse à un petit enfant. Ses yeux ne lâchaient plus ceux de Marion. Elle aurait voulu rompre ce lien, arracher cette main qui pesait sur son ventre et semblait prête à s'enfoncer en elle.

Tout à coup, Noctus pivota sur lui-même pour lui montrer son dos. Deux cicatrices mal cautérisées lui barraient les omoplates, larges comme la paume d'un bûcheron. Ç'aurait pu être les plaies laissées par un double coup de hache, songea la jeune femme.

— Ils m'ont coupé les ailes, dit Noctus. Ils espéraient dissimuler aux yeux du monde ma nature angélique. Ils ont voulu faire croire que je n'étais qu'un homme, un pauvre fou errant dans les campagnes. Ils pensaient que personne ne prêterait attention à mes prédictions. Ils se sont trompés puisque vous êtes là, chaque jour plus nombreux.

« Nous sommes là parce qu'on nous a enlevés, faillit répliquer Marion. Quant à la foule dont tu parles, elle tient tout entière dans une seule baraque. »

Cette pensée la dégrisa, et le lien hypnotique qui la plaçait sous la volonté du prophète se rompit à la seconde même. Elle se redressa.

— Va, soupira Noctus. Je t'ai sondée. Je sais tout de toi maintenant. Dieu me dira si tu dois être choisie. J'ai besoin de femmes au ventre fertile et tu n'as jamais mis bas, on ne peut donc apprécier la qualité de la chair de ta chair. Mais ne t'inquiète pas, Dieu me conseillera puisqu'il voit tout. Va en paix.

Marion tituba. Le duvet et les plumes collaient à sa peau moite. Dans la galerie, elle retrouva ses vêtements et les enfila maladroitement. Le regard de Noctus continuait à la hanter. Elle avait l'impression de sentir encore les contours de sa main sur son ventre. Mon Dieu ! C'était comme s'il l'avait possédée, là, sur le tas de plumes de son invraisemblable poulailler angélique. Elle ne savait pourquoi mais, l'espace d'un moment, il lui avait semblé plus proche que n'importe qui. « Comme si nos âmes et nos chairs s'étaient mêlées », songea-t-elle avec un frisson de dégoût.

Au seuil de la rotonde elle se heurta à Mazolas de Caradoz. Le prieur l'entraîna dans sa cellule pour lui montrer les plans du monde immergé tracés d'après les indications de Noctus. Il s'excitait, répétant un discours enfiévré qu'il avait dû débiter un bon millier de fois.

« Des fous, pensa la jeune femme. Mais des fous persuasifs qui finissent par convertir les moins crédules. »

Regardant le dessin des îles du salut, sur le parchemin, elle se surprenait à multiplier les questions. Le prieur avait posé un petit bateau de bois sur la carte, et expliquait à présent quelle route suivrait l'arche.

— Nous débarquerons deux ou trois couples humains sur chaque îlot, dit-il. Et autant de paires animales. Ce noyau devra s'appliquer à engendrer le plus possible, de manière que, lorsque l'arche repassera au même endroit dix années plus tard, nous puissions emporter avec nous le trop-plein de population pour le déposer ailleurs, en un lieu encore désert. J'assumerai cette partie du travail. Je serai le capitaine de la nef, je sillonnerai le monde pour porter la graine ici et là.

Marion le laissait parler. Il était de ces hommes au cœur inerte et à qui les idées, seules, redonnent un semblant de vie. Les joies quotidiennes de l'existence le laissaient froid, il ne s'éveillait que dans le transport des extrapolations chimériques. Elle ne s'étonnait plus qu'un tel individu se soit attaché à Noctus.

— Tu ne peux pas imaginer comme il a été difficile de l'amener jusqu'ici, soupira Mazolas. Partout l'on voulait le museler. Un archevêque a exigé qu'on lui enduise les ailes de poix et qu'on y mette le feu. Si Noctus était véritablement un ange, disait-il, elles ne brûleraient pas. D'autres voulaient l'emmurer vif, dans une tour sans autre ouverture qu'une chatière par où on lui passerait sa nourriture. Chaque fois je suis intervenu pour l'arracher à ses bourreaux. Sans moi, il serait mort de manière atroce. Les autorités religieuses ne veulent pas entendre son message. Et pourtant Noctus ne s'est jamais trompé. Lorsqu'il fait une prédiction, elle se réalise. Inévitablement. Il a prophétisé un nouveau déluge, ce déluge se produira, j'en suis convaincu. L'humidité fait naître d'affreuses douleurs au fond de ses os. Quand il pleut, il subit des crises de rhumatismes qui le paralysent et le tiennent cloué dans la souffrance. C'est ainsi que nous serons prévenus de l'imminence de la catastrophe. Au fur et à mesure que la pluie se rapprochera, le corps de Noctus se tordra, ses membres se déformeront pour se nouer de façon inextricable. Ce sera le signal. Alors il sera temps de courir chercher refuge dans l'arche et de larguer les amarres.

Sa voix tremblait, et Marion devina qu'il retenait ses larmes. Elle avait d'abord pensé que Mazolas de Caradoz se servait de Noctus pour s'assurer une emprise sur les foules, qu'il régnait à travers ce phénomène de foire, elle réalisait que ce n'était pas le cas. Le prieur avait une véritable dévotion pour le prophète. Une dévotion qui confinait au fanatisme.

— Bien, dit Mazolas en se redressant. Je vais aller chercher quelqu'un d'autre.

Au seuil du fortin suspendu, le froid suffoqua la jeune femme. Elle comprit pourquoi on claquait des dents dans la baraque des captifs. Tous les fagots servaient à chauffer le nid de plume de l'ange mutilé. Elle en conçut un vif agacement.

Mazolas la raccompagna au campement en silence. Il en repartit aussitôt accompagné de Mahaut à qui l'inquiétude avait fait perdre ses couleurs rougeaudes.

Toute la journée, les prisonniers firent le va-et-vient entre le campement et le fortin pour s'en aller visiter Noctus. Mahaut revint transportée, des étoiles au fond des yeux, comme si elle avait rencontré Dieu le Père en personne. Constance resta muette, encore plus lointaine qu'à l'accoutumée, mais Marion devina en elle une espèce d'apaisement, comme si les paroles de l'étrange créature l'avaient soulagée. Avant l'entrevue, la tailleuse de pierre aurait été prête à parier que la petite baronne n'accorderait à Noctus qu'un coup d'œil chargé d'ironie. Manifestement, les choses ne s'étaient pas passées comme elle l'avait prévu.

— Ainsi il vous a convaincue ? lui demanda Marion dès qu'elles furent seules.

— Non, murmura Constance, mais il m'a offert la punition dont j'avais besoin. Moi qui tremblais de m'unir à mon mari, je devrai livrer mon corps à des dizaines d'inconnus, pour repeupler la terre. Je vais devenir la putain du nouveau monde, celle qu'on engrosse sans discontinuer. Un ventre toujours béant, prêt à recevoir et à donner. C'est sans doute là le châtiment qui me convient. Aucun prêtre n'y aurait pensé. Ce Noctus va plus loin que mes confesseurs et directeurs de conscience réunis. Il ne s'embarrasse pas d'interdits. C'est ce qui me plaît en lui. Il va me fournir l'occasion de m'avilir. Il va m'imposer de descendre plus bas que je ne l'espérais. Et c'est bien.

Mahaut, elle, tenait un tout autre discours. Noctus l'avait émue aux larmes. Elle ne cessait de parler de son pauvre corps si blanc, si tendre, si désarmé. On sentait qu'elle aurait voulu le protéger, l'abriter derrière la muraille de sa propre chair.

— Il m'a dit qu'il n'embarquerait pas avec nous ! sanglota-t-elle. Quand le déluge éclatera, les rhumatismes lui tordront les membres jusqu'à les briser. Alors la douleur sera trop forte et il mourra. Tous ses os seront rompus comme par la barre de fer d'un bourreau. Il nous laissera orphelins, avec la terrible mission de repeupler la terre.

Elle récitait. En l'écoutant, la grande Perrine hochait la tête, heureuse de se découvrir une nouvelle amie.

Matthieu le charpentier, lui, restait silencieux, les yeux baissés, ne laissant rien transparaître de ses sentiments. Marion décida de l'imiter.

## CHAPITRE DIX-SEPT

Le temps passait, les corvées succédaient aux corvées. Un homme se tua en tombant d'un échafaudage. Perrine fit transporter le cadavre dans la cuisine, l'étendit sur la table et montra à ses « filles » comment le découper pour l'offrir aux animaux. Elle procéda sans s'émouvoir, avec des gestes précis, rapides, jetant les « morceaux » dans de grandes panières d'osier constellées de taches brunes.

— Ne roulez pas ces yeux effrayés ! gronda-t-elle comme l'une des demoiselles menaçait de défaillir. Rappelez-vous que si les bêtes meurent, la terre sera incomplète. Sans veaux, vaches, cochons, l'homme n'aura plus rien à se mettre sous la dent. Il sera forcé de devenir cannibale. C'est ce que vous voulez ?

Marion fut tentée de lui faire remarquer que les veaux pas plus que les vaches ne mangeaient de viande et que l'exemple était particulièrement mal choisi, mais la prudence lui commanda de se taire.

Si, comme le prétendait Noctus, il convenait d'améliorer le monde futur, pourquoi s'échinait-on à maintenir en bonne santé des fauves féroces qui, sitôt lâchés dans la nature, n'auraient d'autres desseins que de mettre en pièces les derniers survivants de l'humanité ?

Il y avait là des incohérences flagrantes dont personne, à part elle, ne semblait s'étonner.

Comme pour la punir de son manque d'entrain, Perrine lui mit entre les mains un panier rempli d'une horrible tripaille et lui commanda de se rendre à la ménagerie pour nourrir lions et panthères. Marion enfila une peau de bique et obéit. Sur le chantier les hommes besognaient sans parler. Des moines les surveillaient, les pressant d'accélérer la cadence lorsque la fatigue ralentissait le rythme des coups de marteau. La jeune femme emprunta la passerelle menant au troisième pont. Elle avait l'estomac serré. Chaque fois qu'elle pénétrait dans la fauverie, elle s'attendait à être attaquée. Certaines bêtes — les singes en l'occurrence — étaient douées d'une force extraordinaire, et elle n'aurait pas été étonnée de les voir démanteler leur cage. Elle avait beau venir tous les jours, ils ne s'apprivoisaient nullement. L'enfermement et l'ennui les rendaient fous. Ils se détestaient entre eux et ne rêvaient que d'en découdre. Seuls les animaux de ferme, morts de peur, se terraient au fond de leur enclos, persuadés qu'on allait les dévorer d'un instant à l'autre. Les fauves avaient toujours faim, rien ne les rassasiait. Ils réclamaient toujours plus et tentaient de vous arracher les bras à coups de patte. Marion s'interrogeait sur la solidité des barreaux fichés dans le bois. Que se passerait-il si, au cours de la traversée, un accident venait briser les barrières séparant les bêtes ? Elle n'osait y penser.

Pressée de s'en retourner, elle posa son panier sur le pont et empoigna la fourche qui lui servait à répartir la nourriture entre les différents carnassiers. L'odeur du sang avait décuplé leur fureur, ils se jetaient de toute leur force contre les barreaux sans se soucier de se meurtrir.

Alors qu'elle commençait la distribution, Marion perçut

une présence dans son dos. Elle crut d'abord que l'un des singes s'était libéré et se préparait à l'étrangler. Puis elle sentit un parfum et surprit un bruit d'étoffe. Elle pivota sur elle-même, la fourche à la main. Une femme se tenait là, dans la pénombre. Elle portait un manteau de fourrure d'une princesse. Ses cheveux blonds étaient relevés en bandeaux, et toute sa personne témoignait d'un soin extrême. Marion, trompée par la vêture de l'arrivante, ne la reconnut pas dans l'instant.

— *Yolande?* balbutia-t-elle enfin. Yolande... c'est toi?

Oui, c'était bien sa sœur aînée, mais vêtue à la manière d'une dame de haute lignée comme il ne s'en trouvait qu'à la cour de France.

— Oui, fit la jeune femme avec un petit rire. C'est bien moi, pas un fantôme. C'est drôle de se retrouver ici, non?

— Comme tu es belle! souffla Marion.

— Et toi toujours costumée en souillon, rétorqua Yolande, mais va, ça ne fait rien. Je suis tout de même contente de te revoir. Que fais-tu ici? Ce sont les parents qui t'envoient me chercher?

Au premier regard, Marion avait failli se jeter dans les bras de sa sœur. Quelque chose l'en empêcha. Une réticence qu'elle s'expliquait mal. Maintenant, elle hésitait. Yolande lui paraissait lointaine, étrangère. Très différente de la jeune fille qu'elle avait vue s'éloigner un beau matin sur la route du pèlerinage. Elle avait pensé : « Maintenant que nous sommes réunies nous serons fortes, nous allons pouvoir nous échapper. » Mais elle sentait bien, désormais, que ce projet n'entrait pas dans les préoccupations immédiates de Yolande.

— Tu es ici depuis deux ans? s'enquit-elle.

— Oui, répondit sa sœur. Depuis que Malestrazza

m'a conduite au pied de l'arche. À l'époque seule la carène était construite. Tout restait à faire.

— Tu n'as jamais cherché à t'évader? ne put s'empêcher de demander Marion. En deux ans, des occasions ont dû se présenter...

Yolande rit, de ce petit rire agaçant que Marion avait fini par oublier.

— Je vois bien que tu ne comprends pas, dit Yolande. Je n'ai aucune envie de m'échapper. Je suis heureuse ici. Pour rien au monde je ne retournerais en arrière. Qu'est-ce qui m'attendait là-bas? Antonin, la médiocre petite existence de l'atelier... Je ne voulais pas de ça. J'avais décidé de m'enfuir, de tenter le tout pour le tout. J'étais prête à n'importe quoi, à suivre une troupe de bohémiens. Finalement, Malestrazza m'a offert le moyen dont je rêvais.

Marion remarqua qu'elle n'avait posé aucune question au sujet des parents. Étaient-ils encore vivants? Avaient-ils succombé à quelque épidémie? Yolande semblait ne plus accorder la moindre importance à ces choses. Comme si elle était devenue quelqu'un d'autre.

— Où vis-tu? interrogea Marion.

— Ici, dans l'arche, fit distraitement la belle femme blonde qui se déplaçait d'une cage à l'autre pour caresser les bêtes.

Chose curieuse, les fauves qui essayaient toujours de mettre Marion en pièces lorsqu'elle les nourrissait, faisaient patte de velours quand Yolande s'approchait d'eux. Le lion se laissa gratter entre les oreilles avec une familiarité déconcertante. La tailleuse de pierre se sentit exclue de cette complicité contre nature. Elle prit conscience de la saleté de ses vêtements, du sang caillé incrusté sous ses ongles, de ses cheveux s'échappant en mèches grasses de sa coiffe.

Le regard de Yolande passa sur elle, dénué d'indulgence. Il disait : « C'est à cela que j'ai échappé. »

— Tu vis dans l'arche ? répéta sottement Marion.

— Oui, fit sa sœur. Sur le premier pont. J'ai mes appartements dans le château arrière. Je t'ai vue arriver l'autre jour. Je n'ai su que faire. Je ne sais toujours pas si je dois révéler que nous sommes parentes. Je ne suis pas certaine que cela te vaille l'indulgence de Noctus et de Mazolas. Et puis, ils auraient le sentiment que j'essaye de faire pression sur eux pour les forcer à te sélectionner. Ce n'est pas envisageable. C'est à Noctus de décider si tu as ou non les qualités nécessaires à notre entreprise.

Marion fronça les sourcils. L'attitude de Yolande la déconcertait. Elle avait espéré qu'une complicité se créerait, elle s'était trompée. Sa sœur, comme Perrine, comme Mahaut, ne jurait plus que par Noctus, le voyant, le prophète aux ailes tranchées.

— Pourquoi vis-tu à l'écart ? lança-t-elle.

Yolande parut surprise.

— Oh ! fit-elle. On ne t'a donc rien dit ? Mais je suis la nouvelle Ève. C'est pour ça. De moi naîtra la race des chefs, j'engendrerai les princes de la nouvelle humanité. Je ne m'unirai qu'à un seul homme, je ne connaîtrai qu'un Adam.

— Et qui sera cet Adam ?

— Malestrazza, bien sûr. Je n'en aurais point accepté d'autre.

Marion serra si fort les mâchoires qu'elle crut entendre l'émail de ses dents se fendre.

Ainsi Yolande incarnerait le rôle noble de la mère de l'humanité tandis que les autres femmes devraient se contenter de celui de putains, de procréatrices ! C'était donc là le monde imaginé par Noctus ?

— Malestrazza et moi sommes faits l'un pour l'autre, souffla Yolande sortant brusquement de sa réserve. Noctus l'a lu dans ses rêves. Nos sangs se complètent à merveille, ils produiront les plus beaux enfants que la terre puisse porter.

Elle se rapprocha de Marion, ne craignant plus, soudain, de salir ses vêtements au contact de la souillon. Sur le ton du complot, elle dit :

— Ce déluge qui s'annonce, c'est une chance inespérée pour nous, les femmes. Comprends-tu ? C'est l'occasion rêvée de reprendre les choses en main, de réformer l'humanité... et principalement les hommes. Si je suis la nouvelle Ève, je ne commettrai pas la même erreur que celle qui s'est illustrée dans ce rôle. Quand je serai au pied de l'arbre de la connaissance, je croquerai seule dans la pomme et n'en donnerai point à « Adam ». Ainsi seules les femmes auront accès à la science. Les mâles resteront des copulateurs, des manœuvres, des valets. Jamais ils n'auront de grands desseins, le monde restera pour eux une énigme indéchiffrable. Nous seules saurons ce qu'il convient de faire. Comprends-tu ?

— Tu en as parlé à Noctus ? lança perfidement Marion.

Yolande haussa les épaules avec impatience.

— Noctus n'a pas à être au courant de tout, chuchota-t-elle. D'ailleurs, à ce moment-là il sera mort. Je parle du futur, de la race à créer. Tout reposera sur nous, les femmes, ce sera le moment de ne pas se tromper, de ne pas refaire les mêmes vieilles erreurs. J'y ai pensé, tu sais ? Je ne cesse d'y penser depuis que je suis ici. Tout est clair dans ma tête. Nous sélectionnerons les espèces comme le font les maîtres de chenil dans les châteaux. Seulement nous le ferons à l'inverse d'eux. Au lieu de travailler à croiser les bêtes les plus féroces, nous choisirons les enfants les plus doux, les plus dénués de méchanceté, de manière qu'ils donnent eux-mêmes naissance à une race libérée de toute agressivité. Une race angélique incapable de tuer son prochain ou même de lui porter préjudice.

— Et que feras-tu des enfants « méchants » ? interrogea Marion.

— Il faudra les supprimer, bien évidemment, décréta Yolande. Cela ne sera pas très plaisant, mais cette élimination ne durera qu'un temps. Dès que les élus commenceront à se reproduire, le problème sera résolu puisqu'ils n'engendreront que des anges. Comprends-tu le système ? Contrairement à ce que pense Noctus, il ne faut pas repeupler la terre de n'importe quelle façon, avec n'importe qui... Il faudra continuer à sélectionner, même après le Déluge, jusqu'à ce que la race soit épurée. Sa méthode est intéressante, mais elle comporte des défauts. Il raisonne en homme, il ne va pas au fond des choses, sa vision manque de grandeur.

Elle s'essoufflait. Ses yeux brillaient d'une flamme maladive. Elle saisit Marion par les épaules et l'attira contre elle. Un sanglot lui traversa la poitrine.

— Oh ! soupira-t-elle. Ne sens-tu pas comme cela va être merveilleux ? Nous allons tout refaçonner, et cette fois nous tiendrons les hommes à l'écart. Nous les cantonnerons à ce qu'ils savent faire : les travaux de force, la moisson, la construction des bâtiments. Ce qu'il importe, c'est d'éliminer les méchants. Il nous faudra vivre avec le poids de ces crimes, mais Dieu nous pardonnera puisque c'est pour le bien de l'humanité. Un siècle après le second déluge, la terre ne sera plus peuplée que de femmes et d'hommes rayonnant de bonté, et c'est nous qui serons à l'origine de ce miracle.

Elle pleurait, de joie. Ses larmes mouillaient la joue de Marion que la stupeur avait changée en pierre. À présent elle n'en doutait plus : sa sœur était folle.

Un bruit de pas les fit tressaillir. Soudain inquiète, Yolande prit Marion par la main et la guida vers les ponts supérieurs. Elle habitait une longue pièce qui embaumait le sapin, et où tous les meubles étaient chevillés dans le plancher pour ne point bouger sous l'assaut des vagues. Des cartes recouvraient une table ronde. Marion reconnut le plan des terres non submergées que lui avait déjà montré Mazolas de Caradoz. Elle se surprit à renifler, cherchant l'odeur de Malestrazza. Malgré elle, elle regarda le lit. Venait-il ici baiser Yolande pour le plus grand bien de la nouvelle humanité ? Adam, Ève ! C'était à pleurer de rire. Malestrazza était-il réellement dupe de cette mascarade ou bien ne jouait-il le jeu que pour en tirer profit ? Elle dut résister à l'envie d'empoigner sa sœur par les cheveux et de lui crier au visage : « Te baise-t-il bien ? Te fait-il crier de plaisir ? Sache que lorsqu'il n'a pas la nouvelle Ève sous la main il se contente fort bien de la grosse Mahaut. Peut-être lui a-t-il promis, à elle aussi, de devenir la mère de la race à venir ? Et s'il se jouait de nous, de nous toutes, y as-tu pensé ? »

Yolande avait repris ses divagations. Elle désignait des îles sur la carte, expliquait comment elle les peuplerait. Sa machination était prête. Elle croquerait seule le fruit de l'arbre de la science dès qu'elle l'aurait trouvé. Mazolas lui avait indiqué sur quel îlot poussait ce végétal miraculeux. C'est là qu'aborderait l'arche pour sa première escale.

— Je prendrai un fruit, un seul, souffla-t-elle. Et je détruirai l'arbre, je le brûlerai jusqu'aux racines pour que personne d'autre ne puisse en bénéficier. Et surtout pas les hommes ! Il faudra les maintenir dans un état permanent de sujétion, se débrouiller pour qu'ils restent des petits garçons, du moins en esprit ; c'est le meilleur moyen de les empêcher de faire des bêtises. Les femmes doivent s'organiser, tu ne le sens pas ? Regarde comment va le monde ! Regarde la place qui nous est faite ! Dans un siècle on nous traitera moins bien que des chèvres, il est urgent de remédier à cela, redistribuer les cartes, même si, pour arriver à nos fins, il nous faut quelque peu tricher.

Marion s'approcha d'un minuscule sabord dont le volet était relevé. D'ici l'on embrassait la vallée avec ses monts, ses défilés. On avait l'illusion de toucher le ciel. Elle essaya de s'imaginer cette immensité s'emplissant d'une eau bouillonnante. Était-ce possible? On disait que jadis, la terre était recouverte d'eau. Lorsqu'elle était petite fille, des bergers du col de Surhol avaient ramené en ville des coquillages changés en pierre découverts dans une caverne des sommets. Marion se rappelait les avoir touchés sur la place du marché, juste avant que les prêtres ne viennent les confisquer. C'était bien des coquillages. Des coquillages pétrifiés. Cela prouvait que les eaux en furie pouvaient bel et bien submerger les montagnes.

— Nous pourrons également réformer la gent animale, ajouta Yolande. Nous appliquer à croiser entre elles les bêtes les moins agressives. Je suis certaine qu'après quelques années de ce traitement nous aurons fait des lions et des tigres de bons chiens domestiques. Nous sommes à un moment charnière, celui où il devient brusquement possible de corriger les erreurs de Dieu. La Création doit être repensée par les femmes, c'est légitime. On nous a spoliées de ce droit, le second Déluge va nous le restituer.

« Elle pourrait continuer ainsi des heures entières, songea Marion. Que lui est-il arrivé? La folie de Noctus est-elle contagieuse? Serai-je comme elle dans trois semaines? »

Elle chercha le regard de sa sœur. Elle ne reconnaissait plus la fille dont elle avait partagé la vie. Deux années avaient suffi à faire d'elle une étrangère, une inconnue. Elle s'aperçut qu'elle fixait la bouche de Yolande en se demandant si Malestrazza y avait posé la sienne. La haine envoyait des élancements dans son ventre et sa poitrine. Des idées folles lui traversaient l'esprit. Pendant un moment, elle se vit, poussant Yolande par le sabord, l'expédiant dans le précipice qui s'ouvrait sous la quille du bateau.

Elle décida qu'il était temps de partir. Elle précipita ses adieux et sortit du carré sans regarder en arrière.

Elle regagna la ménagerie, termina son travail et rentra. La grande Perrine l'invectiva dès qu'elle franchit le seuil du baraquement. Avait-on idée d'être si lente ? Il était temps qu'elle arrive, on était sur le point d'aller voir si les fauves ne lui avaient pas fait un mauvais parti !

Marion ne se défendit pas, et, tête basse, alla rejoindre Constance pour s'atteler à une nouvelle corvée.

# CHAPITRE DIX-HUIT

Une semaine s'écoula. Il neigeait de manière anormale pour la saison, même à cette altitude. Travailler à l'extérieur devenait une torture. Beaucoup de captifs souffraient d'engelures graves. La nuit, on grelottait sur les couchettes et les frissons rendaient le sommeil difficile. Il aurait fallu davantage de bois pour chauffer le baraquement, mais c'était inenvisageable, les planches étant strictement réservées à la construction de l'arche. Quand la nuit tombait, la grande Perrine commençait à réciter le catéchisme des survivants. Elle racontait la vie à bord de la nef, la façon dont on s'y prendrait pour ne manquer de rien.

— Pour la nourriture, radotait-elle, rien à craindre. Nous n'aurons qu'à nous pencher pour attraper les poissons dont la mer regorgera. Avec la graisse des baleines, nous ferons de l'huile pour les lampes, avec leur peau des bottes et des justaucorps de cuir. L'océan ne nous laissera manquer de rien.

Elle parlait dans l'obscurité, interminablement, pleine d'une confiance en l'avenir qui finissait par devenir contagieuse, et Marion elle-même se prenait à rêver de ce renouveau sur une terre liquide où les hommes ne seraient plus méchants, où les lions viendraient vous manger dans la main.

Les bûcherons qui revenaient des corvées d'abattage confirmaient qu'il pleuvait dans la vallée sans discontinuer.

— Ça fait comme une cataracte, avoua Matthieu le vieux charpentier. On a l'impression d'être sous une cascade. Ça ruisselle sur les pentes ; la terre se change en boue. Elle coule, et les racines des arbres sortent du sol. J'ai perdu deux gars aujourd'hui. Un glissement de terrain les a emportés. Je n'ai rien pu faire pour eux.

Lui qui, jusqu'à maintenant, s'était montré si méfiant, regardait le bateau avec un œil neuf.

— Ça doit pas être drôle en bas, grommelait-il. Les fleuves doivent sortir de leur lit, beaucoup de villages ont dû être engloutis.

— C'est sûr, triomphait Perrine. Je vois d'ici les noyés flottant dans les rues des villes, de la vase plein la bouche. Bientôt on entendra glouglouter l'eau dans les défilés, ça montera vers nous, à l'assaut du sommet.

Alors, recroquevillés sur les couchettes, tous tendaient l'oreille, cherchant à surprendre le bruit des eaux se brisant en gerbes écumeuses sur les contreforts de la montagne. « Ça vient, répétait-on, ça vient... »

La fatigue, la malnutrition effritaient les défenses de chacun. Les choses les plus folles semblaient soudain possibles. On ne se sentait plus protégés dans la baraque, on avait hâte de grimper à bord du navire. Comme celui-ci n'était point achevé, les équipes travaillaient même la nuit, à la lueur de torches résineuses. On calfatait à la hâte.

Tous les jours, Noctus convoquait un captif pour l'interroger. Il se montrait doux et charmant avec ses interlocuteurs, même s'il concluait chaque entretien par des prophéties abominables débitées d'une voix sucrée. Il ne laissait rien transparaître de ses opinions en ce qui concernait la sélection finale. Ce fut Mazolas de Caradoz qui évoqua la formation prochaine des couples. Noctus en savait désormais assez pour prendre une décision, chacun recevrait sa chacune et ne pourrait contester le choix du maître, même si, *a priori*, il lui semblait déplaisant.

— Noctus voit plus loin que nous, affirma le prieur. Il sait de quoi sera fait le futur, il a tout organisé pour le mieux. Prenez patience.

Les femmes s'inquiétaient plus que les hommes. Certaines voulaient choisir leur partenaire. Il fallut leur expliquer qu'il n'en serait point question. Elles ne disposaient pas de la hauteur de vue nécessaire, seul Noctus connaissait le secret des âmes et les avait appariées de manière qu'elles s'épaulent à travers les épreuves à venir.

Marion prit soudain conscience qu'on allait la livrer à un bûcheron, à l'un de ces hommes qu'elle n'avait jamais pris la peine de dévisager tant sa passion pour Malestrazza la rendait indifférente aux autres représentants de la gent masculine. Une peur subite la prit, la tirant de l'engourdissement où elle s'enfonçait. Elle songea de nouveau à s'enfuir et évoqua cette éventualité avec Constance qui refusa tout net. La baronne tenait à subir son calvaire jusqu'au bout. Mahaut ne l'écouta même pas, elle était persuadée que Malestrazza l'avait « réservée » et que leur accouplement était déjà prévu par Noctus. Marion fut sur le point de la détromper en lui parlant de Yolande. Elle préféra néanmoins garder le silence, pensant que l'autre refuserait l'évidence.

Malestrazza, qui était devenu invisible, réapparut deux jours plus tard à la tête d'un convoi de marcheurs hagards. Il était redescendu dans la vallée, à la demande de Mazolas, pour essayer de ramener de nouvelles recrues, plus jeunes, qu'on utiliserait au chantier afin d'activer les travaux.

— Ils ne sont pas comme nous, décréta aussitôt Perrine. Ils ne font pas partie des élus. Noctus n'aura pas le temps de les sonder. Ils travailleront comme esclaves à l'achèvement de l'arche, mais n'y monteront jamais. Ne leur adressez pas la parole. Ils ne sont pas de notre rang.

Malestrazza vint leur rendre visite. Pour une fois, il se montra étrangement communicatif. La pluie avait accentué la frisure de ses cheveux, et il était encore plus beau que d'habitude. Lorsqu'il s'assit près du feu, la lueur des flammes sculpta ses pommettes émaciées. Sa bouche gourmande contrastait avec la complexion nerveuse du reste de son anatomie. Elle lui donnait l'aspect troublant d'un ascète qui ne parviendrait pas à s'affranchir de sa sensualité.

À nouveau, Marion éprouva cette douleur au ventre qui l'assaillait chaque fois qu'elle se trouvait en présence du guide. Ce manque, ce vide lui donnait le vertige et la rabaissait. Elle avait conscience de désirer Malestrazza d'une manière absurde. « Que ferions-nous ensemble ? se disait-elle. Nous n'aurions probablement rien à nous dire. » C'était un besoin charnel, animal, affranchi de toute raison.

Le guide parlait. La fatigue, paradoxalement, décuplait son charme, donnant aux femmes l'irrésistible envie de lui sécher les cheveux, de lui ôter ses vêtements humides et de pétrir ses muscles douloureux. Marion n'avait qu'à laisser courir son regard sur le profil des filles agenouillées autour de l'âtre pour le deviner. « Je suis comme elles, songea-t-elle avec mépris. N'attendant qu'un signe de Malestrazza pour me renverser sur le dos et écarter les jambes. Il m'a envoûtée. Il nous a toutes en son pouvoir. Cela doit l'amuser... Ou alors il en a tellement l'habitude qu'il s'en fiche. »

Elle avait beau être consciente de ces aberrations, elle souffrait qu'il ne lui accordât pas le moindre coup d'œil.

Il parlait. Il racontait le déferlement des eaux dans la vallée, les torrents devenant fleuves, sortant de leur lit pour se répandre sur la campagne, recouvrir les villes, emporter les ponts. Les paysans avaient dû grimper sur les toits des maisons. Vaches et vieillards noyés, la panse comme une outre, dérivaient au milieu des arbres déracinés. C'était un spectacle de désolation. Les averses ne s'arrêtaient plus, un rideau liquide ravinait la terre, les collines, dénudant cailloux et rochers. On avait l'illusion d'avancer sous une cataracte. En certains lieux, l'eau vous montait jusqu'au nombril et la vase vous collait les pieds au fond comme pour vous empêcher de prendre la fuite. On finissait par se croire prisonnier d'un piédestal, telle une statue dans une église. Dans les rues, on ne progressait plus qu'en écartant les cadavres dilatés qui flottaient pêle-mêle : chiens, nouveau-nés, matrones, enfants vous barraient le passage, essayant de vous agripper de leurs mains gonflées. C'était un miracle que de parvenir à gagner les contreforts de la montagne sans y laisser la vie.

Malestrazza parlait d'une voix basse, un peu rauque. La voix qu'il devait employer au lit, lorsqu'il s'adressait à la femme sur laquelle il était couché. Ce timbre faisait courir des frissons sur la nuque de Marion. Elle se traitait d'idiote mais subissait son emprise.

Elle prit subitement conscience que cet homme était une maladie, et qu'elle devait essayer d'en guérir. Jamais elle ne l'aurait, jamais il ne s'intéresserait à elle. Il fallait qu'elle le fasse sortir de sa tête, de son corps. C'était une question de survie.

Même la grande Perrine, tout âgée qu'elle fût, le couvait d'un regard implorant.

« Le sortir de moi, se répéta Marion, comme la suée vous débarrasse de la fièvre. »

Elle ne voulait plus faire partie de ce troupeau bêlant de femelles domptées attendant la saillie. Sa décision était prise, mais parviendrait-elle à s'y conformer ?

Malestrazza parla longtemps, les yeux mi-clos. Il dit que le jour du départ était proche. Il fallait redoubler d'effort pour être capables d'embarquer quand les eaux furieuses s'élanceraient à l'assaut des sommets. Cela ne tarderait plus. La mer allait déborder des fosses marines, elle recouvrirait le royaume. On disait déjà que Paris avait sombré, englouti par les dégorgements de la Seine, et que seule la grande flèche de Notre-Dame dépassait encore du flot limoneux. Le Mont-Saint-Michel avait lui aussi disparu, les poissons s'y cognaient aux vitraux. C'était la fin du monde connu. Dieu en avait eu assez de l'incurie des humains, il avait décidé de tout effacer.

Quand le guide se leva, les femmes se précipitèrent pour lui baiser les mains. Elles le supplièrent de continuer à leur montrer le chemin, d'être le pilote du grand bateau. Lui seul pourrait les conduire vers les terres du renouveau. Il leur caressa la tête, le menton, et se dégagea en douceur. Ici, il abandonnait les manières lointaines qu'il avait affectées pendant le parcours.

Incapable de supporter plus longtemps cette débauche d'embrassades, Marion recula dans l'obscurité, au plus profond de la baraque.

Le lendemain, Mazolas de Caradoz rassembla les captifs sur la plaine pour leur annoncer les décisions de Noctus. Les couples étaient formés, aucune contestation ne serait admise. Ceux qui refuseraient de s'apparier selon les souhaits du maître seraient déchus de leur droit de monter à bord.

Hommes et femmes se pressèrent dans le vent glacé. Il neigeait toujours. Chaque matin, il fallait creuser un tunnel pour sortir de la baraque.

— Bon Dieu ! grommela une femme, qu'on me donne un homme pour me réchauffer les pieds. Je voudrais pouvoir dormir sans être réveillée par mes claquements de dents !

On feignit de rire à cette saillie, mais on redoutait la lecture de la liste. Le prieur grimpa sur une barrique et déroula son parchemin.

Marion ne prêta aucune attention à ce qu'il annonçait. Elle attendait qu'il prononce son nom. Elle ne sentait plus le froid ; la peur lui mettait la sueur aux tempes. Dans une seconde elle serait livrée, offerte. À qui ?

Enfin, la sentence tomba. On l'accouplait à Matthieu le charpentier, un vieil homme de presque quarante années ! Ses oreilles se mirent à bourdonner et elle crut qu'elle allait rester plantée dans la neige jusqu'à ce que le froid la pétrifie. Elle n'osait se retourner. Elle avait peur de rencontrer le regard de Matthieu.

Sur son estrade improvisée, Mazolas de Caradoz repliait le parchemin.

— Devant l'urgence de la situation, annonça-t-il, Noctus vous encourage à consommer ces unions le plus rapidement possible. Il est important, en effet, que le plus grand nombre de femmes soient enceintes au moment où elles monteront sur l'arche. De cette façon, si nous venons à subir des pertes au cours de la traversée, la relève sera déjà assurée par les naissances futures. Il en va de la survie de l'humanité. N'oubliez jamais que vous devez croître et multiplier.

Levant les mains, il improvisa ensuite une bénédiction collective qui, tout en scellant les unions, laissait à chacun la liberté de chercher d'autres partenaires si la fécondation tardait à donner ses fruits. Marion jugea cette farce sinistre. Autour d'elle, la plupart des visages étaient fermés. Certaines femmes pleuraient, les hommes conservaient les yeux baissés pour cacher leur gêne. Peu d'appariements coïncidaient avec les attirances réelles que les captifs avaient pu secrètement éprouver les uns envers les autres. Les desseins de Noctus semblaient incompréhensibles.

Mazolas se retira après avoir, une fois de plus, encouragé chacun à procréer dès la nuit tombée, car le temps pressait et il importait de planter en chaque élue le germe d'une vie future. Il évoqua les dangers de la traversée, les tempêtes, les fièvres, la famine peut-être. Il ne voulait pas que le nombre des survivants diminuât de manière inquiétante.

Il s'en alla enfin, laissant les captifs affronter leur gêne mutuelle. On regagna le baraquement et la grande Perrine, pour dégeler l'atmosphère, procéda à une distribution d'eau-de-vie.

— Allons ! lança-t-elle d'un ton gouailleur. Ne faites donc pas ces têtes d'enterrement. Profitons plutôt de la permission qui nous est donnée pour prendre une dernière fois du plaisir. Quand nous serons sur le bateau nous aurons beaucoup trop le mal de mer pour penser encore à ça !

On feignit de rire et les gobelets circulèrent de main en main. Marion ne refusa pas celui qu'on lui tendait. Elle but avec avidité la gnôle de pomme distillée par la matrone. Elle avait besoin de s'enivrer pour affronter ce qui allait suivre.

Elle se rapprocha enfin de Matthieu. Le charpentier était assis au bord de sa couchette, les yeux baissés. Ses grosses mains noueuses serraient la timbale de terre cuite comme si elles voulaient la faire éclater. Marion se demanda ce qu'elle éprouverait quand ces paumes durcies par la corne se poseraient sur son ventre.

— J'ai honte, murmura l'ouvrier. Je suis trop vieux. Tu méritais mieux, toi, une gamine si vivante. On aurait dû te donner à un jeune gars.

Marion l'embrassa sur la joue et dit :

— Mais non, c'est bien comme ça.

L'alcool aidant, les rires se déchaînèrent, bientôt suivis de gravelures. Perrine dut rappeler son monde à l'ordre. On n'était point au bordel ! On travaillait au repeuplement de la terre détruite, il y avait des limites à ne pas franchir. On se devait de rester dignes. C'était un acte de foi, pas une fornication de soûlards.

Elle souffla les lumières et le silence se fit. Les forfanteries cessèrent. Seules les flammes du foyer éclairaient encore le long baraquement dépourvu de fenêtres. La couchette de Matthieu se trouva d'un coup plongée dans les ténèbres. Marion devina que si elle ne prenait pas l'initiative, le charpentier demeurerait là, cloué au bord de la paillasse. Pressée d'en finir, elle arracha ses vêtements, sa chemise, et, nue, s'attaqua aux hardes de l'homme. Il restait pétrifié, répétant qu'il était trop vieux, que ce serait mal, que ce serait sale... Il murmura quelque chose à propos de sa vieille chair fanée, de ses poils gris, qu'il jugeait inconvenant d'accoler à la peau d'une gamine. Marion s'exaspéra d'être considérée comme une enfant. L'eau-de-vie la poussait à des hardiesses qu'elle n'aurait jamais esquissées à l'état normal. Elle poussa Matthieu sur la paillasse et acheva de le dépouiller. Il sentait la sueur, il sentait l'homme. Son torse était aussi velu que celui d'un ours. Elle se coucha sur lui, puis ramena la couverture de peau de lapin sur leurs corps. Elle avait l'impression d'être étendue sur un bloc de pierre, un guerrier mort.

— Je ne sais plus faire ça..., murmura le charpentier. Il y a si longtemps que ma femme est morte. Après je n'ai plus fréquenté que des putains, de temps à autre, ce n'est pas pareil. Je ne suis pas celui qu'il te faut. Va, tu n'es pas obligée.

Mais Marion s'entêtait. Elle le força à poser ses

grosses mains sur ses reins, elle se frotta contre lui. Pendant qu'elle se démenait, elle ne cessait de penser à Malestrazza. L'image du guide semblait imprimée sur sa rétine, elle ne parvenait pas à l'effacer. Elle pleura de rage. Matthieu crut qu'elle avait peur. Il essaya de la consoler, de la repousser. Cela la rendit furieuse. Elle ne voulait pas qu'il se comporte en père, elle désirait se servir de lui pour se débarrasser de *l'autre*... pour l'exorciser. Alors elle décida de se conduire à la façon d'une catin et empoigna le membre du charpentier à pleine paume, pour le guider en elle. Elle l'insulta : « Vas-tu te décider ? Tu ne vois pas que j'en ai envie ? »

Elle mentait. Elle avait surtout envie de mourir, elle aurait voulu que la montée des eaux s'accélère soudain et les submerge tous, là, tels qu'ils étaient, accouplés comme des bêtes de reproduction. Elle appelait le désastre, la fin du monde. Elle voulait être délivrée de l'amour, du désir, plonger dans un néant paisible affranchi des tourments de la chair.

Elle donna des coups de reins, noua ses jambes sur les fesses du charpentier.

« Cloue-moi ! haletait-elle, cloue-moi au fond du lit ! »

Les paumes rugueuses de l'homme l'écorchaient, son poids l'étouffait.

« Je suis coincée sous un ours mort... », songea-t-elle au bord du délire. Enfin, il s'éveilla et la prit, lui faisant mal. Elle ne se déroba point, elle voulait souffrir pour oublier. Il l'écartelait, la remplissant tout entière. Elle se mordit les lèvres pour ne pas crier le nom de Malestrazza, mais elle ne voyait que lui. Elle réalisait qu'ils auraient dû faire l'amour en pleine lumière, l'obscurité, complice du fantasme, permettait trop aisément de truquer la partie.

Il ne la besogna pas longtemps, toutefois la tricherie

des images mentales offrit à la jeune femme un plaisir intense dont Matthieu se rendit compte. Tout de suite après, elle fondit en larmes. Le charpentier posa sa grosse patte sur sa poitrine et souffla :

— Va, je sais bien que ce n'est pas à moi que tu pensais. Ce n'est pas grave. Il te sortira de la tête, un jour ou l'autre. Faut avoir de la patience. Vous êtes toutes envoûtées, les jeunes comme les vieilles. Cet homme-là, c'est le diable.

Marion ferma les yeux. Elle songea qu'elle avait dans le ventre la semence d'un vieillard, d'un inconnu, d'un homme qui ne lui était rien et qu'un enfant naîtrait peut-être de cette union débile. Elle se demanda si, en cet instant, Malestrazza était au lit avec Yolande. Sans doute. Adam fécondait Ève, selon la prescription de Noctus.

« Le pire, se dit-elle, c'est que ma sœur ne l'aime peut-être pas autant que moi. »

La tête lui tournait. Elle crut que le lit se mettait à tanguer. Elle fut incapable de déterminer si elle s'endormait ou si elle perdait connaissance.

# CHAPITRE DIX-NEUF

Lorsqu'elle s'éveilla, le lendemain matin, Matthieu était déjà parti sur le chantier, ainsi que tous les hommes. Les femmes se retrouvèrent seules dans la maison, hésitant entre la honte et la gaillardise. Les commères se répandirent en grognements satisfaits, celles qui avaient encore de la pudeur essayaient de pleurer sans le montrer. Perrine fit taire les garces qui, déjà, se lançaient des gravelures. Elle leva la main, menaçant d'une rude taloche celles qui auraient l'audace de continuer sur ce ton.

— La paix ! gronda-t-elle. Certaines étaient pucelles, elles avaient sûrement rêvé d'autres amourettes, ayez un peu d'égards pour elles. Toutes celles qui sont ici n'ont pas eu la chance de survivre au viol d'une grande compagnie.

Marion enfila sa chemise. Elle avait mal au ventre. Mathieu l'avait ouverte en deux, comme un ours. Son odeur était encore sur elle. Elle aurait voulu se laver, courir nue dans la neige, s'y rouler.

— On n'en parlera plus, décida Perrine. Ça se reproduira, bien sûr, puisque c'est la loi de Noctus, mais on finira par ne plus y prêter attention. Celles qui seront enceintes seront vite délivrées de ce tracas. Nous ne copulons pas par plaisir mais par devoir, aussi, dès qu'une femme sera fécondée, l'homme n'aura plus aucune raison de lui imposer ses appétits. C'est pourquoi je vous souhaite à toutes d'avoir été engrossées cette nuit, dès la première joute. Avec un peu de chance, d'ici quelques semaines vous serez tranquilles pour les neuf mois à venir. Vous pourrez, sans crainte d'encourir la colère de Mazolas, interdire aux hommes l'accès à votre lit.

La soupe avalée, les femmes se mirent à parler. Beaucoup étaient dolentes, quelques-unes en colère. Mahaut faisait partie de celles-là. Lorsqu'on sortit relever les pièges, elle s'arrangea pour suivre Marion. Elle ne fut pas longue à lui exposer ses griefs. Elle ne supportait pas d'avoir été privée de Malestrazza. Jusqu'au bout, elle avait cru qu'on l'unirait au guide. La veille, après l'annonce des accouplements, elle était allée trouver le prieur pour protester. Celui-ci lui avait alors appris l'existence de Yolande. Cette révélation avait foudroyé la matrone. Hébétée, elle s'était mise au lit avec un nigaud « si mal outillé » qu'elle l'avait à peine senti en elle. Depuis son réveil, elle ne décolérait pas.

— Tu ne peux pas comprendre, bien sûr, répétait-elle, tu n'as jamais connu Malestrazza. Quand on l'a eu dans son ventre, on n'en veut plus d'autres. C'est fini. Cet homme, c'est du poison, il vous intoxique. Après, on ne peut plus se passer de lui. Et pourtant j'étais une femme faite quand je l'ai eu, pas une pucelle prompte à s'enflammer, regarde le résultat ! Je crève de ne plus pouvoir l'attirer en moi. Je vais devenir folle si je ne peux plus partager ma couche avec lui...

Et c'était vrai qu'elle avait l'air d'une démente. Son regard, son port de tête avaient changé. Même son corps enveloppé de graisse semblait soudain plus leste, plus séduisant. Une flamme étrange brûlait dans tout son être, la transformant à son insu. Elle évoquait, pour Marion, ces agonisants que la fièvre farde, une heure avant le trépas, d'une aura de bonne santé.

Elle se déchaîna sur Yolande, ignorante du lien de parenté qui l'unissait à Marion. Elle avait essayé d'obtenir des renseignements auprès de Perrine, mais celle-ci s'était montrée discrète.

— Une blondasse, maugréait-elle, sans doute la fille d'un petit seigneur qui s'amuse à jouer les princesses, cloîtrée dans l'arche comme dans un donjon. Elle sera la nouvelle Ève, à ce qu'il paraît ! Comme si Malestrazza pouvait se satisfaire d'un tel tendron ! C'est du feu, cet homme. Il lui faut une vraie femme, une femelle au coup de rein solide, une jument capable de se laisser chevaucher des heures entières sans crier grâce. Cette gamine, il la crèvera en l'espace de trois nuits !

Elle gesticulait, décoiffée, le corsage délacé en dépit du froid. Elle allait et venait, telle une somnambule, ne semblant rien voir de ce qui l'entourait.

D'un seul coup, la haine qui l'avait opposée à Marion s'était dissoute par magie. Elle ne paraissait en garder aucun souvenir et lui parlait comme si, toutes deux, avaient entretenu les meilleures relations depuis le début du pèlerinage.

Le pire, c'est que la tailleuse de pierre s'y laissait prendre ! Elle aurait voulu résister, mais une louche connivence la poussait à se rallier à Mahaut. Une complicité mauvaise consolidée par la jalousie, et qui lui faisait horreur. Son désir de Malestrazza la rabaissait. Il la rendait capable de n'importe quoi, et même de pactiser avec le démon. Si elle en avait eu l'occasion, elle n'aurait pas hésité à se rendre chez une sorcière pour obtenir un philtre d'amour, un enchantement qu'elle aurait utilisé pour asservir le guide. Elle ne se reconnaissait plus. Jamais elle n'aurait pensé en arriver là.

Mahaut regarda par-dessus son épaule pour s'assurer que les autres ne pouvaient pas l'entendre, puis murmura :

— Cette fille, cette Yolande, il faudrait s'en débarrasser...

## CHAPITRE VINGT

C'est ainsi que le complot naquit. Tel un mal lancinant qui vous vrille les os jusqu'à devenir insupportable et vous amène à envisager les solutions les plus radicales pour atteindre la délivrance. Sans cesse Mahaut revenait à la charge, bâtissant des stratégies délirantes. Elle essayait par tous les moyens de s'attirer les bonnes grâces de Marion. Dans ce but, elle alla jusqu'à promettre de lui « prêter » Malestrazza en guise de récompense. Elle ne se rendait plus compte de ce qu'elle disait et jetait, dans le feu de la discussion, les bases d'une invraisemblable sororité, une association de tribades infernales partageant crimes et amants.

« Le plus horrible dans tout cela, se répétait Marion, c'est que je suis tentée de lui obéir. »

Le somnambulisme l'avait gagnée, elle aussi. Elle ne songeait plus à la fin du monde, et c'est à peine si elle se rendait compte que, chaque soir, Matthieu le charpentier se couchait entre ses cuisses pour user d'elle à sa guise. Elle était ailleurs. Définitivement ailleurs. Abîmée dans l'échafaudage des combinaisons fantasmatiques qui lui rendraient Malestrazza.

Constance de Hurault, alertée par la fixité de son regard, essaya de la tirer de cet état second. Elle commit l'erreur de croire que Marion supportait mal d'avoir été livrée au charpentier et ne se remettait pas du viol chaque nuit répété. La pauvre baronne était à mille lieues de la vérité. Ce qui hantait Marion, c'était la voix de Mahaut, insinuante, persuasive, dangereuse, et qui disait :

— Je sais ce qu'il faut faire. On sabotera la serrure de la cage du lion, de manière qu'elle cède à la première poussée. Auparavant, on aura mis le fauve à la diète, pendant trois jours, pour le rendre nerveux, irritable. Je sais que la Yolande a l'habitude de descendre visiter la ménagerie, les ouvriers me l'ont dit. Elle joue à la bonne fée en caressant les animaux. Ce jour-là, quand elle arrivera à la hauteur du lion, il aura si faim, qu'il se jettera sur la grille. La serrure sautera, et plus rien ne le séparera alors de la nouvelle Ève ! Il pourra en faire son déjeuner... C'est un bon plan, n'est-ce pas ?

« Oui », avait failli répondre Marion. Elle ravala l'approbation en se mordant la langue jusqu'au sang. Elle ne savait plus ce qu'elle éprouvait pour sa sœur : de la jalousie, de la haine, un désir de vengeance qui anéantissait les liens du sang. Elle ne voyait qu'une chose, la disparition de Yolande lui rendrait Malestrazza. C'était inévitable, ne ressemblait-elle pas à sa sœur comme deux gouttes de la même eau ? Dans l'obligation de choisir une autre femme pour assumer le rôle d'Ève, Mazolas de Caradoz se retrouverait dans l'obligation de la choisir, elle, et elle seule... Mahaut ne comptait pas. Mahaut-la-truie n'était pas une concurrente digne de ce nom.

Parfois, elle retrouvait sa lucidité et s'horrifiait de s'être abandonnée à de telles spéculations. Mais, parfois aussi, elle les polissait dans le secret de son âme.

Les démons de l'envie et de la luxure l'habitaient. Souvent, entre les bras de Matthieu, elle se laissait aller à imaginer que Malestrazza la prenait, et ce fantasme l'amenait au paroxysme de la jouissance. Le charpentier n'était point dupe; son humeur s'aigrissait. Il aurait préféré moins de feu et plus de gentillesse. Cette fille qui râlait, les yeux révulsés, en se donnant à un fantôme, lui faisait peur.

— Tu es envoûtée, lui dit-il un soir. Tu ne t'en rends pas compte mais tu as changé. Je ne te toucherai plus. Je ne veux pas être complice de tes manigances. On continuera à faire semblant, pour donner le change aux autres, mais je ne viendrai plus en toi.

— Comme tu veux, soupira distraitement Marion.

Maintenant, elle attendait avec impatience de retrouver Mahaut. Mahaut qui lui disait :

— On n'aurait pas besoin que le lion la dévore entièrement, tu comprends? Juste un bon coup de griffe en travers de sa jolie petite gueule, ça suffira. Quand on l'aura recousue comme un vieux sac, je doute que Malestrazza ait encore envie de la grimper. Je connais les hommes, va!

Et Marion se répétait : « Oui, c'est vrai, on n'aurait nullement besoin de la tuer. Il suffirait que le fauve la défigure un peu. Ça suffirait. »

Pour se conforter dans cette opinion, elle se remémora les vilenies dont Yolande l'avait accablée, les mille méchancetés de l'enfance, les fourberies de l'adolescence, les moqueries, les tracasseries. Tout lui revenait soudain dans les moindres détails, les anecdotes, les taquineries imprégnées de ce mépris dont les filles trop jolies éclaboussent leur entourage sans en avoir conscience. Oui, elle comptabilisait ce butin vénéneux avec avarice, se réjouissant de le voir grossir d'heure en heure. Quand l'addition serait conséquente, pensait-elle, elle passerait à l'action.

— Je sens que tu vas faire une bêtise, lui répétait Constance. J'ai tout le temps peur que tu ne te jettes dans un précipice. Ne te laisse pas aller, ça n'en vaut pas la peine.

Elle-même s'était offerte pour satisfaire les hommes qui, en surnombre, n'avaient point trouvé de compagne. Elle se donnait avec gentillesse, heureuse de pouvoir mortifier sa chair. Elle attendait la fin du monde avec impatience et gourmandise.

— Si je survis à cela, disait-elle, j'estime que j'aurai payé ma dette. Alors je pourrais recommencer à vivre sans traîner derrière moi les chaînes de la culpabilité. C'est ainsi que je vois les choses. En ce moment je règle mes créanciers, j'y mets assez d'application pour qu'on ne puisse rien me reprocher.

La nuit, Noctus hurlait des heures durant. Mazolas affirma que l'accroissement de l'humidité avait eu un effet néfaste sur ses rhumatismes et que le corps de l'ange mutilé n'était plus qu'un effroyable entrelacs d'os noués en dépit du bon sens.

— Il va mourir, annonçait-il en se cachant le visage dans les mains. Personne ne peut survivre à de telles souffrances. Quand il rendra l'âme, le Déluge entrera dans sa phase finale. Il nous faudra embarquer et prier pour que l'arche tienne la mer.

En prévision de ce moment décisif, Matthieu et ses ouvriers travaillaient comme des esclaves. On manquait de bitume, à la place, on avait utilisé de la filasse mêlée de graisse d'ours sans savoir si ce matériau de remplacement résisterait à l'immersion.

— Tout ce travail pour rien, murmurait parfois le charpentier en s'abattant aux côtés de Marion, la nuit venue. Nous coulerons à la première tempête. Le bois est trop jeune pour un navire d'une telle importance, il n'a pas eu le temps de sécher selon les règles. Aucun armateur n'accepterait de lancer un pareil sabot.

La neige ne tombait plus. Sur le plateau, les versants, elle fondait, imbibant la terre déjà détrempée. En s'écoulant, la boue dévoilait le roc. Comme le temps se réchauffait, le brouillard se fit plus dense, emplissant la vallée. Noctus continuait à hurler, à se tordre. Perrine, agenouillée, obligeait son petit monde à prier pour le soulagement de l'ange mutilé. Elle avait fait son baluchon. Selon elle, l'heure de l'embarquement allait bientôt sonner.

Mahaut se faisait insistante.

— C'est maintenant qu'il faut s'occuper de Yolande, grondait-elle. Après, lorsque tout le monde sera monté à bord, ça deviendra impossible.

S'étant ouverte de ses projets à Marion, elle ne pouvait plus décemment agir sans elle. Elle se devait d'impliquer l'ymagière dans la réalisation du complot. Marion devenue complice, elle se trouverait dans l'impossibilité de dénoncer celle qui avait fomenté l'affaire sous peine d'être elle aussi victime de son acte de délation.

Hélas, la tailleuse de pierre ne parvenait pas à se décider. Alors que Mahaut, cédant à l'impatience, envisageait d'agir seule, la pluie cessa d'un coup... et le soleil revint.

On en resta interdit. Cette métamorphose contredisait toutes les prévisions de Noctus. Déjà, le ciel se dégageait, la chaleur séchait les pâturages détrempés.

— Ce n'est qu'une fausse accalmie, bredouilla le prieur. Une feinte du démon pour nous pousser à baisser notre garde. La pluie va reprendre de plus belle. Il ne faut pas se réjouir.

*Mais la pluie ne revint pas.*

Le mauvais temps avait cédé la place au ciel bleu et c'est à peine si quelques nuages venaient troubler l'azur. Sur le plateau nu, dépourvu de la moindre végétation, la chaleur devint intenable. Lorsque le brouillard se dissipa, on se pressa au bord des précipices pour examiner la vallée. On n'eut aucun mal à vérifier qu'elle n'était pas inondée. L'océan n'avait point envahi les terres, et si les fleuves étaient un moment sortis de leur lit, ils l'avaient réintégré à présent, car on ne voyait point les flots battre les pentes des cols voisins. Les femmes accueillirent cette nouvelle avec horreur. En effet, si l'imminence de la fin du monde avait rendu tolérables, voire obligatoires, certains comportements sexuels, le retour à la normale impliquait qu'elles s'étaient conduites en ribaudes, et cela sans nécessité !

— Nous ne serons pas les mères de la nouvelle humanité, gronda une femme en colère, mais des putains engrossées par des inconnus qu'on a fourrés de force entre nos jambes ! Nous allons accoucher d'une légion de bâtards dont nous nous serions toutes bien passées !

Une flambée de rage parcourut les rangs des captives. La grande Perrine semblait désorientée. Elle, d'habitude si confiante en la parole de Noctus, ne cessait de scruter le ciel, à la recherche d'un nuage annonciateur d'averse. Hélas, le soleil s'obstinait à briller avec tant de férocité que l'herbe en deviendrait jaune avant longtemps.

Marion s'éveilla du long délire qui l'avait engourdie cette dernière semaine. Avec le retour du beau temps, ses velléités criminelles se dissipaient. Elle s'étonnait d'avoir été si proche d'apporter son concours à Mahaut. Tout cela n'avait été qu'un mauvais rêve, une folie entretenue par les discours incessants de Mazolas et de Noctus. Il n'y aurait pas de fin du monde. On les avait amenées ici pour rien !

Les hommes baissaient le nez, penauds, devinant qu'on allait leur demander des comptes.

Comme de bien entendu, le prieur et ses moines devinrent invisibles. Retranchés dans le fortin suspendu à flanc de montagne, ils ne mettaient plus le nez dehors.

— Ils ont senti que le vent tournait, gronda Mahaut. Ces charognes sont allées se cacher de peur qu'on leur arrache les couilles !

— Pas du tout ! protesta Perrine. Ils consultent Noctus... Je suis persuadée que vous vous trompez, toutes. Ce n'est qu'une accalmie, dans deux jours la pluie reprendra de plus belle.

— La peste soit des contes de fées ! vociféra Mahaut. Il n'y aura pas de déluge, la vallée est sèche ! Tu nous avais raconté que l'océan clapotait au bas des versants... où sont les poissons ? Dis ? Où sont-ils ?

Les captives joignirent leurs voix à la sienne. Tout cela sentait la duperie.

— Ils ont fait de nous des hérétiques ! hurla Mahaut. Désormais les inquisiteurs auront le droit de nous brûler vives. Il faut les forcer à nous ramener chez nous !

D'un seul mouvement, la troupe se porta au pied du fortin. Là, on ramassa des cailloux dont on se mit à bombarder la construction. On scandait le nom de Mazolas, on exigeait qu'il se montrât. Du coin de l'œil, Marion repéra deux silhouettes sur le château arrière de l'arche : Yolande et Malestrazza. Ils devaient s'inquiéter du tour pris par les événements.

Enfin, la porte s'ouvrit et le prieur parut sur le seuil, au sommet de la passerelle menant à la curieuse construction.

— Pourquoi te cachais-tu, vieille fripouille ? lança Mahaut, une pierre au poing.

— Tais-toi, bonne femme ! tonna le prieur, tu ne sais pas ce que tu dis. J'étais monté observer le ciel... et j'ai malheureusement vu autre chose.

— Quoi ? crièrent en chœur les captives.

— L'ost, répondit sombrement Mazolas de Caradoz. L'armée... L'inquisition a retrouvé notre trace. Elle nous envoie la troupe. En ce moment même, une centaine de soldats en armes piétinent sur le chemin que vous avez emprunté pour venir ici. Ils seront là avant la fin du jour. Nous sommes perdus.

Tous se retournèrent pour regarder dans la direction indiquée par Mazolas. Marion crut distinguer le scintillement d'une cuirasse dans le lointain. *L'ost...* C'était la pire chose qu'on pût imaginer. Si on avait donné aux soldats l'ordre d'exterminer les hérétiques, ils ne reculeraient devant rien. La jeune femme frissonna. On les jetterait dans le vide, comme cela s'était déjà fait par le passé.

Mahaut demeurait stupide, la mâchoire décrochée. Elle s'était donné la peine d'organiser une belle émeute et voilà que son initiative s'effilochait, tuée par cet imprévisible coup du sort.

— L'ost..., balbutia-t-elle sottement.

Ils savaient ce qu'impliquait la venue des soldats. Les femmes violées, puis empalées sur des piques plantées en terre. Les hommes castrés avant d'être poussés dans l'abîme, des pierres plein les poches.

« Il faut fuir ! » songea Marion, mais, à la seconde même où elle formulait cette pensée, elle réalisa qu'ils étaient bloqués sur un piton rocheux, adossés à un précipice. L'armée venait à leur rencontre, leur coupant la route. S'ils voulaient échapper aux coutelas des égorgeurs ne leur restait plus que la solution de sauter dans le ravin.

— Asile ! cria quelqu'un à l'intention des moines. Laissez-nous monter au fortin. Asile !

— C'est impossible, lança le prieur, vous êtes trop nombreux, vous ne tiendriez pas à l'intérieur. Vous le savez bien.

Marion songea que ce serait, de toute manière, une mauvaise solution. Que ferait-on une fois claquemurés là-haut, dans cette forteresse de pacotille qui ressemblait davantage à un nid d'hirondelle qu'à une vraie fortification ? Comment mangerait-on ? Comment boirait-on ? Les soldats auraient beau jeu de mettre le siège au pied de la muraille et d'attendre que les retranchés meurent de soif.

Cessant d'écouter Mazolas, elle courut vers le précipice, s'arrêtant à la lisière du vide. Matthieu la rejoignit. D'où ils se tenaient, on distinguait la coupe de bois où les charpentiers avaient abattu des dizaines d'arbres. Pouvait-on fuir par là ?

Devinant son interrogation muette, Matthieu murmura :

— C'est pas une bonne idée. C'est vrai qu'on peut se laisser glisser sur le cul jusqu'au chantier d'abattage, mais ça servirait à quoi ? Les soldats n'auraient qu'à s'installer ici et à nous cribler de flèches, comme à la foire. Les arbres poussent sur un petit plateau qui fait saillie, mais au-delà de cette saillie, c'est l'à-pic. Une paroi lisse comme du verre. On ne peut pas s'enfuir de ce côté, la pente est trop vive, on ne parvient pas à s'y accrocher. Non, le seul moyen de redescendre c'est d'emprunter la route par laquelle nous sommes montés.

Le vent leur apporta le cliquetis de ferraille des cuirasses, et ils se figèrent. Il leur restait peu de temps pour prendre une décision, car l'armée progressait vite. Une femme s'arracha les cheveux en poussant des ululements de terreur. Certains s'élancèrent en direction des collines avoisinantes. Aucun de ces pitons rocheux ne constituait une cachette satisfaisante. Dès qu'ils auraient posé le pied sur le plateau, les soldats se feraient un devoir de ratisser les lieux, n'oubliant aucun trou, aucune caverne.

— Ils vont nous torturer, gémit quelqu'un. C'est le sort qu'ils réservent aux hérétiques, mieux vaut encore se suicider.

Marion ne pouvait détacher son regard des éclats lumineux que le soleil accrochait aux lances, aux boucliers. La peur lui coupait le souffle et elle entendait son cœur battre dans ses oreilles comme s'il était posé au-dehors d'elle, et qu'elle épiait ses pulsations monstrueuses à travers le bois d'une porte. Elle savait que les hommes d'armes ne leur feraient pas de cadeaux. La tuerie, le massacre seraient une délivrance en comparaison de ce qui ne manquerait pas de précéder. Dans les campagnes, on évoquait en tremblant le sort réservé aux Parfaits du Languedoc. Il en irait de même ici. Le courage lui manqua, elle fut sur le point de fondre en sanglots.

La paume de Matthieu se referma sur la sienne.

— Si tu veux, lui dit-il, on peut sauter tous les deux dans le vide en se tenant par la main. Si tu n'as pas le courage, je sauterai le premier et je t'entraînerai avec moi. C'est mieux que de se laisser mettre en pièces par ces bouchers.

Marion leva les yeux vers lui. Elle fut profondément émue par le regard du charpentier posé sur elle.

« Voilà un homme bon, songea-t-elle, un homme droit... qui mériterait d'être aimé, et pourtant personne ne fait attention à lui. Nous lui préférons toutes, moi la première, une canaille comme Malestrazza. Les prêtres ont peut-être raison après tout, nous sommes une race esclave de ses emportements sentimentaux, même si ces emportements doivent nous conduire au désastre. »

Elle vacilla. Un moment, elle fut sur le point de s'abandonner contre la poitrine du charpentier et de lui dire : « Oui, aide-moi. Prends-moi dans tes bras et sautons dans le précipice. Délivre-moi de cette folie. Tu es le seul ici en qui je puisse avoir confiance. »

Alors qu'elle allait céder, une idée lui traversa l'esprit. Se tournant vers le navire calé sur ses étais, elle cria :

— L'arche ! C'est là qu'il faut aller. C'est comme un château fort de bois, une fois les sabords fermés, les soldats auront du mal à l'escalader.

— Idiote ! Ils n'auront qu'à y mettre le feu ! rétorqua Mahaut, ton idée ne vaut rien. C'est comme si tu nous demandais d'aller nous-mêmes nous asseoir au sommet d'un bûcher.

— Non, intervint Matthieu, Marion a raison. Le bois n'a pas eu le temps de sécher. Il a fallu travailler si vite, et il a tellement plu, que les planches sont gorgées d'eau. Si les hommes d'armes essayent de la faire flamber, le feu ne prendra pas, les flammes s'éteindront d'elles-mêmes. Cela nous accordera un répit.

— C'est vrai, approuva Perrine. Il y a là-haut de quoi survivre plusieurs semaines puisque tout le ravitaillement a été chargé en prévision du départ.

— Une fois barricadés, expliqua Marion, nous tenterons de faire valoir aux inquisiteurs que nous avons été amenés ici contre notre gré, que nous n'avons jamais embrassé l'hérésie. Ils accepteront peut-être de nous écouter.

— En tout cas, on peut essayer, lança Matthieu. Allez ! Ne tardons pas. Il faut grimper là-haut et remonter les passerelles, de cette façon, les soldats ne disposeront pas d'assez de bois pour construire des échelles.

La foule se rua vers l'arche, oubliant Mazolas et ses moines toujours embusqués au seuil du fortin suspendu. Le prieur s'était mis à crier, à parler latin, mais personne ne l'écoutait plus. Les pèlerins escaladèrent les praticables permettant d'accéder au navire. Ils s'y engouffraient dans le plus grand désordre, se bousculant, se piétinant. Matthieu et deux charpentiers coupaient les amarres, remontaient les échelles, de manière à ne rien laisser derrière eux qui puisse faciliter la tâche aux militaires.

Dans la ménagerie, les animaux avaient perçu l'angoisse des humains, ils s'agitaient en poussant des cris. Quand tout le monde fut monté, on ferma les sabords et on les verrouilla soigneusement, comme si l'on se préparait à affronter une tempête. L'immense coque résonnait du piétinement des pèlerins en fuite. Maintenant qu'on avait bouclé toutes les ouvertures il faisait nuit noire dans la fauverie. Les fuyards se hissèrent vers la lumière dans un grand pêle-mêle de mains écrasées, de chutes confuses.

Une fois sur le pont, la troupe eut l'impression d'être au sommet d'un château fort. La nef dominait le paysage. Les captifs se précipitèrent vers le bastingage pour observer l'approche des soldats.

— Vrai, ricana Mahaut. Ils vont être bien surpris, les bougres !

On rit bruyamment. Matthieu allait et venait, s'assurant qu'on n'avait laissé aucun sabord ouvert. À présent, les flancs du navire étaient telles des murailles de bois lisse. Leur forme bombée ne faciliterait pas l'escalade.

— Dans la cale, il y a des arcs, des flèches, expliqua-t-il. Mazolas avait tout prévu. Il voulait que nous puissions nous défendre et chasser. Cela nous permettra de repousser les soldats s'ils tentent de poser des échelles sur le plat-bord.

Un soulagement illusoire s'empara de chacun. On s'était cru si près de mourir qu'on s'imaginait déjà invincible.

— Ça n'ira pas au-delà de quelques jours, chuchota Matthieu en entraînant Marion à l'écart. Avec le soleil, le bois va sécher. Si la canicule s'installe, il sera prêt à flamber avant la fin de la semaine. Les soldats n'auront alors qu'à entasser des torches sous la quille pour transformer l'arche en bûcher. Nous grillerons, aussi sûrement que si nous étions ficelés au sommet d'une montagne de fagots.

Marion hocha la tête.

— Je sais, fit-elle. À nous d'être assez habiles pour exploiter ce répit.

Les armes une fois distribuées, l'excitation baissa d'un cran. On s'agenouilla derrière le bastingage, comme s'il s'agissait d'une ligne de créneaux, et l'on se mit à attendre l'ost.

Peu à peu, le miroitement des cuirasses s'amplifia, créant l'illusion qu'une bande de feux follets sautillaient à la lisière du plateau, pour une danse maléfique. Puis le vent apporta l'odeur des chevaux et de la graisse d'arme. Il ne s'agissait point d'un mirage, loin de là. Des ordres claquèrent, des hommes casqués se déployèrent pour prendre la prairie en tenaille et ratisser le moindre recoin. Il y avait des chiens avec eux. On emmenait souvent des dogues dès lors qu'il s'agissait de courser l'hérétique. Les mâtins s'acquittaient fort bien de cette besogne en mettant en pièces les suppôts de Satan.

Marion enfonça ses ongles dans le bois humide du plat-bord. Les religieux venaient en tête, montés sur des mules. Elle leur trouva des figures arrogantes et maigres. Les chiens, qu'on venait de lâcher, galopaient ventre à terre en direction de la baraque. La porte étant restée ouverte, ils s'y engouffrèrent, menèrent grand tapage, puis ressortirent, déçus. Ils filèrent alors droit vers le fortin suspendu et commencèrent à aboyer. Mazolas et ses moines s'étaient retranchés dans la construction après avoir détruit à coups de hache la passerelle qui permettait d'y accéder.

Les soldats ne se pressaient pas. Ils savaient l'ennemi adossé au vide, coincé dans un cul-de-sac. Pour eux l'affaire était entendue, on aurait à peine le temps de s'amuser avec les donzelles que tout serait réglé. Et puis, avec cette graine de fanatiques, il fallait s'attendre à tout ; principalement à un suicide collectif, ce qui priverait la troupe des réjouissances espérées.

À bord de l'arche, chacun retenait son souffle. La brève euphorie qui avait succédé à l'embarquement s'était dissipée.

Les soldats, après avoir exploré la maison, se massèrent au pied du piton rocheux. Le fortin accroché à la paroi, constituait à leurs yeux, un repaire parfait pour des hérétiques. Les deux inquisiteurs mirent pied à terre. Ils considéraient ce qui les entourait avec un air de profond dégoût, comme si une puanteur infâme stagnait sur le plateau, leur coupant la respiration. L'arche les effrayait tant qu'ils osaient à peine la contempler. Chaque fois qu'ils levaient les yeux vers elle, ils se signaient frénétiquement.

Marion se demanda s'ils s'étaient rendu compte de la présence des fuyards sur le pont supérieur. Un instant, elle nourrit l'espoir que les religieux se contenteraient de « purifier » le fortin et s'en retourneraient comme ils étaient venus. Mais c'était absurde. Ils ne partiraient pas sans avoir incendié l'arche, ce monument blasphématoire au moyen duquel une poignée d'illuminés avaient prétendu survivre à l'extinction des hommes de foi.

L'un des inquisiteurs prit la parole ; les sautes de vent effilochaient son discours. Marion crut comprendre qu'il sommait Mazolas et les siens de se rendre en échange d'une mort rapide.

— Vous cachez le faux prophète qui se fait nommer Noctus Ira Melanox, disait le moine. Depuis plusieurs années vous facilitez sa fuite à travers le royaume, suscitez des complicités et convertissez comme si vous déteniez la juste parole de Dieu. L'heure de votre fin a sonné. Si vous vous rendez, je vous offre la garantie que vous serez étranglé avant d'être livré au feu purificateur. Si le siège s'éternise, au contraire, je ne serai plus en mesure de me montrer clément. Vous avez jusqu'à la tombée de la nuit pour réfléchir à ma proposition.

« Mazolas est perdu, pensa Marion. Il est coincé dans un terrier. »

Elle n'imaginait pas le prieur capitulant. Allait-il se barricader en espérant un miracle ? Un miracle accompli par Noctus, l'ange mutilé ? Il était sûrement assez fou pour cela.

On attendit, sans proférer un mot. Le soleil tapait dur sur le pont, et la soif s'empara des fuyards. Personne, cependant, n'osait bouger. On espérait n'avoir pas été repéré, même si c'était là un souhait absurde.

Les soldats dressèrent des tentes. Les inquisiteurs, refusant de s'installer dans la baraque, ordonnèrent qu'on y mette le feu.

Ce fut cette odeur de fumée qui trompa Marion et l'empêcha de repérer la naissance d'un second incendie. Elle ne comprit ce qui se passait qu'en reniflant la puanteur de la plume brûlée. Mazolas de Caradoz et les siens avaient décidé de s'immoler de leurs propres mains. Des panaches de suie filtraient par les minces ouvertures du fortin suspendu, trahissant l'existence d'un incendie intérieur.

Le nid de l'ange se consumait. Le prieur, les moines et Noctus avaient choisi d'échapper à l'Inquisition en se donnant la mort. Des brasillements rougeâtres illuminaient les meurtrières, provoquant des cris de dépit parmi les soldats. Ah ! l'on n'aurait donc rien pour se distraire ! Foutus hérétiques qui gâchaient la besogne et vous forçaient à escalader les montagnes sans vous laisser la moindre contrepartie !

— L'ange ! sanglota Perrine. Notre bel ange aux ailes coupées, il est mort...

Et elle se cacha le visage dans les mains. D'autres femmes l'imitèrent. Marion resta immobile. La fumée du bûcher empestait la volaille carbonisée.

## CHAPITRE VINGT ET UN

Quand la nuit fut installée, quelqu'un émit l'idée qu'on pourrait peut-être mettre à profit le sommeil des soldats pour se glisser entre leurs lignes et rejoindre la route des cols.

— C'est idiot, fit une voix qui montait du château arrière. D'abord il y a les sentinelles, ensuite les chiens. Vous ne feriez pas trois pas sur le plateau que vous seriez déjà repérés.

On se retourna. Malestrazza fit un pas en avant. Yolande le suivait. Dans la confusion des dernières heures on avait oublié jusqu'à leur existence.

La stupeur causée par son arrivée fut rapidement suivie par une poussée de haine collective.

— C'est ta faute si nous en sommes là, gronda l'un des bûcherons, c'est toi qui nous as conduits ici. C'est toi qui as fait de nous des hérétiques.

Un grognement d'approbation courut dans l'assemblée. Malestrazza n'en parut nullement troublé.

— Je suis comme vous, lâcha-t-il, une victime de Mazolas, de Noctus. J'ai cru au Déluge. J'étais convaincu d'agir pour le mieux. Vous choisir parmi tant de postulants a été pour moi un cas de conscience permanent, une torture. Des milliers de fois je me suis demandé si j'avais eu raison de vous sélectionner, vous, plutôt que d'autres. C'était une responsabilité trop lourde... À plusieurs reprises j'ai voulu arrêter, le prieur m'a obligé à continuer. Il m'expliquait chaque fois que mon refus était criminel, que sans moi, des élus allaient périr. Alors je redescendais dans la vallée.

Il s'exprimait avec conviction et tristesse, en homme brisé par le sort. Sa lassitude le rendait plus beau encore, et il avait suffi qu'il ouvre la bouche pour que les femmes présentes retombent sous son charme. Dès qu'il parlait on avait envie de lui pardonner, de lui dire : « Ça n'a pas d'importance, va, ne te tracasse pas pour si peu. »

Marion, comme les autres, se laissait happer par ce redoutable pouvoir. Elle fit un effort pour résister. Malestrazza était un envoûteur-né, on ne pouvait lui faire confiance. Il s'était laissé piéger sur le navire, soit, mais qu'est-ce que cela prouvait ? Elle n'était pas loin de croire qu'il avait manipulé les religieux : Mazolas, Noctus. Il avait le don de la parole, la présence mystérieuse de ces orateurs qui, au creux des oasis, créent les religions. Il pouvait façonner des dieux, leur donner vie, et convaincre les foules de mourir pour ces idoles illusoires. Il était de ces hommes de l'ombre qui se mêlent à la populace et lui soufflent de se révolter, de décapiter les seigneurs et d'incendier les châteaux. Il était dangereux, terriblement dangereux.

— Je suis avec vous, dit-il en s'agenouillant. Ne le voyez-vous pas ? Dans le même bateau.

On rit. Dès lors, il avait gagné la partie. De toute manière il était si beau qu'on ne pouvait lui en vouloir bien longtemps.

— Cela ne m'aide guère de savoir que nous mourrons ensemble, grommela Matthieu. Que tu te sois montré aussi bête que moi n'a rien de rassurant.

Il parlait d'or, mais personne ne l'entendit.

Ils passèrent une étrange nuit, allongés sur le pont, avec au-dessus d'eux la voûte étoilée du ciel d'été, si pur. Ils éprouvaient tous de grandes difficultés à trouver le sommeil mais ne parlaient pas. Des odeurs de nourriture, en provenance du camp, se mêlaient à celles, plus âcres, émanant du fortin. Marion essayait de s'imaginer Mazolas, les moines et Noctus, grillés vifs au cœur des voûtes tapissées de plumes. Une voix méchante lui soufflait : « L'ange a fini comme un chapon cuit au four. Triste sort pour un naufragé du paradis. »

À l'aube, ils furent réveillés par les exhortations des inquisiteurs plantés au pied des échafaudages. Leur discours ne différait en rien de celui tenu la veille aux réfugiés du fortin, à ceci près qu'en cas de non-reddition, ils envisageaient de bouter le feu à l'arche et de l'utiliser comme bûcher. On les entendait mal, car le vent étouffait les mots au sortir de leurs bouches.

— Ça ne marchera pas, dit Matthieu. Le bois est encore trop humide. Ça va puer, noircir, mais ça ne prendra pas. On a encore quelques jours de répit. S'il se mettait à pleuvoir, ce serait encore mieux.

— Quand ils verront que l'arche ne flambe pas, ils vont tenter de l'investir, observa Malestrazza. Ils ne pourront le faire que par le sabord du troisième pont, celui de la ménagerie. Il faut libérer l'un des fauves, de manière qu'ils tombent sur lui s'ils essayent de se glisser à l'intérieur.

— Et qui va s'en charger? s'enquit Matthieu.

— Moi, annonça calmement le guide. J'y vais de ce pas. Que personne ne s'avise plus de descendre dans la fauverie, car désormais le lion s'y promènera en liberté.

On le regarda s'engouffrer dans l'écoutille comme s'il avait peu de chance de reparaître un jour. Marion ne nourrissait aucune inquiétude à ce sujet. Elle savait

Malestrazza habile, trop peut-être... Un soupçon l'effleura. N'était-il pas descendu négocier sa survie avec les prêtres ? Sous couvert de libérer les fauves, il pouvait après tout entamer un palabre avec l'ennemi par l'entrebâillement d'un sabord. On le laissait filer, en échange, il livrait l'arche aux soldats. C'était là une manœuvre classique. Lors d'un siège il se trouvait toujours quelqu'un pour ouvrir les portes de la ville ou descendre le pont-levis.

Elle sentit que Matthieu partageait ses craintes sans oser les formuler. Alors qu'ils commençaient à s'entre-regarder, Malestrazza émergea à l'air libre.

— C'est fait, dit-il simplement. J'ai ouvert la cage. Il n'a pas bougé, mais c'est normal. Les animaux mettent toujours un certain temps à percevoir les changements de situation. J'ai également poussé un tonneau sur l'écoutille qui permet d'accéder à la ménagerie, à la hauteur du deuxième pont. Que personne ne s'avise de le déplacer. Le lion serait bien capable d'emprunter l'escalier pour remonter jusqu'ici et de relever le panneau d'un coup de tête.

Une série de chocs sourds lui coupèrent la parole. Les archers venaient de tirer une salve de flèches enflammées sur le flanc tribord du navire. Les traits s'étaient fichés dans le bois humide et fumaient sans parvenir à déclencher l'incendie espéré.

— Ne gaspillons pas d'eau pour les éteindre, grommela Matthieu. Pour le moment, il n'y a point péril, elles vont charbonner et s'étouffer toutes seules.

La suite prouva qu'il avait vu juste. Dès lors, on se résigna à attendre. Il n'y avait rien d'autre à faire. Les invectives des prêtres venaient parfois secouer l'engourdissement des assiégés, puis tout recommençait. Il fallait prendre garde lorsqu'on risquait un œil au-dessus du bastingage, car les archers visaient juste, et Mahaut faillit prendre une flèche dans l'œil droit.

Marion se demandait combien de temps le siège allait durer. Elle ne croyait pas que les inquisiteurs puissent renoncer. Si la canicule tenait jusqu'à la fin de la semaine, l'arche serait prête à brûler dès l'aube du dimanche. Personne ne l'ignorait.

— On pourrait peut-être libérer tous les fauves? proposa sottement Mahaut. Les lâcher sur les soldats et s'enfuir en profitant de la panique...

— Parce que tu crois que les animaux n'attaqueraient que nos ennemis? se gaussa Malestrazza. Tu rêves!

La matrone se renfrogna, mécontente d'être moquée en public.

Marion, elle, prenait conscience que leur retraite à bord de l'arche ne débouchait sur rien. Ils n'avaient fait que gagner un sursis. Chaque fois qu'elle avait essayé de parlementer avec les prêtres, ceux-ci avaient ordonné aux archers de la prendre pour cible. Ils ne voulaient rien entendre, n'admettaient aucune excuse.

Dans le courant de l'après-midi, des hurlements épouvantables éclatèrent au sein de la coque. C'étaient les soldats qui, ayant tenté de se glisser dans la fauverie, se faisaient mettre en pièces par le lion. Leurs cris d'agonie résonnèrent, interminables, difficiles à supporter, et beaucoup se bouchèrent les oreilles.

— Voilà qui est bien, ricana Malestrazza. Cela leur ôtera l'envie de recommencer.

Marion éprouva une réelle nausée en imaginant le lion occupé à déchiqueter les corps pour s'en nourrir, s'exaspérant sur l'acier des cuirasses qui l'empêchait d'accéder aux bons morceaux.

Elle eut la conviction brutale qu'ils allaient tous mourir ici, dans le tourbillon de feu de l'arche incendiée.

En bas, l'un des inquisiteurs les maudit et les accusa

de cacher dans les cales du navire un troupeau de bêtes infernales.

Trois jours s'écoulèrent sans que la situation évolue. Inquisiteurs et soldats semblaient avoir renoncé à investir le vaisseau. Ils attendaient que le soleil sèche le bois de la coque et leur fournisse de quoi allumer un énorme feu de joie.

Malestrazza et Yolande passaient beaucoup de temps dans les appartements du château arrière. Ils y faisaient l'amour sans grande discrétion, riaient, mangeaient et buvaient sans se soucier de rien. Ils semblaient affranchis de l'angoisse qui ravageait les assiégés. Comme si la menace d'une mort imminente ne les concernait pas, ou les touchait fort peu.

« On les dirait ailleurs, songeait Marion. Ils sont là, mais ils nous voient à peine. Ils paraissent vivre dans un pays dont nous ne soupçonnons pas l'existence. Une contrée magique qu'ils sont seuls à habiter. »

C'était curieux, et même un peu effrayant.

— Ce n'est pas possible, grognait Mahaut, torturée par la jalousie. Ils se croient immortels ? Ils n'ont pas conscience de ce qui se prépare ?

Marion devinait ce qui choquait la matrone délaissée. Tant d'insouciance avait quelque chose d'irréel. Malestrazza et Yolande semblaient vivre dans un paradis privé inaccessible au commun des mortels. Leurs ébats renouvelés n'avaient rien de salace, ils étaient l'expression d'un bonheur total qui n'avait de comptes à rendre à personne.

— Ils sont déjà partis, murmura Matthieu, un soir, au terme d'une journée étouffante. Ils ne sont plus de ce monde. J'ai déjà vu ça, lors du siège de Forcaliasse, quand j'étais jeune. Il se trouve parfois des gens pour devancer la mort. Ils se noient dans le bonheur comme d'autres dans un puits.

Marion hésitait à se satisfaire de l'explication, mais le spectacle d'une telle idylle lui avait fait rendre les armes. Elle ne se sentait pas de taille à lutter contre Yolande. L'angélisme de sa sœur la désarçonnait.

Elle éprouva le besoin de faire la paix. La proximité du trépas la poussait à se mettre en règle, à étouffer les braises de haine qui rougeoyaient encore en elle.

Elle alla trouver Yolande sur la dunette, alors que celle-ci admirait le soleil couchant. À peine Marion eut-elle ouvert la bouche, que sa sœur la devança.

— *Je sais,* dit Yolande. Tu m'as détestée, je comprends. Tout ça n'a plus d'importance. Tu ne dois pas avoir mauvaise conscience. Du jour où j'ai connu Malestrazza, plus rien n'a compté. Ma famille a cessé d'exister. Toi, les parents, c'est comme si je ne vous avais jamais connus. Vos visages me sont devenus étrangers. Je vous ai oubliés, sans remords. Je ne regrette rien. Même si je dois mourir dans les jours qui viennent je m'en fiche, j'ai vécu avec plus d'intensité au cours de ces deux années qu'une femme normale dans toute sa vie. Je préfère m'en aller maintenant, avant de connaître le désamour, le malheur, les déchirements. Je suis même soulagée que cela finisse ainsi. Je n'aurais pas pu vivre *après* Malestrazza. Aucun homme n'aurait pu le remplacer. Je n'aurais fait que mourir à petit feu. Je dois te paraître folle, non? Finalement, je suis contente que les prêtres nous aient pris au piège. J'avais peur de l'avenir. Peur qu'une autre femme ne me le vole. On ne peut pas retenir un tel homme, l'enchaîner, il faut se résigner à le perdre tôt ou tard, et cela, je ne l'aurais pas supporté. Je suis heureuse de pouvoir mourir avec lui, contre lui, au même moment, tandis qu'il me serrera dans ses bras.

Marion resta silencieuse, pleine d'un effroi respectueux. L'expression transfigurée de Yolande lui faisait peur. Elle croyait y lire les premiers signes de la folie.

Le lendemain, le bois du pont se révéla presque sec. Matthieu le sonda avec la lame d'un couteau et fit la grimace.

— Ce n'est pas bon, grommela-t-il. Seule une averse pourrait encore nous sauver, mais si le soleil continue à briller de cette manière, nous sommes bons pour partir en fumée dimanche prochain.

On se signa. Des gémissements se firent entendre. Malestrazza s'approcha du groupe puis s'agenouilla.

— Il y a une solution, murmura-t-il. Elle est risquée, mais c'est la seule possible.

Tous les regards se tournèrent vers lui.

— Tu veux faire s'envoler le bateau? ricana le charpentier.

— C'est presque ça, répondit le guide sans se départir de son assurance. Si on fait s'écrouler les échafaudages qui soutiennent la quille, le navire va glisser, entraîné par son poids, et comme le plateau est en pente, l'arche dévalera la prairie à la manière d'une énorme luge.

— Quoi? s'étrangla Matthieu.

Malestrazza reprit son exposé. De la pointe de sa dague, il traça des esquisses sur le pont. À première vue, il avait raison : si l'on renversait les cales soutenant le navire, la grosse coque s'abattrait dans l'herbe et se mettrait à dévaler la pente du plateau. La terre était encore molle, elle faciliterait le glissement. L'incertitude se situait au moment où le bateau atteindrait le bout de la prairie et s'engagerait sur le chemin de muletiers qui traversait les cols. On ne pouvait prévoir si l'arche continuerait sur sa lancée, telle une luge gigantesque, ou se coucherait sur le flanc pour basculer dans le vide.

— C'est la chose la plus folle qu'on puisse imaginer, grogna Matthieu. Tu dois avoir l'esprit déréglé pour être capable d'imaginer des manœuvres pareilles!

— Et comment abattras-tu les cales qui soutiennent la quille ? objecta Marion.

Malestrazza dirigea la pointe de sa lame vers la montagne toute proche.

— Là-haut, dit-il, il y a un couloir d'avalanche. Je le sais. Nous avons été forcés de le colmater quand Mazolas a voulu construire l'arche ici, en dépit de mes conseils. J'ai érigé un parapet pour empêcher les rochers de s'ébouler. Si je détruisais cette muraille de planches, les rocs rouleraient le long de la montagne, ils descendraient directement ici et faucheraient le socle du vaisseau, comme une boule bien lancée fauche une quille.

— Et tu monteras là-haut ? s'enquit Marion.

— Oui, assura le guide. Je peux me laisser glisser le long de la coque avec un filin et me faufiler entre les rocs, au nez et à la barbe des sentinelles. De toute manière, personne ne surveille l'arche de ce côté puisqu'on ne peut s'enfuir par là, à moins de vouloir se jeter dans le vide.

— Ça paraît impossible, soupira le charpentier.

— As-tu une autre solution ? interrogea le guide. C'est cela ou mourir brûlés vifs dimanche prochain.

— Mais toi, hasarda Marion, comment feras-tu, ensuite, pour t'échapper ?

— J'attendrai, dit Malestrazza. Si j'ai la chance de ne pas être emporté par l'éboulement, je me cacherai au sommet du pic. En glissant, l'arche va laminer le campement des soldats, écraser les tentes. Je doute que les survivants aient encore assez de présence d'esprit pour inspecter les environs.

— Et pourquoi ferais-tu ça ? lança Matthieu.

— Pour me racheter, dit le guide. Parce que c'est à cause de moi que vous êtes ici. Et puis, tout simplement, parce que je suis le seul à connaître assez bien la montagne pour m'y déplacer en pleine nuit, et savoir où chercher.

Le silence s'installa. Malestrazza remit son poignard au fourreau.

— Je ne vous garantis rien, conclut-il. Ce n'est pas joué d'avance. Après tout, l'arche peut basculer du mauvais côté, et, au lieu de glisser sur le plateau, rouler directement dans l'abîme qui s'étend derrière nous. Cela dépendra du choc des pierres, de la répartition des poids. On ne peut pas prévoir. C'est à vous de choisir. Le bûcher est certain. Le précipice, vous y échapperez peut-être... Je vous laisse réfléchir.

Il se leva, tourna les talons, et alla retrouver Yolande sur la dunette.

On palabra longuement. Certains étaient résolument contre sans avoir cependant la moindre solution de remplacement à proposer. Marion sentait le vertige la gagner quand elle imaginait le vaisseau dévalant la pente, puis quittant la prairie pour s'engager sur le chemin des muletiers. Malestrazza avait raison, c'est là que tout se jouerait. Ou l'arche continuerait sur sa lancée, suivant le sentier des crêtes, ou elle se coucherait sur le flanc et basculerait dans le vide pour aller s'écraser des centaines de mètres plus bas.

C'était cela ou le bûcher.

Elle demanda à Matthieu s'il croyait possible de survivre à une telle équipée.

— Il ne faudra pas rester ici, marmonna-t-il. Si l'on descend dans l'entrepont on risquera moins d'être éjectés par les secousses. Et puis il faudra s'attacher aux poutres pour ne pas courir le risque d'être jetés les uns contre les autres...

Il haussa les épaules. Il était prêt à tenter le coup. Il avait peur du feu. Il ne voulait pas mourir sur le bûcher. Encore moins sur un bûcher qu'il avait construit de ses propres mains.

On vota. La majorité accorda sa confiance à Malestrazza.

# CHAPITRE VINGT-DEUX

Le soir même, le guide se prépara pour son expédition nocturne. Il portait des vêtements sombres et s'était barbouillé le visage avec de la suie. Il fixa sur le bastingage — côté précipice — une corde à nœuds assez longue pour lui permettre de toucher le sol. La manœuvre serait périlleuse, car, une fois à terre, il lui faudrait sans cesse se déplacer au ras du vide, sur une étroite corniche, et cela dans les ténèbres.

— Il n'y arrivera jamais, dit quelqu'un en contemplant l'abîme qui s'ouvrait sous la coque.

Quand la nuit fut installée, Marion eut la surprise de voir apparaître Yolande travestie en damoiseau. Elle annonça qu'elle accompagnerait son amant, car elle connaissait la montagne aussi bien que lui. La tailleuse de pierre se précipita vers sa sœur pour essayer de la dissuader d'entreprendre une telle folie, mais celle-ci l'écarta avec un sourire tranquille.

— Ne t'inquiète donc pas pour moi, murmura Yolande. Je n'ai pas peur de mourir pourvu que ce soit avec Malestrazza. Si je restais à bord et qu'il ne revienne pas, je mourrais de toute manière. Alors autant l'accompagner.

Elle s'exprimait avec simplicité, énonçant des vérités définitives sur lesquelles elle n'éprouvait plus le besoin de s'appesantir. Elle posa la main sur l'épaule de Marion et sourit, tristement cette fois.

— Je voudrais pouvoir te dire que je regretterai de ne plus te voir, souffla-t-elle, mais ce serait un mensonge. Je m'en fiche. Tu n'existes plus pour moi. Personne ne compte plus depuis que je l'ai rencontré. Ni toi, ni les parents, ni personne. Je vous ai oubliés. C'est un peu comme si vous n'aviez jamais existé. Malestrazza a absorbé tout l'amour dont j'étais capable. Il est comme une terre assoiffée qui n'arrête plus de boire l'eau dont on l'arrose. Je n'ai plus rien pour vous... Je n'ai plus rien pour les autres. S'il me faisait un enfant, je n'aimerais pas ce gosse, j'y prêterais à peine attention. Je n'aurais pas d'amour à lui donner. Tu me trouves monstrueuse? C'est ainsi. Je suis devenue quelqu'un d'autre, tu ne peux pas comprendre.

Sans plus s'occuper de sa sœur, elle continua de se harnacher en vue de la sortie nocturne. Marion la contemplait, saisie d'une rage froide, d'une exaspération confinant à la folie. Elle crut qu'elle allait céder à une pulsion de haine et pousser Yolande par-dessus le bastingage. La jalousie lui ravageait l'âme et le ventre. Se sentant sur le point de passer à l'acte, elle recula précipitamment et croisa les bras sous ses seins. Déjà, Yolande l'avait oubliée. Son champ de conscience se réduisait à Malestrazza, seulement à lui. Elle était devenue comme ces chiens qui ne reconnaissent personne à part leur maître.

Mahaut, qui avait épié la conversation, protesta. Il était hors de question que le guide emmenât une femme avec lui. La présence d'une fille inexpérimentée risquait de faire échouer toute l'opération. On l'écouta à peine. Tous savaient que Malestrazza n'en ferait qu'à sa tête. Il était donc inutile d'espérer lui dicter la moindre condition.

Marion s'assit dans un coin. La chaleur anéantissait les velléités de rébellion. Le bois commençait à répandre cette odeur caractéristique qui règne dans les greniers au plus fort de l'été. L'humidité s'en était allée avec la morsure de la canicule. Malestrazza sortit du château arrière; il portait en bandoulière une besace remplie d'outils enveloppés de charpie afin qu'ils ne produisent aucun bruit s'ils venaient à s'entrechoquer.

— Je vais y aller, expliqua-t-il à voix basse. Je pense atteindre le sommet un peu avant le lever du soleil. C'est là que se trouve le couloir d'avalanche. Nous l'avons obstrué en élevant une palissade qui retient les pierres branlantes. Je ne sais pas combien de temps il me faudra pour abattre ce rempart, mais tenez-vous prêts dès l'aube. Entassez-vous à la proue, de manière que l'arche pique du côté de la prairie. Le grondement de l'éboulement vous préviendra. Ensuite, tout ira très vite. Ce sera à la grâce de Dieu.

Il se leva, enjamba le plat-bord et entama sa descente le long de la coque. Yolande l'imita. Au moment où elle disparaissait, Marion crut qu'elle allait relever la tête pour échanger avec elle un dernier regard, mais cela ne se produisit pas, et celle qui avait failli devenir la nouvelle Ève disparut dans la nuit à la suite de son amant.

Mahaut grommela :

— Vous êtes décidément tous plus stupides les uns que les autres! Vous ne comprenez donc pas qu'ils sont en train de nous fausser compagnie? Il n'y a pas plus d'avalanche salvatrice que de beurre en broche. C'est une ruse pour qu'on les laisse filer. Ils savaient bien qu'on allait leur passer la corde au cou, alors ils ont inventé cette fable... cette couillonnade à laquelle vous avez tous voulu croire.

— C'est aussi ce que je pense, fit Matthieu, mais baste! il fallait bien tenter quelque chose.

Mahaut ne décoléra pas. Marion devina qu'elle cultivait sa hargne pour ne point fondre en larmes. Le départ du guide l'avait ravagée.

La nuit était des plus obscures, la lune absente. Les assiégés tendaient l'oreille, guettant l'éboulis qui leur annoncerait la chute de Malestrazza.

On voyait mal comment le routier et sa femelle pourraient survivre à une telle équipée, car il s'agissait de longer l'abîme sur plus de 200 coudées en se déplaçant sur une corniche large comme la paume de la main, tout cela en aveugle. Personne ne pouvait réussir un coup pareil ! Personne.

Marion s'allongea et ferma les paupières, feignant de dormir. Ses nerfs crépitaient. En ce moment précis elle se sentait capable de n'importe quoi. Même d'enjamber le plat-bord et de sauter dans l'abîme pour en finir. Elle ne pouvait s'arracher de la tête l'image de Malestrazza et de Yolande s'éloignant dans les ténèbres sans plus s'occuper des naufragés de l'arche.

« Mahaut a peut-être raison, songea-t-elle. Il est fort possible qu'ils nous aient bernés. »

Un froissement d'étoffe lui fit rouvrir les yeux, c'était Constance qui venait de s'asseoir à ses côtés.

— Je sais ce que tu penses, dit la baronne. Tu crois qu'ils nous ont trahis. Que Malestrazza a inventé cette fable pour qu'on le laisse partir en paix.

— Oui, répondit la tailleuse de pierre. Mais je suppose que vous vous en fichez. Après tout, l'idée d'être brûlée vive demain matin doit combler votre désir d'expiation.

— Tu te trompes, fit Constance. Je n'ai plus envie d'être punie. Cela m'a passé. Je suis enceinte. Je voudrais vivre pour mettre cet enfant au monde et l'élever comme le fils d'un seigneur.

Elle eut un rire, curieusement joyeux.

— C'est drôle, dit-elle. J'accoucherai d'un bâtard de croquant, un bébé dont je serai bien incapable de savoir qui est le père tant j'ai eu d'hommes ces dernières semaines. Je suppose que c'est là la croix qu'il me faudra porter ? Rentrer chez moi avec ce gros ventre qui me fera montrer du doigt. On dira : « La petite baronne s'est fait couvrir par un maraud pendant son pèlerinage. Si son époux le savait, il lui décollerait la tête d'un coup d'épée et jetterait son corps dans le chenil pour que les dogues le mangent. » Oui, sans doute, mais voilà : mon mari n'a sans doute plus de mains à l'heure qu'il est, et ne peut donc point manier l'épée. La vie doit continuer. La vie doit reprendre. Cet enfant est peut-être la clef de tout. Il liquidera ma faute et me permettra de retrouver une place parmi les vivants.

Elle soliloquait dans l'obscurité sans s'occuper d'obtenir l'adhésion de son interlocutrice. Elle souriait, les yeux perdus dans le vague, berçant des images réconfortantes qui semblaient combler ses vœux.

Marion avait du mal à respirer tant l'angoisse lui comprimait la poitrine. Elle ne savait si elle avait peur de mourir dans le brasier du lendemain ou si elle suffoquait de terreur à la pensée de ne plus jamais revoir Malestrazza. Cette perspective la rendait folle. Elle essaya de planter ses ongles dans le bois du pont, comme elle l'avait fait si souvent au cours des jours précédents, mais elle échoua. Les planches avaient durci.

« Allons ! songea-t-elle, cela fera un beau feu de joie. Après tout, il suffira d'aspirer la fumée à pleins poumons pour s'asphyxier dès les premières minutes de l'embrasement, ainsi nous ne souffrirons pas de la morsure des flammes. C'est simple. C'est terriblement simple. »

La nuit s'écoula ainsi. Dans le silence des bilans dressés en secret, des récapitulations intimes. Certains pleurèrent, d'autres s'isolèrent pour faire l'amour, ou s'enivrèrent tristement. Deux clans se dessinèrent opposant ceux qui faisaient confiance au guide à ceux qui l'accusaient d'avoir pris la poudre d'escampette.

À l'aube, on se rassembla pour dire une prière en commun, car on se refusait à mourir en hérétiques.

Marion scrutait la montagne, essayant de repérer Malestrazza, hélas, la brume réduisait la visibilité à presque rien.

— Il faut descendre dans l'entrepont, lui souffla Matthieu. Si ce foutu guide tient parole l'arche va se comporter comme une luge en folie. Elle peut se coucher sur le flanc. Dans ce cas, tous ceux qui seront sur le pont rouleront par-dessus bord.

— Je sais, murmura la jeune femme. Donne-moi encore un moment.

Elle voulait voir le ciel devenir bleu. Elle voulait sentir une dernière fois le vent sur son corps. Elle avait peur de mourir enfermée dans le cercueil obscur de l'entrepont aux sabords verrouillés. Elle savait que le charpentier avait raison mais elle ne parvenait pas à se détacher du bastingage.

En bas, les soldats se rassemblaient autour des échafaudages soutenant la quille. Marion les vit entasser des fagots.

L'un des inquisiteurs psalmodia un sermon inaudible, puis s'avança vers le tas de bois, en brandissant une torche. Le feu prit dès la première tentative, et ses flammes jaunes s'en allèrent lécher les courbes de la quille. L'odeur d'incendie affola les animaux de la fauverie qui s'agitèrent et poussèrent des cris affolés. La diète à laquelle ils avaient été soumis depuis que Malestrazza avait remis le lion en liberté les avait beaucoup affaiblis, mais la peur du feu leur rendit instantanément leur énergie d'antan et la coque s'emplit des échos de leurs ruades.

— Ça prend ! gémit Mahaut penchée par-dessus le bastingage. Par le Christ ! Nous allons tous griller.

Marion songea au calfatage de bitume et de graisse dont étaient bourrés les interstices des planches. L'incendie allait s'en nourrir avec gourmandise, y puiser la force de grimper toujours plus haut. La fumée coulait le long des flancs du navire en longues rigoles de suie, elle montait vers le ciel, forçant les assiégés à battre en retraite.

Marion courut vers la dunette pour essayer d'observer la montagne. À force de scruter le paysage de roche, il lui semblait voir bouger les cailloux. Matthieu la saisit par le poignet, l'arrêtant dans son élan.

— Viens, ordonna-t-il. Il faut descendre dans l'entrepont.

Elle se débattit, il la gifla, l'assomma à demi. La soulevant dans ses bras, il s'engouffra dans l'écoutille et l'adossa à une poutre.

— On va s'attacher ensemble, expliqua-t-il, c'est le seul moyen de ne pas se fracasser le crâne si le bateau se met à bouger.

— Je ne veux pas brûler vive, haleta la jeune femme. Promets-moi de m'étrangler si le feu arrive jusqu'ici. Promets-le-moi !

— D'accord, grogna le charpentier. Je le ferai. Mais rien n'est encore perdu.

À l'aide d'une corde, il attacha Marion, puis se harnacha à son tour. Ils étaient les seuls à avoir gagné l'entrepont. Tous les autres se lamentaient sur le pont supérieur, courant en tous sens, dans un vacarme d'enfer. L'odeur du feu devenait de plus en plus forte. Des filets de fumée s'infiltraient par les interstices des sabords. La quille brûlait. Lorsqu'elle serait consumée, elle s'émietterait, et l'arche se tasserait sur elle-même, à la manière d'une maison incendiée dont les étages s'emboîtent les uns dans les autres au fur et à mesure de l'écroulement des poutres. Quand cela se produirait, le navire ne serait plus en mesure de glisser sur la pente. Tassé entre les roches, immobile, il continuerait à crépiter comme un feu de camp. Il fallait que l'avalanche se produise maintenant, avant qu'il ne soit trop tard.

Marion n'entendit pas le grondement des roches dévalant le flanc de la montagne, mais elle en perçut la vibration, amplifiée par la coque.

À l'extérieur, l'avalanche plongea les soldats dans la stupeur, ne leur laissant pas le temps de réagir. Comme l'avait prévu Malestrazza, les pierres fauchèrent les échafaudages, les supports, privant le navire de toute assise. Le socle sur lequel il reposait depuis deux ans s'émietta, réduit en pièces par la salve de rochers.

L'arche oscilla dangereusement pendant quelques secondes, hésitant sur la direction à prendre. Il s'en fallut de peu que la poupe ne l'emporte, entraînant l'embarcation dans l'abîme. Le poids des pèlerins, massés à l'avant, décida le bateau à piquer du nez en direction de la prairie. Son énorme masse se mit à glisser dans l'herbe, écrasant tous ceux qui se tenaient aux alentours, inquisiteurs, soldats, chevaux, mules, tous furent laminés par la quille noircie qui creusait son sillon dans la plaine tel le soc d'une charrue gigantesque. En raison de la pente, le bateau prit rapidement de la vitesse. Plus rien ne semblait pouvoir l'arrêter. Parvenu à la moitié du plateau, il se coucha sur tribord, et beaucoup de passagers furent éjectés. La chute leur rompit les os. Dans la ménagerie, les animaux avaient été projetés hors des cages. Fous de terreurs, ils se débattaient et s'entredévoraient dans la plus extraordinaire des confusions.

L'arche dévala le plateau, ravinant l'herbe, la terre, mettant le roc à nu. Les aspérités du terrain lui arrachaient des planches, lui défonçaient les flancs. Parvenue au bout de la prairie, la coque fut éventrée par une ligne de rochers acérés. De ce trou, des animaux tombèrent, pêle-mêle, hurlant, terrifiés, et continuant pourtant à se mordre les uns les autres. Ils roulaient dans l'abîme sans même s'en apercevoir, s'arrachant des bouchées de viande jusqu'au moment où ils finissaient par s'écraser au fond d'un précipice.

Lorsqu'il s'engagea sur le chemin des muletiers, le navire perdit sa quille, et continua à glisser, sa coque à demi amputée. Chaque mètre parcouru le démantelait un peu plus, lui ôtant de nouvelles brassées de planches. Les aiguilles rocheuses bordant le sentier lui furent fatales et achevèrent de le mettre en pièces. Le troisième pont, la ménagerie, s'émiettèrent. Ce qui n'était pas broyé dans la glissade disparaissait dans le précipice. Enfin, l'étrave s'encastra entre deux blocs, à l'entrée d'un défilé, et l'arche s'immobilisa dans un grincement affreux. Pendant un moment elle oscilla, hésitant entre s'affaisser sur la route des cols et basculer dans l'abîme. Seuls le pont supérieur et l'entrepont avaient échappé au saccage. Le château arrière n'existait plus, la proue, enfoncée, éclatée, était fichée tel un coin dans l'ouverture du défilé. Le bateau n'avait plus forme identifiable. C'était une ruine de bois fracassée dont on aurait vainement cherché à deviner l'aspect originel.

Dans l'entrepont, Marion et Matthieu avaient été protégés des divers chocs par les entraves dont ils avaient pris la précaution de s'entourer. La jeune femme souffrait d'une coupure au cuir chevelu et d'éraflures. Le charpentier avait écopé d'une vilaine écharde dans l'épaule, mais ses blessures restaient sans gravité. Matthieu s'empressa de couper les liens. Il voulait sortir de l'épave avant que celle-ci ne s'affaisse. Il aurait été idiot de mourir dans l'écroulement du vaisseau après une telle équipée. Aucune structure ne tenait. La charpente, disloquée, menaçait de se défaire d'une seconde à l'autre.

Abrutie, Marion se laissa tirer à l'extérieur sans avoir pleinement conscience de ce qui se passait. Le sang qui lui poissait les cheveux l'aveuglait. L'univers, autour d'elle, était peuplé de craquements menaçants. Elle devina que Matthieu ouvrait un sabord et se laissait glisser dehors, elle le suivit, sauta dans ses bras comme il le lui ordonnait.

Ils gagnèrent une éminence rocheuse pour s'éloigner le plus vite possible de l'épave. Bien leur en prit, car le navire se disloqua presque aussitôt, et le pont supérieur s'effondra sur l'entrepont. S'ils étaient restés là, ils auraient été écrasés.

Quand la poussière fut retombée, ils descendirent de leur perchoir pour explorer les ruines. Ils y trouvèrent des cadavres, quelques sacs de vivres, et Constance de Hurault qui, s'étant attachée à l'un des balustres de la dunette, avait survécu à l'aventure. Elle était inconsciente mais respirait encore. Ils la délièrent et l'emmenèrent à l'écart. Tous les autres étaient morts, broyés, inidentifiables, ou avaient été happés par le précipice.

— C'est fini, décida Matthieu. Maintenant il faut partir avant que l'Inquisition n'envoie des renforts. Nous n'aurons pas deux fois la même chance.

# CHAPITRE VINGT-TROIS

Quand la baronne reprit connaissance, elle leur expliqua que Mahaut avait été l'une des premières à rouler par-dessus bord. La grande Perrine avait suivi, parce qu'elle était restée agenouillée à la proue pour prier l'ange mutilé jusqu'à la dernière seconde.

Ils se mirent en route sans tarder, avec l'espoir de rejoindre la fausse maison-Dieu de Venzôme. Ils n'avaient aucune idée de l'endroit où ils se trouvaient réellement.

Ils marchaient, dormaient, parlaient peu. Enfin, une grande puanteur leur annonça qu'ils venaient de retrouver la dépouille du gorille fléché par le guide. Ils étaient donc sur la bonne route.

Marion regrettait de n'avoir pas eu le courage de retourner sur le plateau pour voir si Yolande et Malestrazza avaient survécu à l'avalanche. Parfois elle se disait qu'ils avaient forcément été emportés par l'éboulement; parfois, également, elle se racontait qu'ils s'étaient enfuis par la route des cols et se dirigeaient en ce moment même vers le royaume d'Espagne.

Elle ne savait quelle version lui plaisait davantage.

Ils atteignirent la fausse maison-Dieu. Elle était vide.

Ils y trouvèrent de quoi se restaurer, se vêtir. Une gêne s'était installée entre eux. La complicité du cheminement s'achevait là et chacun regrettait que les autres fussent au courant des aberrations auxquelles il avait été mêlé. Le temps des folies finissait en ce lieu. Il fallait maintenant recommencer à vivre et s'appliquer à oublier.

On s'accorda deux jours de repos pour recouvrer assez de forces. Constance partit la première. Elle rentrait chez elle. Elle assura qu'elle saurait retrouver son chemin. Depuis qu'elle était enceinte, elle n'était plus la même.

— En voilà une au moins à qui toute cette folie aura été bénéfique, grommela Matthieu en la regardant s'éloigner.

Marion n'avait aucun désir de retourner chez son père. D'y retrouver Antonin, son promis. Quelque chose l'avait changée. Elle ne pouvait plus reprendre son ancienne vie. Pas après ce qu'elle avait vécu dans la montagne.

Matthieu la considéra d'un air gêné, tourna longuement autour du pot, puis finit par déclarer :

— Si tu veux, on peut rester ensemble. Un moment du moins... J'ai un peu honte de ce que je t'ai fait, je me sens responsable. Si tu es grosse, je t'aiderai à élever l'enfant.

Il s'emberlificota dans sa déclaration. Marion comprit qu'il lui proposait de vivre avec lui et d'ouvrir une échoppe d'ébénisterie. Il bâtirait le gros œuvre, elle sculpterait le bois au lieu de la pierre. Ce serait une besogne honnête, une vie simple tournant le dos aux fantasmagories.

La jeune femme accepta.

## CHAPITRE VINGT-QUATRE

Ils quittèrent la montagne par des chemins de traverse qui croisaient la vraie route des pèlerins. Ils ne s'attardèrent pas, de peur de croiser un nouveau convoi dépêché par l'Inquisition.

Deux semaines plus tard, ils s'installèrent dans une ville portuaire et se louèrent chez un artisan pour se familiariser avec la besogne.

Marion découvrit qu'elle n'était pas enceinte. Elle ne sut si elle en était soulagée ou déçue.

Elle avait délaissé la pierre pour tailler le bois. D'étranges figures d'anges naissaient sous ses doigts. Elle sculptait aussi des animaux occupés à se battre, des bateaux démesurés roulant dans la tempête. Au milieu de ces dessins revenait souvent la silhouette élancée d'un homme aux cheveux bouclés, au profil hautain. Un Adam impérieux au charme démoniaque. L'artisan fronçait les sourcils en examinant ces motifs qu'il trouvait inquiétants. Il aurait préféré des choses plus anodines, des représentations sereines.

Matthieu et la jeune femme vivaient dans un réduit, au-dessus de la grange, à l'arrière de la maison. Ils dormaient côte à côte sans jamais se toucher. Parfois, la nuit, quand la chaleur devenait trop forte, Marion se levait et descendait dans le jardin, en chemise. Il lui arrivait de scruter la route s'étirant sous les étoiles, persuadée qu'un jour ou l'autre, elle finirait par y voir apparaître les silhouettes de Yolande et de Malestrazza, marchant côte à côte.

À d'autres moments, il lui semblait entendre un battement au-dessus de sa tête. Un froissement comme pourrait en produire une paire d'ailes gigantesques. Alors elle levait les yeux, s'attendant à voir surgir Noctus. Un Noctus reconstitué qui viendrait l'enlever pour l'emporter elle ne savait où.

Une nuit, elle rêva qu'il n'était pas mort. Que Mazolas et les moines l'avaient caché dans un souterrain creusé dans l'épaisseur de la montagne. L'incendie du fortin n'avait été qu'un leurre destiné aux inquisiteurs, une ruse de guerre.

Elle avait beau essayer d'oublier, les souvenirs revenaient la harceler, sans cesse, ne lui laissant nul répit.

Les mois passèrent. Elle s'ennuyait.

En novembre, un colporteur lui parla d'une secte étrange qui sévissait dans le Sud, à la lisière de la frontière espagnole. Ses zélateurs adoraient un ange mutilé, qui prophétisait l'Apocalypse. Il n'en savait pas davantage, sinon que l'Église leur donnait la chasse et les traquait sans relâche, les obligeant à changer fréquemment de cachette.

Le lendemain, en se réveillant, Matthieu découvrit qu'il était seul sur la paillasse du galetas. Marion avait emporté toutes ses affaires. Il ne chercha pas à la rattraper. Pour une fois, il bénit la vieillesse qui le protégeait de telles folies.

*Du même auteur*
*Aux Éditions du Masque :*

ARMÉS ET DANGEREUX (1993)

L'ARMURE DE VENGEANCE (1998)

LA CHAMBRE INDIENNE (2000)

LE CHÂTEAU DES POISONS (1997)

LE CHIEN DE MINUIT (1994)

CONAN LORD, CARNETS SECRETS D'UN CAMBRIOLEUR (1995)

CONAN LORD, LE PIQUE-NIQUE DU CROCODILE (1995)

LES ENFANTS DU CRÉPUSCULE (1997)

LA FILLE DE LA NUIT (1996)

LE LABYRINTHE DE PHARAON (1998)

LA MAIN FROIDE (1995)

LE MANOIR DES SORTILÈGES (1999)

LES PRISONNIÈRES DE PHARAON (1999)

LE SOURIRE NOIR (1994)

LE VISITEUR SANS VISAGE (1994)

Composition réalisée par EURONUMÉRIQUE

IMPRIMÉ EN ESPAGNE PAR LIBERDUPLEX
Barcelone
Dépôt légal Éditeur : 38410 - 10/2003
Édition 4
LIBRAIRIE GÉNÉRALE FRANÇAISE - 43, quai de Grenelle - 75015 Paris.

ISBN : 2 - 253 - 17279 - 0 31/7279/8